读客悬疑文库

认准读客读悬疑,本本都是大师级。

Y 的悲剧

[美]埃勒里·奎因 著　　阳曦 译

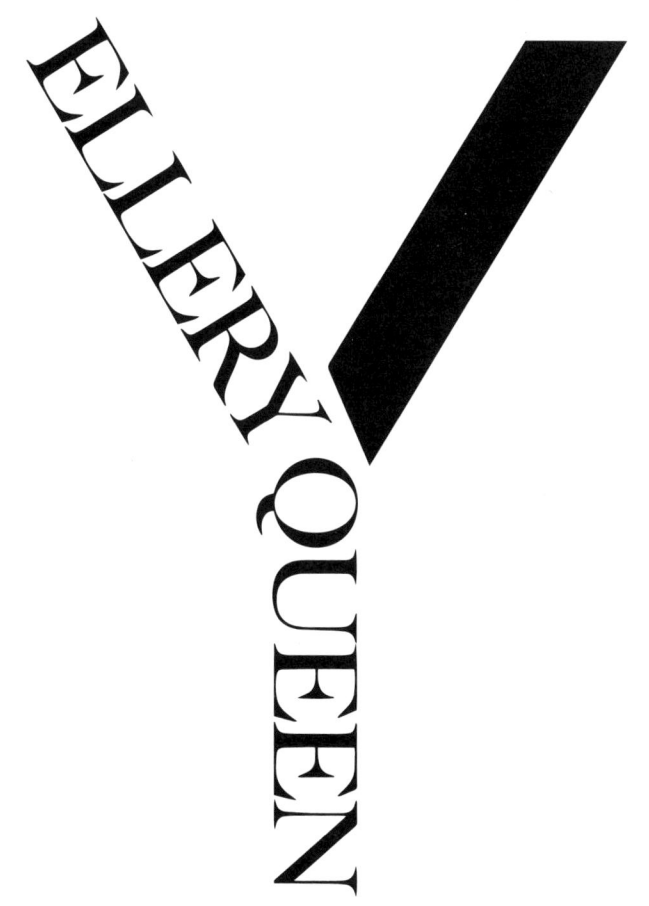

河南文艺出版社
·郑州·

THE TRAGEDY OF Y
copyright © 1932 BY BARNABY ROSS, COPYRIGHT RENEWED BY ELLERY QUEEN
This edition arranged with JABberwocky Literary Agency, Inc.
Through Big Apple Agency, Inc.
Simplified Chinese edition copyright © 2024 Dook Media Group Limited
All rights reserved.

中文版权 © 2024读客文化股份有限公司
经授权，读客文化股份有限公司拥有本书的中文（简体）版权
豫著许可备字-2023-A-0146

图书在版编目（CIP）数据

Y 的悲剧 /（美）埃勒里·奎因著；阳曦译. —— 郑州：河南文艺出版社，2024.5
（读客悬疑文库）
ISBN 978-7-5559-1666-6

Ⅰ.①Y… Ⅱ.①埃… ②阳… Ⅲ.①侦探小说-美国-现代 Ⅳ.① I712.45

中国国家版本馆 CIP 数据核字 (2024) 第 064956 号

Y 的悲剧

著　者	［美］埃勒里·奎因
译　者	阳　曦
责任编辑	王战省
责任校对	樊亚星
特约编辑	顾珍奇　沈　聿
策　划	读客文化
版　权	读客文化
封面设计	陈绮清
出版发行	河南文艺出版社
印　刷	河北中科印刷科技发展有限公司
开　本	880mm × 1230mm 1/32
印　张	10.75
字　数	235 千
版　次	2024 年 5 月第 1 版　2024 年 5 月第 1 次印刷
定　价	69.90 元

如有印刷、装订质量问题，请致电 010-87681002（免费更换，邮寄到付）
版权所有，侵权必究

THE TRAGEDY OF Y

主要人物

哲瑞·雷恩　退休的莎士比亚剧演员；探查罪案是他的爱好。为了解开一桩令人困惑的谋杀谜案，纽约警方再次向他求助。

萨姆探长　纽约警方凶案组探长；性格直率，喜欢虚张声势。

席林医生　纽约县法医；矮胖，拥有一双善于从尸体上发现线索的利眼。

哈特家族
约克——这一家的父亲；化学家，准小说家。
埃米莉——约克暴君般的妻子；以铁腕统治全家。
芭芭拉——长女。
康拉德——儿子；懦弱，贪图享乐。

玛莎——康拉德之妻；被丈夫冷落，受婆婆摆布。

杰基和比利——康拉德之子；野蛮、任性、早熟。

吉尔——约克的另一个女儿；过着荒淫无度的生活。

路易莎——聋、哑、盲；埃米莉唯一流露过爱意的对象。

梅里亚姆医生　哈特家族的家庭医生；了解这一家子的所有秘密。

特里维特船长　一位退休的船长；对哈特家族的某几位成员有一种奇特的亲和力。

Y 的悲剧

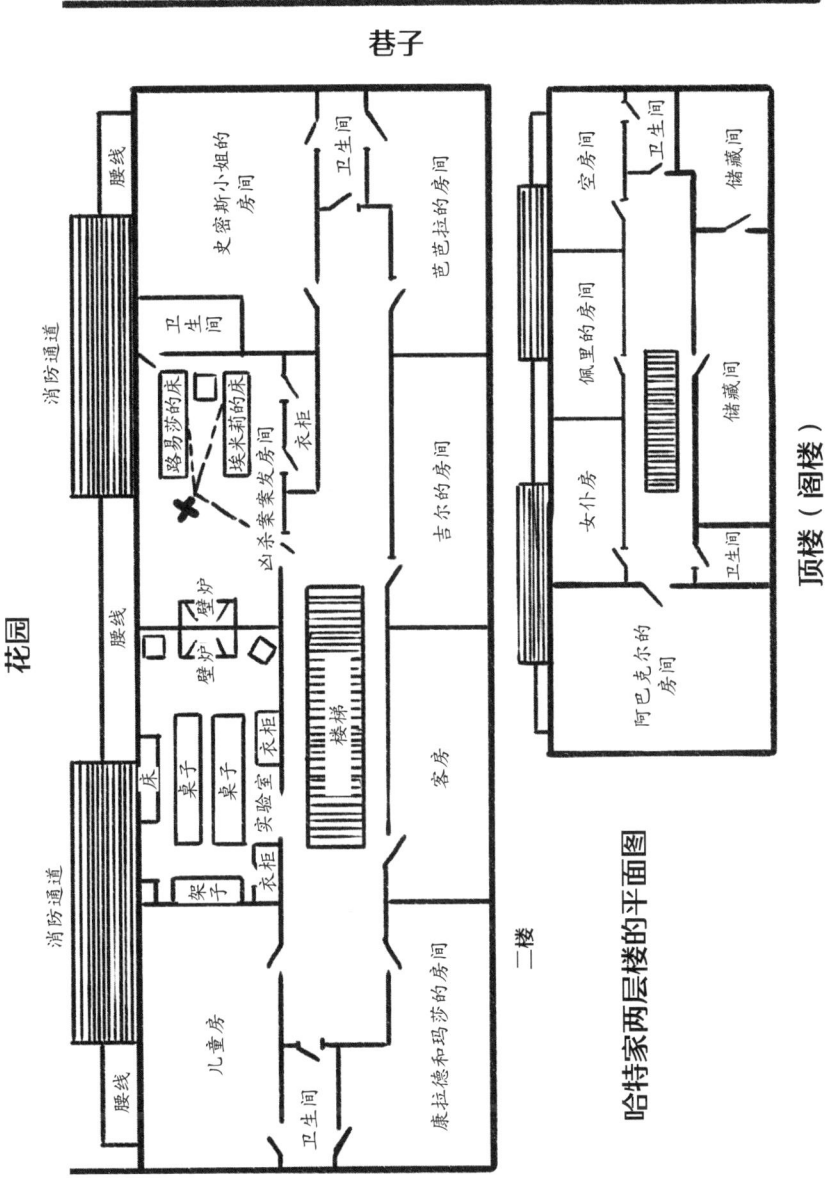

哈特家两层楼的平面图

序　幕

"戏剧就像晚餐……序幕是餐前祷告。"[1]

第一场

太平间

二月二日，晚上九点三十分

在那个有趣的二月下午，深海拖网渔船拉维妮娅D号像一条丑陋的斗牛犬般破开了大西洋的巨浪，她游过桑迪胡克，朝汉考克堡咆哮，一路冲进下湾，她的嘴边吐着白沫，尾巴直直拖在身后。她

---

[1] 引自爱尔兰剧作家乔治·法奈尔（George Farquhar，1677—1707）的诗作。——编者注

的船舱里装着一点儿可怜的渔获，肮脏的甲板摇摇晃晃，大西洋的狂风吹得她反胃，船员们咒骂着船长、大海、鱼和墨黑的天空，还有左舷外斯塔顿岛荒芜的海岸。酒瓶从一只手传给另一只手，人们裹着雨衣，在刺骨的寒雨中打着哆嗦。

一位大块头水手靠在栏杆上闷闷不乐地望着浑浊的绿浪，突然他整个人僵住了，一双眼睛险些从被海风吹红的脸上瞪得弹了出来，他大叫起来。水手们望向他的食指所指的方向。一百码[1]外，海湾里漂着一个黑乎乎的小点，看起来绝对是个人，而且绝对死透了。

水手们跳了起来。"左满舵！"司舵咒骂着弯下身去，全力转舵。拉维妮娅D号开始笨拙地转向左舷，浑身上下的关节都在嘎吱作响。她凭借她那动物般天生的机警绕着那东西打转，每转一圈就靠得更近一些。水手们兴奋快活地在咸风中挥舞着钩竿，迫不及待地想抓住今天最古怪的渔获。

十五分钟后，它已经躺在了滑溜溜的甲板上一摊腥臭的海水里，浑身残缺，不成人形，但还看得出是个男人。从这具尸体糟糕的境况来看，他已经在大海这个深桶里泡了好几个星期。这会儿水手们都沉默下来，双手叉腰，两腿分开站在甲板上。没人去碰那具尸体。

所以，鱼腥味伴着咸风钻进他的鼻孔，约克·哈特开始了他最后的旅程。他的停尸架是一艘肮脏的拖船，抬棺人是一群胡子拉碴的糙汉，粗布工装上粘着鱼鳞，水手的低声咒骂和纽约湾海峡的

---

[1] 英制长度单位，1码等于3英尺，合0.9144米。——编者注

风声是他的安魂曲。拉维妮娅D号湿漉漉的鼻子破开漂满浮渣的海水，停在炮台附近的一处小泊位上，系好了缆绳。她带着从海上收获来的一件意想不到的货物回到了港口。这里专供未预先通报的货船停靠。人们跳下甲板，船长嘶哑地喊叫，港口官员点点头，草草查看了滑溜溜的甲板，炮台的小办公室里电话响个不停。约克·哈特静静地躺在一张油布下面。没过多久，一辆救护车匆匆赶来。穿白衣的男人抬起湿透的重物，送葬队伍离开了海边，尖厉的警笛奏响挽歌。约克·哈特顺着下百老汇街被送往太平间。

他奇特的命运迄今依然成谜。去年十二月二十一日，离圣诞节还有四天的时候，老埃米莉·哈特报警说，她的丈夫从纽约城华盛顿广场北路的家里失踪了。那天早上，他就那么悄无声息地从哈特家那幢装有丰厚资产的红砖房子里走了出去，没人做伴，也没跟任何人告别，就此消失不见。

老头子的行踪没有留下任何线索。关于丈夫的失踪，哈特老太太说不出任何原因。失踪人口调查科提出，哈特可能是被绑架了，对方想要赎金。但老头子富裕的家庭没从假设的绑匪那里收到只言片语，这个理论自然被证伪了。报纸提出了其他思路：有人说他被谋杀了——哈特家出什么事都不稀奇。这家人矢口否认这种可能：约克·哈特是个温良无害的小个子男人，生性安静，没什么朋友，而且就目前已知的信息，也没有敌人。可能是基于哈特家族奇特又多事的历史，另一家报纸大胆提出，可能他就是跑掉了——逃离他那位铁腕的妻子，那群不务正业又极为棘手的儿女，那个令人心烦的家庭。但警方指出，他的私人银行账户纹丝未动，于是这个理论也被抛弃了。这个事实还让"有一位神秘女子牵涉其中"的猜想胎死腹中，不过这个理论本来就是因为彻底的迷惑而拿来凑数的。老埃米莉·哈特对这种猜测大为光火，她斩钉截铁地表示，她的丈夫已经六十七岁了——一个男人不太可能在这样的年纪为追求恋爱的幽灵而抛家弃业。在持续五周的搜寻中，警方始终坚持一种可能性——自杀。看来他们难得地猜对了一次。

纽约警局凶案组探长萨姆很适合当约克·哈特这场突兀葬礼的牧师。他从各个方面来说都又大又丑：滴水嘴兽那样硬朗的脸庞，凹凸不平的鼻子，崎岖的耳朵，大手和大脚配着庞大的身躯。你会觉得他是以前那种重量级职业拳手——他向来对罪案铁拳出击，粗壮的指关节因为受伤而扭结起来，伤痕累累。他的头是灰色和红色的组合：灰白的头发，蓝灰色的眼睛，砂岩般的脸。他给你一种踏实可靠的感觉。他有脑子。就一名警察而言，他算得上直率诚实。他曾在一场几乎无望的战斗中变得苍老。

如今就不一样了。一桩失踪案，一次不成功的搜寻，一具被鱼啃啮的尸体，以及足够定案的线索。一切都如此一目了然，但有人曾提出谋杀的猜测，这位探长觉得，他有责任把它办成铁案。

纽约县法医席林医生对助手做了个手势，那具赤裸的尸体从解剖台上被抬起来，放到一张带轮子的床上。席林有着条顿人矮胖的身躯，他在大理石水槽前弯下腰去，洗了手，消了毒，然后把双手整个擦了擦。当他把那双肥胖的小手擦干到了满意的程度时，他取出一根被咬得破烂不堪的象牙牙签，开始若有所思地剔牙。探长叹了口气：事儿办完了。席林医生开始探索牙齿上的龋洞。谈话的时间到了。

他们一起跟在轮床后面，走向太平间里的停尸房，谁也没说话。约克·哈特的尸体被倾倒在一张石板上。助手回过头来，仿佛在问，要放进壁格吗？席林医生摇了摇头。

"怎么说，医生？"

法医放下牙签："事情明摆着，萨姆。这个人几乎刚碰到水就死了。肺里的情况表明了这一点。"

"你是说，他一落水就立刻淹死了？"

"不[1]。他不是淹死的。他是中毒死的。"

萨姆探长对着石板皱起眉头："那么就是谋杀了，医生，我们错了。那张字条也许是个陷阱。"

席林医生的小眼睛在老式金边眼镜后面闪闪发亮。他那顶灰布小帽有个奇怪的帽檐，整个帽子滑稽地盖在秃头上。"萨姆，你太天真了。中毒不一定代表谋杀……没错，他体内有氢氰酸的痕迹。那又如何？要我说的话，这个人站在一艘船的栏杆旁边，吞下氢氰酸，然后掉进或者跳进了水里。是咸水，别忘了。这是谋杀吗？是自杀，萨姆，你是对的。"

探长似乎认为他的论断被证实了："好极了！那么他几乎刚碰到水面就死了——氢氰酸杀死了他，对吧？真是太好了。"

席林医生朝石板弯下腰去，昏昏欲睡地眨了眨眼。他总是一副没睡醒的样子："谋杀不太可能。没有能够归结于暴力的迹象。盐水有防腐的作用，你不会不知道吧，不学无术的家伙？那几处骨

---

[1] 原文为德语。以下席林医生所说的话中，楷体部分如无特殊标注均为德语，不再另注。——译者注（如无特别说明，本书中注释均为译者注）

挫伤和肌肤擦伤无疑是尸体和海底的障碍物碰撞造成的。明显的撞伤。那些鱼倒是饱餐了一顿。"

"啊哈。他的脸都认不出来了，这倒是事实。"死者的衣物放在不远处的一张椅子上，已经破烂不堪。"我们之前怎么那么久没找到他？一具尸体不会漂浮五个星期，对吧？"

"简单极了。你真是个瞎子！"法医拎起一件破烂的湿外套，是从尸体上剥下来的。他指着衣服背面的一个大洞："鱼咬的？鬼话！这个洞是被某个尖锐的大物件扯破的。尸体在水下被什么障碍物卡住了，萨姆。潮汐活动或者其他干扰最终让它获得了自由，也许是两天前的那场风暴。难怪你五个星期都没找到他。"

"那么，从这具尸体被发现的地点来看，"探长若有所思地说，"不难拼凑出故事的全貌。他吞下毒药，从一艘，比如说，一艘斯塔顿岛的渡船上跳下去，然后漂过纽约湾海峡……从尸体上找到的遗物在哪儿？我想再看看。"

萨姆和席林踱着步走向一张桌子。桌上放着几样东西：几张揉得不成样子的纸，被水浸透了，完全分辨不出上面的字迹；一根石南木烟斗；一盒湿透的火柴；一个钥匙圈；一个泡过海水的皮夹，里面装着纸币；一把各式各样的硬币。旁边放着一枚图章戒指，是从死者的左手无名指上取下来的，图章上铭刻着银色的首字母缩写"YH"。

但探长感兴趣的遗物只有一件——那是一个烟草袋。它是用鱼皮制成的，所以防水，里面的烟草还是干的。他们在袋子里找到了一张没被海水浸泡过的叠好的纸条。萨姆第二次打开这张纸条：一段留言用无法擦除的墨水以近乎机械式的完美字迹写在上面，干净利落得像是打印出来的。这段留言只有一句话：

12月21日，19——

敬启者：

吾之自尽完全出于自主。

约克·哈特

"简单明了，"席林医生评论道，"倒是很合我的心意。我是自杀的。我神志清醒。别的都不需要。这是一篇一句话的小说呀，萨姆。"

"啊，快别说啦，不然我都要哭了。"探长咕哝着说，"那位老太太来了。我们请了她过来认尸。"他从石板脚下抓起一张沉重的盖布，匆匆盖住尸体。席林医生喃喃念了一句德语，然后站到一旁，他的眼睛闪闪发亮。

一群人沉默地走进停尸房：一个女人和三个男人。不必惊奇那个女人为什么走在男人前头，你能感觉到，这个女人无论什么时候都是领头掌权的。她年纪很大了，苍老坚硬得像是一块石化的木头。她长着海盗般的鹰钩鼻，一头白发，冰冷的蓝眼睛一眨不眨，像苍鹰一样警觉。她那敦重的下巴绝不会颤抖着投降……她是埃米莉·哈特夫人，两代报纸读者熟悉的常客，华盛顿广场"富可敌国""性情乖张""意志刚强"的老太婆。她现年六十三岁，但看上去比这还老十岁。她的穿着在伍德罗·威尔逊[1]宣誓就职时便已过时。她的视线毫不犹豫，径直投向那块盖着布的石板。她从门口走过来的步

---

[1] 伍德罗·威尔逊（Woodrow Wilson，1856—1924），曾于1913年至1921年任美国总统。

伐坚定沉着，如判决，如命运。她身后的人——萨姆探长注意到，那是个紧张兮兮的高个子金发男人，容貌酷似哈特夫人——低声劝诫她，但她不顾劝告，毫不停顿地走到石板旁，掀开盖布，低头望向那张难以辨认的残缺的脸，连眼神都不曾闪烁一下。

萨姆探长容许她在毫无感情的思忖中沉溺了片刻，没去打扰。他盯着她的脸看了一会儿，然后转过身去打量那几个围在她身旁的男人。他认出那个紧张的金发高个子男人——大约三十二岁——是康拉德·哈特，约克和埃米莉·哈特唯一的儿子。康拉德的面相和母亲一样凶狠，但与此同时，这张脸还透露出软弱和纵欲，甚至带着一丝难以觉察的厌世。他看起来不太舒服，刚瞥了一眼死者的脸，就立即低头望向地板，右脚开始敲打地面。

康拉德身旁站着两个年老的男人，萨姆在最开始调查约克·哈特失踪案时跟他们打过交道。其中一位是他们的家庭医生，这位高大的灰发男人至少有七十岁，单薄的肩膀向下低垂：梅里亚姆医生。仔细查看死者脸庞的时候，梅里亚姆医生没有展现出丝毫神经质的迹象，但他看起来显然有些不适，探长觉得这是因为他和死者相识多年。从外表上看，他的同伴是在场所有人里最古怪的——他身姿挺拔，闷闷不乐，非常瘦削。这是特里维特船长，一位退休船主，哈特家的老朋友。萨姆探长有些震惊地发现——特里维特船长没有右腿，只有一条端头裹着皮革的木腿从蓝色的裤管下伸出来。他以前竟没留意过！探长屈辱地想道。特里维特仿佛喉咙深处被什么堵住了，发出很大的声响。他伸出饱经风霜的苍老的手，恳求般地放在哈特夫人的手臂上。老妇人甩开那只手——她僵硬的手臂轻轻一抖，特里维特船长涨红了脸，后退了一步。

她的视线第一次从尸体上移开:"这是……？我说不准,萨姆探长。"

萨姆从自己的外套衣兜里抽出双手,清了清嗓子:"是,您当然认不出。受损情况相当严重,哈特夫人。……这边请!请看看这些衣服和物品。"

老妇人简单地点点头,只有在跟着萨姆走向那把堆放湿衣服的椅子时,她才流露出一丝情绪——她舔了舔自己薄薄的红嘴唇,像一只刚刚饱餐了一顿的猫一样。梅里亚姆医生一言不发地取代了她在石板旁的位置,示意康拉德·哈特和特里维特船长退后,然后将那张盖布从尸体上揭了起来。席林医生用专业的眼光挑剔地看着。

"这些衣服是约克的。他失踪那天穿的就是这身。"她的声音和她的嘴唇一样顽强紧绷。

"那么现在,哈特夫人,还有这些私人物品。"探长领着她走向桌子。她伸出鹰爪般的手,慢慢拾起那枚图章戒指,那双寒霜般的苍老眼睛扫过烟斗、皮夹、钥匙圈……

"这也是他的,"她干巴巴地说,"这枚戒指,我送的——这是什么?"她一下子激动起来,一把抓起那张纸条,一眼就看到了上面的内容。然后她又恢复了那副冷冰冰的样子,近乎漫不经心地点了点头:"约克的笔迹,毫无疑问。"

康拉德·哈特整个人都垮了下去,他的视线从一件物品转向另一件,仿佛找不到可以停留的地方。看到死者的留言,他似乎也很激动。他一边从衣服内兜里哆哆嗦嗦地摸出一些文件,一边喃喃地说:"所以就是自杀。没想到他有这个胆量。这个老傻瓜——"

"是他的笔迹样本?"探长立刻打断了康拉德的话。他莫名其妙突然有些光火。

那个金发儿子把文件递给萨姆。探长急匆匆地弯腰查看。哈特夫人开始整理裹在她骨瘦如柴的脖子上的皮草围巾，再也没朝那具尸体和她丈夫的遗物看一眼。

"好吧，这是他的笔迹。"探长咕哝着说，"行啦，我想事情就这么定了。"他无可奈何地把那张纸条和其他手写文件揣进自己兜里，望向石板那边。梅里亚姆医生正重新铺好盖布。"您怎么说，医生？您了解他的情况。这是约克·哈特吗？"

老医生开口的时候没看萨姆："我得说，是。是的。"

"男性，年过六十。"席林医生突然插了进来，"手脚都很小。非常老的阑尾残端。六七年前做过手术，很可能是胆结石。都对得上吗，医生？"

"是的。他的阑尾是我十八年前亲手切除的。另一次——是肝内胆管结石。不严重。约翰斯·霍普金斯医院的罗宾斯做的手术……这就是约克·哈特。"

老妇人开口了："康拉德，安排葬礼。私密点。给报纸做个简单声明。不要花。立刻去办。"她迈步走向门口。特里维特船长看起来有些不安地拖着脚步跟了上去。康拉德·哈特嗫嚅着说了句什么，可能是表示服从。

"请稍等，哈特夫人。"萨姆探长说。她停下脚步，回头望向他。"别这么急。您的丈夫为什么会自杀？"

"现在，要我说的话——"康拉德有气无力地说。

"康拉德！"他像条被打败的狗一样退缩了。老妇人回转身，走到探长面前，她站得如此近，他甚至能闻到她微微酸臭的口气。

"你想要什么？"她厉声问道，"我丈夫了结了他自己的生命，这个结论你满意了吗？"

萨姆目瞪口呆："啊——是的。当然。"

"那么这件案子就结束了。我希望你们都别再烦我。"留下最后一个凌厉的眼神，她走开了。特里维特船长看起来松了口气，拖着脚步跟上。康拉德咽了口唾沫，看起来不太舒服，也跟在后面。梅里亚姆医生单薄的肩膀垂得更低了，他也一言不发地走了出去。

"那么，阁下，"门刚在那群人身后关上，席林医生就说，"叫你安分点吧！"他轻笑起来："天，这个女人！"他把石板推进壁格。

萨姆探长无可奈何地喘着粗气，跺着脚走向门口。一个眼睛明亮的年轻男子在门外一把抓住他粗壮的胳膊，开始跟着他走。"探长！你好，嘿哟，晚上好呀。我听说——你找到了哈特的尸体？"

"真有鬼。"萨姆恶狠狠地说。

"是啊，"这位记者快活地承认，"我刚刚看到她步履沉重地走了出去。瞧瞧那下巴！就像登普西[1]……听着，探长，你不会无缘无故地出现在这里，我知道肯定有什么消息！"

"无可奉告。放开我的胳膊，你这只小狒狒。"

"糟糕的老脾气又上来啦，亲爱的探长……我可以说这个案子有谋杀的嫌疑吗？"

萨姆把双手揣进衣兜，低头望向提问者。"只要你敢，"他

---

[1] 指杰克·登普西（William Harrison "Jack" Dempsey，1895—1983），美国早期拳王。——编者注

说,"我就打断你浑身上下每一根骨头。你们这些害虫永远不会满足吗?这是自杀,活见鬼!"

"在下以为,探长辩称——"

"快滚!已经确认无疑,我告诉你吧。现在,滚开,小屁孩,趁我还没踢烂你的屁股。"

他走下太平间的台阶,招手叫了一辆出租车。记者若有所思地望着他,脸上的笑容不见了。

一个男人上气不接下气地从第二大道跑了过来。"嘿,杰克!"他喊道,"哈特家有什么新消息吗?看到那个老女巫了没?"

缠着萨姆的那个家伙耸耸肩,目送探长的出租车消失在街角。"也许有。第二个问题——看到了,但没用。不管怎么说,这是篇很棒的后续报道……"他叹了口气,"行啦,不管是不是谋杀,我只能说——替疯帽子家[1]谢谢老天爷!"

第二场

哈特宅
四月十日,星期日,下午两点三十分

疯帽子家……多年前,在那个哈特家的新闻满天飞的年代,一

---

[1] 《爱丽丝梦游仙境》中的人物,此处指哈特一家,哈特(Hatter)与帽匠(hatter)形成双关。——编者注

位富有想象力的记者在《爱丽丝梦游仙境》的启发下，给哈特家起了这个绰号。这也许是一种不幸的夸张。他们疯狂的程度连那位不朽的疯帽子的一半也赶不上，惹人发笑的才能更不及那位的亿万分之一。他们是一群——用那座正在衰落的广场上的邻居们窃窃私语的话来说——"讨厌的人"。而且，虽然他们是广场上最古老的家族之一，但从不曾完全融入那里，他们和格林威治村上流社会的领地总是隔着一英寸[1]的距离。

这个绰号倒是固定下来，并流传了出去。他们家总有人上新闻。不是金发康拉德又一次喝多了大闹地下酒吧，便是才华横溢的芭芭拉引领了新的诗歌潮流，或者在文学评论家如潮的赞美中谦逊克己。要么就是吉尔，哈特家三个孩子里最年轻的那个——美丽、任性，她那贪婪的鼻孔总是对享乐之事嗅觉敏锐。曾经有流言隐约说她短暂造访过鸦片的领地；偶尔有人传说她在阿迪朗达克度过了一个纸醉金迷的周末；每隔两个月，她总会千篇一律地宣布自己跟某个富家子"订婚"……不过重要的是，与她"订婚"的富家子从来不会出身于高贵的家族。

他们不仅引人注目，而且关于他们的消息总是那么不正常。尽管这几个孩子性情古怪，纵情声色，异乎寻常，无从预测，但要论声名狼藉，谁也及不上他们的母亲。度过了比小女儿吉尔更放荡的少女时代以后，她一头扎进中年，像意大利的大贵族波吉亚家的人一样跋扈、顽固、令人无法阻挡。以她的社会活动能力，没有什么"运动"是她办不到的；凭借她精明灼热的赌徒血脉，市场上任

---

[1] 1英寸合2.54厘米。——编者注

何错综复杂或险象环生的手段都如同儿戏。曾经几次有人传闻，她在华尔街商业运作的烈火中狠狠烧伤了手指；她继承自历史悠久又富裕悭吝的荷兰中产阶级家族那笔庞大的个人财产在投机的火焰中像黄油一样熔化了。没人知道她确切的财产规模，甚至包括她的律师。随着各家小报在战后的纽约应运而生，她不断被称为"美国最富有的女人"——这个头衔显然不是真的；也有报纸说她深陷于贫困边缘，这显然也是胡编滥造。

凭借这一切——她的家庭，她的个人事迹，她的背景，还有她耸人听闻的历史——老埃米莉·哈特是报人的宠儿，也是他们的毒药。他们不喜欢她，因为她是个脾气糟糕透顶的老巫婆；他们爱她，因为，正如一家大报的编辑所说："有哈特夫人，就有新闻。"

在约克·哈特扎进下湾冰冷的海水之前，一直有人预测，他总有一天会自杀。他们说，血肉之躯——像穿戴整齐的约克·哈特这样诚实的血肉之躯——能承受的只有这么多，没法再增加了。近四十年来，这个男人一直像猎狗一样被鞭打，像马一样被驱使。在妻子毒舌的鞭策下，他缩进自己的躯壳，失去了人格，在醒着的所有时间里变成了一个人形的幽灵，起初是出于恐惧，然后是孤注一掷，最终只余绝望。他的悲剧在于，作为一个有智力的敏感的普通人，他被禁锢在一个充满欲望、失去理智、刻薄疯狂的环境中。

他一直是"埃米莉·哈特的丈夫"——至少从三十七年前，他们在崇尚浮华的纽约举行婚礼以后便是这样。当时狮鹫还是最时髦的装饰品，椅罩是会客室里不可或缺的配饰。从他们回到华盛顿广场那幢大宅——当然是她的宅邸——的那一天起，约克·哈特就知道了自己被诅咒的命运。那时候他还年轻，也许他曾挺身对抗她令人窒息的意志、狂暴的怒火和颐指气使。也许他提醒过她，她已经出于某种不可告人的理由跟第一任丈夫，清醒严肃的汤姆·坎皮恩离了婚；所以，实实在在地说，她欠他的，欠她第二任丈夫，她得稍微替他考虑一点儿，将她从首次踏足社交界开始就一直令整个纽约深感震惊的种种扭曲行为略加收敛。如果他曾这样做过，那么他的命运就已注定，因为埃米莉·哈特不容自己的命令遭到任何违抗，任何忤逆她的行为都必将遭到惩罚。他的命运由此注定，本应前途无量的职业生涯也毁于一旦。

约克·哈特曾是一位化学家——年轻、贫穷，一个刚刚进入科学界的新人——但有人预测，这位研究者会有惊天动地的发现。结婚那会儿他正在做胶体方面的实验，这是一个维多利亚晚期的化学家做梦都想不到的方向。在他性格暴躁的妻子的攻击下，胶体、职业生涯和名望都枯萎了。日子一天天过去，他变得越来越阴郁，最终他满足于在一间可怜的临时实验室混日子，埃米莉允许他龟缩在这里自娱自乐。他变成了一具空洞的躯壳，可悲地仰仗富有的妻子的慷慨（并虔诚地铭记这一事实），为她那些乖戾的后裔充当父亲，但面对他们桀骜的脖颈，他的约束力还比不上家里的女佣。

芭芭拉是哈特家的孩子里最大的一个，也是埃米莉跳脱的血脉里最像人的一个。这个三十六岁的老姑娘又高又瘦，有一头淡金色头发，这一家中只有她一个没被来自她母亲的遗传基因彻底毁掉：她对所有活着的东西怀着丰沛的爱，对大自然抱有一种异乎寻常的同情心，这使她迥异于众人。在哈特家的三个孩子里，只有她继承了父亲的特质。与此同时，她也没能摆脱如麝香气味般氤氲在她母亲身后的不正常的特点，但在她身上，这种不正常披上了天才的面目，以诗意的形式涌现出来。她已经被视为当代最重要的女诗人——在文学圈子里，她被称为无可批评的诗歌界的无政府主义者，拥有普罗米修斯灵魂的波希米亚人，得到神赐的歌唱天赋的智者。她写过无数光彩熠熠的神秘诗句，带着那双忧伤而智慧的绿眼睛，她已成为纽约知识界的神谕化身。

芭芭拉的弟弟康拉德在艺术方面没有这样的才能来抵消他的不正常。他是男性版本的埃米莉·哈特，一位狂放不羁的哈特家人。他在三所大学里都是坏小孩，因为恶毒又愚蠢的鲁莽行径被这几所学校先后开除。他曾两次因为违约被拖到法庭的聚光灯下。有一次，他开着跑车横冲直撞，碾死了一个行人，若不是他母亲的律师匆匆塞了一大笔贿赂，他准得完蛋。不知道有多少次，酒精烧热了他乖僻的血脉，让他冲着无辜的酒保大发哈特家的坏脾气。他断过一根鼻梁（后来由一位整形医生精心修复了）、一处锁骨，身上有过不计其数的青紫。

但他也无法越过母亲的意志这道不可动摇的藩篱。老太太拎着他的领口把他从泥泞里拖出来塞进了商界，并给他配了个头脑清醒、勤勤恳恳、完全值得称颂的助手，这位年轻男子名叫约翰·戈姆利。这也没让康拉德远离声色场，他经常回到那里狂嚼滥饮，靠戈姆利稳定的商业手段保全他们的经纪事业。

在某个相对比较清醒的时刻，康拉德认识了一个不幸的年轻女子，并跟她结了婚。当然，婚姻没能修正他的疯狂生涯。他的妻子玛莎是个与他同龄的温驯的小女人，很快她便意识到了自己是多么不幸。她被迫生活在哈特家的大宅里，受那位老妇人的摆布，遭到丈夫的厌弃,她那张活泼的脸很快永久性地挂上了一副受惊的表情。和她的公公约克·哈特一样,她成了一个迷失在地狱里的灵魂。

康拉德如水银般没有定性,可怜的玛莎原本不可能从与他的结合中得到什么快乐。她得到的那点少得可怜的东西来自他们的两个孩子,十三岁的杰基和四岁的比利……这两个孩子不完全是恩赐,因为杰基是个野蛮、任性、早熟的少年,这个暴躁的孩子头脑狡黠,天生善于发明残酷的手段,他不光给母亲惹了无穷无尽的麻烦,就连他的两位姑姑和祖父母也大为头疼;年幼的比利难免有样学样。为了把这对兄弟从残垣中拯救出来,早已精疲力竭的玛莎那灰暗的生活变成了一场残酷的战斗。

而吉尔·哈特……用芭芭拉的话来说:"她永远是个名媛。她活着全然是为了享乐,吉尔是我认识的最恶毒的女人——从她那对可爱的嘴唇和淫荡的姿态里看不出她的品性,因此她的恶毒更是双倍的。"吉尔二十五岁。"她是卡利普索[1],却没有那位女神的魅力,只是个卑鄙透顶的东西。"她拿男人做实验。因为这一点,她不断被描述为"过着荒淫无度的生活"。总而言之,吉尔无疑是她母亲的年轻版本。

有人会说,这一家子疯得真够齐全——大家长是花岗岩般的老巫婆,心力交瘁的矮个子约克被逼得自杀,天才芭芭拉,花花公子

---

[1] 古希腊神话中掌管一座小岛的海之女神,总是爱上最终会离她而去的凡人英雄。——编者注

康拉德，邪恶的异教徒吉尔，俯首帖耳的玛莎，还有两个不快乐的孩子。但这个说法失之偏颇。因为他们家还有一个人，一个如此不同寻常、如此悲剧、如此惹人怜爱的人，跟她相比，这光怪陆离的一家子全都显得平平无奇。她便是路易莎。

她自称为路易莎·坎皮恩，因为她虽是埃米莉的女儿，但她的父亲却不是约克·哈特，而是埃米莉的前夫，汤姆·坎皮恩。她四十岁了。她娇小，丰满，丝毫不受周遭混乱的影响。她精神健全，性情温和，有耐心，从不抱怨，是个甜蜜的可人儿。但在声名狼藉的哈特家族中，她绝不是默默无闻的背景板，而是全家最出名的一员。她的声名如此之盛，以至于从她出生的那一刻起，她就成了昭示她母亲那震耳欲聋的臭名的工具，而她母亲恶名的影响无情地伴随了她惨淡而传奇的一生。

因为，作为埃米莉和汤姆·坎皮恩的孩子，路易莎来到这个世界上便又盲又哑，还有点儿聋，医生说，随着她逐渐长大，耳聋会越来越严重，直至完全失聪。

医生的预言无情地应验了。在她十八岁生日的时候——仿佛是主宰她命运的黑暗神灵送上了某种生日礼物，这份礼物是对她的终极羞辱——路易莎·坎皮恩彻底聋了。

对于没那么坚强的人来说，光是这件事可能就要了她的命。因为在这个精彩纷呈的年纪，别的女孩正满怀激情地忙着探索世界，路易莎却孤零零地被困在了自己的星球上——那个世界里没有声音，没有图像，也没有颜色；一个说不清道不明，难以言传的世界。听力原本是她和生活之间的最后一道坚固桥梁，但现在，这道桥梁也被黑暗神灵彻底烧毁。没有回头路，她只能直面否定和匮乏，直面彻底干枯的生活。从人类的主要感官这方面来看，可以说她已经死了。

但是，尽管路易莎柔弱、羞怯、不知所措、无助，但天性中某种坚固如铁的东西——也许正是她母亲邪恶的血脉中有益的那部分——支撑着她，赋予了她非凡的勇气，让她得以平静地面对这个绝望的世界。就算她知道自己为何如此痛苦，她也从不曾言明。她和自己悲剧命运的始作俑者关系如此亲密，就连普通的母女也必将钦羡。

这个女儿的苦难显然源自她的母亲。有小道消息说，路易莎出生的时候，她的父亲汤姆·坎皮恩有点儿问题——他的血脉里某些邪恶的东西害苦了这个孩子。可是后来，坎皮恩和了不起的埃米莉离了婚，埃米莉再婚后生了一窝邪恶的疯帽子，于是全世界都相信，路易莎的事儿应该归咎于女方。这时候人们又想起来，坎皮恩前面那段婚姻留下了一个完全正常的儿子，于是大家更深信不疑。坎皮恩被媒体遗忘了，他和埃米莉离婚后没几年就神秘死亡，他的儿子不知所终。埃米莉则紧紧攫住不幸的约克·哈特，带着自己上一段婚姻留下的苦果住进了华盛顿广场上的那幢祖宅……经历了整整一代丑闻的洗礼，这幢房子注定陷入如此刻骨辛酸的悲剧，仿佛之前在此发生过的一切都不过是这场大戏不起眼的序幕。

悲剧开场的那天，距离约克·哈特的遗体被从海湾里捞上来过去了两个月多一点儿。事件的起初仿佛出于无心。哈特夫人的女管家兼厨娘阿巴克尔太太习惯在每天午餐后为路易莎·坎皮恩准备一杯蛋酒。这完全是为了满足老太太的炫耀心理：虽然路易莎的心脏不太好，但她身体不错，作为一个丰满柔软的四十岁女性，她当然不必在她的食谱上额外增加蛋白质。但哈特夫人的坚定要求不容拒绝：阿巴克尔太太只是个仆人，这个事实她时刻都在得到提醒；而路易莎向来任她母亲钢铁般的手指揉搓，每天午饭后，她都听话地走进一楼的餐厅，喝下那杯母爱的琼浆。这个习惯由来已久，后面我们会发现，这一点非常重要。阿巴克尔太太做梦都想不到要违抗老太太的命令，哪怕只偏差一根头发丝的距离，她总是把装蛋酒的高玻璃杯放在餐桌西南角，离边缘两英寸——每个下午，路易莎总能毫不犹豫地找到它，然后举杯一饮而尽，仿佛她看得见似的。

悲剧发生的那天，或者说，按照后来事实证明的，悲剧险些发生的那天，是四月里一个天气温和的星期日，一切正常……直到某一刻。两点二十分——后来萨姆探长仔细确认了精确的时间——阿巴克尔太太在大宅后面的厨房里做好了蛋酒（警方调查期间，她气呼呼地拿出了她做蛋酒的那些原料），用常用的托盘亲自把它送进餐厅，放在桌子西南角，距离边缘两英寸，然后——任务完成了——离开餐厅回到厨房。根据阿巴克尔太太的证词，她走进餐厅时那里没有别人，她放下蛋酒时也没人进来。截至这一刻，以上事实清晰无误。

要确认接下来到底发生了什么，那就要难一些了，证词有些模糊。有一阵子场面十分混乱，谁也不能足够客观地准确记住各种位置、言辞和事件。萨姆探长很不满意地下了结论，大约两点三十分，路易莎在那位好斗的老太太的陪伴下离开自己的房间，走下楼梯，去餐厅喝蛋酒。她们在门口站住了。一起下楼的女诗人芭芭拉·哈特也停在她们身后很近的地方，向餐厅里望去，后来她也说不清这是为什么，当时她只是隐约感觉有哪里不对。与此同时，玛莎，康拉德温顺的小妻子，疲倦地穿过走廊，从房子后面慢吞吞地走了过来，一边走一边无精打采地唠叨："杰基跑到哪里去了？他又把花园里的花儿给踩了。"在那个犹豫不决的时刻，她也停在门口伸长了脖子。

同时望向餐厅里面，将目光聚焦在那位主角身上的还有第五个人。他便是独腿老水手，特里维特船长，哈特家的邻居，两个月前，他曾陪着老太太和康拉德去停尸房认尸。餐厅有两扇门，特里维特就站在第二道门的门口——这扇门不是通往主走廊，而是通往餐厅隔壁的藏书室。

眼前的情景本身并不会令人不安。他们看到，玛莎的长子，十三岁的杰基矮小的身影独自出现在餐厅里。他正拿着装蛋酒的杯子朝里面看。老太太严厉的目光变得更严厉了，她张开嘴正打算说话。杰基心虚地转过头来，一下子发现有这么多人正盯着自己，小脸立即绷紧了，眼睛骨碌碌乱转，淘气的眼神里跃出某种决断，他把杯子举到唇边，立即喝了一口里面浓稠的液体。

接下来一片混乱。做祖母的冲上前去猛拍男孩的手，大声喊道："你明明知道那是路易莎姑姑的，恶心的小流氓！埃米莉奶奶跟你说过多少次了，不准偷她的东西！"——就在这一刻，杰基松开手里的杯子，淘气的小脸上满是震惊的表情。玻璃杯跌碎在地板上，里面的液体四下飞溅在餐厅铺了油毡的地砖上。紧接着，杰基抬起在花园里弄脏的双手捂住嘴巴，嘶哑地尖叫起来。所有人都惊呆了，一动不动，不知道为什么，他们意识到，男孩不是在乱发脾气，而是真的感受到了剧烈的疼痛。杰基瘦小却结实的身体开始抽搐，双手痉挛，他痛得蜷成一团，喘着粗气，脸上蒙上了一层奇怪的灰霾。他倒在地板上，尖叫仍未停歇。门口有人应声惊叫，玛莎飞奔进来，脸上没有一丝血色，她跪倒在地，满怀恐惧地看了一眼男孩扭曲的脸，然后晕了过去。

惊叫声在大宅里此起彼伏：阿巴克尔太太跑了进来，然后是她的丈夫，乔治·阿巴克尔——家里的男仆兼司机；弗吉尼娅，瘦高的老女仆；康拉德·哈特，因为周日一早就喝了酒，他衣冠不整，脸色通红。可怜的路易莎被遗忘了，她无助地站在门口，被人推到一旁，不知道发生了什么。她似乎通过第六感察觉到出了什么事情，因为她踉跄着向前走去，鼻翼翕动，寻找着她的母亲，然后她绝望地拉了拉老太太的手臂。

你们可能已经想到，第一个从男孩的发作和玛莎的晕倒带来的震惊中恢复过来的是哈特夫人。她扑到男孩身边，推开玛莎失去意识的身体，托起杰基的脖子——现在他的脸已经变成了深紫色——捏开他僵硬的下颌，伸出自己老得骨瘦如柴的手指，捅进了他的喉咙。他呕了一声，马上吐了出来。

那双玛瑙般的眼睛闪烁起来。"阿巴克尔！马上给梅里亚姆医生打电话！"她厉声喊道。乔治·阿巴克尔赶快从餐厅里跑了出去。哈特太太的眼神更加凌厉，没有丝毫歇斯底里，她重复急救动作，男孩再次呕吐。其他人似乎都僵住了，除了特里维特船长以外。他们就那么目瞪口呆地望着老太太和呕吐不已的男孩。但特里维特船长点头赞同哈特夫人斯巴达式的处置手段，他拖着脚步在房间里巡视，找到了那个聋哑盲的女人。路易莎感觉他碰到了自己柔软的肩膀，她似乎认出了他，摸索着找到了他的手，然后紧紧抓住。

但这场大戏最重要的一幕在发生的当时却无人留意。因为谁也没发现，一只耳朵上长着斑点的小狗——是小比利的——摇摇摆摆地走进了餐厅。看到泼洒在油毡上的蛋酒，它快活地叫了几声，扑上前去，把它的小鼻子埋进了那摊液体中。女仆弗吉尼娅突然惊叫起来。她指着那只小狗。它正虚弱地翻滚着倒在地板上。小狗浑身颤抖，有些抽搐。然后它那四条滑稽的腿开始变得僵硬。它的肚子痉挛般向上一挺，随后整个身体都不动了。这只小狗显然再也不会舔蛋酒了。

住在附近的梅里亚姆医生五分钟就赶到了现场。他没有浪费时间去理会哈特家目瞪口呆的那群人，也几乎没有关注他们。这位上了年纪的医生显然很熟悉他的病人们。他瞟了一眼死狗，又看了看那个正在颤抖着干呕的男孩，他的嘴唇抿紧了。"立刻上楼。你，康拉德，帮我把他抱上去。"金发康拉德已经清醒过来的眼睛里满是惊恐，他抱起儿子走出房间。梅里亚姆医生立即跟了上去，他的急救包已经打开了。

芭芭拉·哈特机械地跪倒在地，开始摩擦玛莎瘫软的手。哈特夫人一言不发，脸上的皱纹坚硬如磐石。

吉尔·哈特睡眼惺忪地裹着一件晨衣，气冲冲地走了进来。"出什么破事儿了？"她打着哈欠问道，"我看见老大夫跟康尼[1]还有那个小坏蛋一起上了楼……"她突然瞪大眼睛，咽下了后面半句话：她看到了地上僵硬的小狗，泼洒的蛋酒和不省人事的玛莎。"这是……？"没有人理她，也没人赏光回话。她一屁股坐在一把

---

[1] 康拉德的昵称。——编者注

椅子上，瞪着嫂子没有血色的脸。

一个敦实的高个子中年女人走了进来，身上的衣服白得发亮——史密斯小姐，路易莎的护士，后来她告诉萨姆探长，当时她正在楼上自己的卧室里读书。她一眼就看清了情况，某种类似惊恐的东西爬上了她诚实的脸庞。她的目光从花岗岩般屹立的哈特夫人转向依偎在特里维特船长身边颤抖的路易莎，然后她叹了口气，嘘声赶走芭芭拉，跪坐下来，开始用专业的敏捷手法照顾那个昏迷的女人。

谁也没发出哪怕一个音节。好像同时得到了什么推动信号似的，他们齐齐转过头来，忐忑不安地望向老太太。但哈特夫人一脸高深莫测的表情，她已经伸出手臂按住了路易莎颤抖的双肩，现在她正面无表情地看着史密斯小姐照顾玛莎的灵巧动作。仿佛过了一个世纪，人们骚动起来。他们能听见梅里亚姆医生下楼的沉重脚步。他慢慢走进餐厅，放下急救包，望向玛莎，在史密斯小姐的照顾下，她已经开始苏醒过来；他点点头，转向哈特夫人。"杰基脱离危险了，哈特夫人。"他冷静地说，"多亏了你，脑子非常清醒。他吞下的剂量不足以致命，但及时的催吐无疑有效预防了情况恶化。他会没事的。"

哈特夫人庄重地点点头，然后猛地扬起头，冰冷又在意的目光仿佛要把老医生穿透。她从他的语气里听出了某些要命的东西。但梅里亚姆医生已经转过身去，开始检查那条死狗。他闻了闻地板上的液体，舀了一点儿装进他从急救包里取出的一个小玻璃瓶里，然后塞紧瓶子，把它收了起来。他站起来，对史密斯小姐耳语了一句什么。护士点点头，离开了房间。他们听到她脚步沉重地走进楼上的儿童房，杰基正躺在那间房里的床上呻吟。

然后，梅里亚姆医生弯腰扶起玛莎，语气稳定地安抚她——周围如坟墓般寂静——这个温驯的小女人脸上流露出一种绝非温驯的奇怪表情，她跌跌撞撞地离开餐厅，跟着史密斯小姐走进儿童房。上楼的时候她和丈夫擦肩而过，两个人都没说话。康拉德蹒跚走进房间，一屁股坐下。好像她一直在等这一刻似的，好像康拉德的出现是某种信号，老哈特夫人猛地拍了一下桌子。所有人都吓了一跳，除了路易莎以外，她更深地钻进了老太太的臂弯。"听着！"哈特夫人怒喝，"天堂在上，现在我们要刨根问底了。梅里亚姆医生，蛋酒里的什么东西让那孩子病成了这样？"

梅里亚姆医生喃喃回答："番木鳖碱。"

"是毒药啰？跟我想的一样，瞧那条狗。"哈特夫人似乎挺直了身体，目光从全家人身上扫过，"我会追查到底，你们这群不知感恩的恶魔！"芭芭拉轻轻叹了口气，她抬起修长的手指按住椅背，整个人倚在上面。她的母亲用冰冷的语调严厉地说："那杯蛋酒是路易莎的。路易莎每天都会在同样的时间、同样的地点喝一杯蛋酒。你们都很清楚。从阿巴克尔太太把蛋酒放在餐厅桌子上，到那个小流氓溜进来一把抓起杯子，在这段时间里，不管是谁把毒药掺进了蛋酒，他都知道要喝它的人是路易莎！"

"母亲，"芭芭拉开口了，"求你了。"

"闭嘴！杰基的贪吃救了路易莎的命，也差点儿断送了他自己。我可怜的路易莎安全了，但这件事没完：有人想毒死她。"哈特夫人搂紧了自己聋哑盲的女儿。路易莎呜咽着吐出几个不成调的音节。"好了，没事的，亲爱的。"老太太柔声安抚，仿佛路易莎能听到似的,并轻轻抚摸女儿的头发。然后,她的声音重新变得尖厉起来:"给蛋酒下毒的人是谁?"

吉尔吸了吸鼻子:"别这么夸张,妈。"

康拉德嗫嚅着说:"这说不通啊,妈。我们中会有谁想——?"

"会有谁?你们个个都有嫌疑!你们都见不得她!我可怜的受苦的路……"她搂紧了路易莎。"嗯?"她咆哮着说,衰老的身躯激动得发抖,"说啊!谁干的?"

梅里亚姆医生开口了:"哈特夫人。"

她的怒火立即消失得无影无踪,怀疑跃入了她的眼帘:"如果我需要你的意见,梅里亚姆,我会问你的。这不关你的事!"

"恐怕,"梅里亚姆医生冷冰冰地说,"我做不到。"

她的眼睛眯了起来:"你这是什么意思?"

"我的意思是说,"梅里亚姆医生回答,"我的职责是第一位的。这是犯罪,哈特夫人,我别无选择。"他慢慢走向房间角落,那里有一台电话分机放在柜子上面。

老太太倒吸一口凉气,她的脸变得像杰基刚才一样紫。她甩开路易莎,一个箭步上前抓住梅里亚姆医生的肩膀,开始用力摇晃他。"不,不行!"她吼道,"噢,不,你不能这样做,你这个爱管闲事的恶魔!你要把这件事说出去?又要见报,又——别碰电话,梅里亚姆!我要——"

尽管老太太抓住他的胳膊拼命摇晃,对着他灰白的脑袋口沫横飞地赌咒发誓,梅里亚姆医生依然冷静地拿起话筒,打给了警察总局。

第一幕

"凶案虽然没有舌头,却会用最不可思议的器官说话。"[1]

第一场

哈姆雷特山庄
四月十七日,星期日,中午十二点三十分

起初,神创造了天地,萨姆探长暗忖,祂的活儿干得真不赖,尤其是在韦斯特切斯特县的哈得孙河上,距离大都会几英里[2]外的

---

1 引自莎士比亚悲剧《哈姆雷特》第二幕第一场。——编者注
2 1英里合1.61千米。——编者注

这个地方。

这位好探长平时很少想到宗教或审美方面的问题，因为他那副宽阔的肩膀不得不扛着十分沉重的官方职责。不过，尽管脑子里充斥着种种俗事，但面对周围的美景，就连他也无法无动于衷。

他的车沿着一条狭窄的公路飞驰，蜿蜒的道路仿佛通向天空，两旁碧绿的枝叶中点缀着城垛、堡垒和尖塔，在蓝天白云和葱茏树木的映衬下宛如曲折精巧的仙境。与之形成对比的是哈得孙河，河面在道路底下很低的位置，波光闪烁，小船如白点般散落在蓝色的波涛中。探长吸进肺里的空气中氤氲着木头、松针、花朵和甜美尘土的气息，正午的太阳火辣辣的，四月的凉风轻巧地拨弄着他的灰发。这让人觉得活着是件乐事，管它有没有凶案，探长一边应付着路上突如其来的转弯，一边富有哲理地想道。哈姆雷特山庄他已经来过好几次，哲瑞·雷恩先生漂亮的居所就在这里，探长琢磨着，每来一次，这个该死的地方就往人心底里钻得更深一点儿。

他在那座熟悉的小桥前停下车来，这是哲瑞·雷恩先生庄园的前哨站。探长孩子气地朝"哨兵"挥了挥手。那个面色红润的小老头儿正满面笑容地将手抬到自己苍老的额头上，向他致意。"嗨！"萨姆喊道，"这么美丽的星期天，雷恩先生在家吗？"

"是的，先生。"守桥人用尖尖的声音回答，"在的，先生。直接进去吧，探长。雷恩先生说了，随时恭候您的大驾。这边请！"他连蹦带跳地跑到桥边，拉开嘎吱作响的大门，让探长的车驶过那座古色古香的小木桥。

探长满意地吁了口气，踩下油门。天气真是好得要命，老天爷!

眼前的景象十分熟悉——完美的石子路,葱茏的野生灌木丛,突然,仿佛来自幻想中的梦境,一座城堡前的一片空地映入眼帘。傲然矗立在哈得孙河上方几百英尺[1]高的悬崖顶上的这座城堡寄托着哲瑞·雷恩先生的抱负。它的修建理念已被现代的批评家推翻:刚从麻省理工学院毕业的年轻人对它的建筑手法嗤之以鼻,他们的画板只容得下极高的钢塔和坚不可摧的水泥堡垒。它的建造者得到了五花八门的蔑称:"老土炮""逆潮流而动者""趾高气扬的哑剧演员"——最后这个称呼来自新戏剧批评学派中一位尖酸刻薄的家伙,对他来说,任何早于尤金·奥尼尔[2]的剧作家和早于莱斯利·霍华德[3]的演员都是"蠢材""古董""老掉牙""垃圾酒水"。

但是,它就在那里:开阔的人工花园,整齐肃立的紫杉树,三角墙农舍组成的伊丽莎白风格的庄园,鹅卵石,支路小道,护城河和吊桥,还有那座用石头加固的巍峨城堡本身。它是来自十六世纪的一块丰润的切片,老英格兰的一个缩影,仿佛出自莎士比亚的笔下……对于一个安静地生活在自己辉煌的遗产中的老绅士来说,这样的排场不可或缺。就连最严苛的批评者也无法否认,他曾献身于戏剧,为那些不朽戏剧的永存做出了绝大的贡献,他在剧场里近乎

---

[1] 1英尺合30.48厘米。——编者注
[2] 尤金·奥尼尔(Eugene O'Neill,1888—1953),爱尔兰裔美国剧作家,表现主义文学的代表作家。——编者注
[3] 莱斯利·霍华德(Leslie Howard,1893—1943),出生于伦敦,英国舞台剧、电影演员。——编者注

天才的演出为他带来了数不尽的财富与崇高的声望,也让他本人体验到了无比的幸福。

如今,哲瑞·雷恩先生,退休的戏剧之王,就栖居在这里。无论城里那些碌碌营营的傻瓜对此如何评价,当萨姆探长推开拱卫庄园的高大石墙上那扇沉重的铁门时,以另一个老人的眼光来看,这是一个安宁美丽的地方,让人得以从纽约的嘈杂中解脱出来。

他猛地踩下刹车,汽车尖啸着停了下来。离奇而惊人的一幕出现在他左边二十英尺外。郁金香花园中间矗立着一尊微笑的爱丽儿石雕喷泉……但吸引他的是那个伸出粗糙的棕色手掌在喷泉池里泼水的人。虽然在这几个月里,探长渐渐熟悉了哲瑞·雷恩先生和他的这片产业,但他每次看见这位地精般的老人,总会产生一种离奇的不真实感。泼水的这个人身材矮小,棕褐色皮肤,满脸皱纹,秃头长须,小巧的脊背驼起结瘤似的一大块——这个不可思议的小人儿系着一条皮围裙,像漫画里的铁匠一样。老驼子抬起头来,明亮的小眼睛闪闪发光。"喂,奎西!"探长喊道,"你在干什么呢?"

奎西是哲瑞·雷恩先生的过去留下的主要纪念品之一——四十年来,他一直为雷恩先生制作假发,提供化妆——他抬起小小的双手叉在自己变形的小腰板上。"我正在观察一条金鱼,"他严肃地回答,苍老的嗓子嘶哑吞音,"好久不见呀,萨姆探长!"

萨姆弯腰钻出车门,伸了个懒腰:"我猜是吧。老头子好吗?"

奎西的手像蛇一样猛地向前一伸,接着他淌着水的手伸了出来，抓住了一个扭动的小东西。"漂亮的颜色。"他咂着皮革般坚韧的嘴皮，夸赞道，"你是说雷恩先生？好，好得很。"他突然一动，愤愤不平起来："老头子？他可比你年轻哪，萨姆探长，你明明知道。他六十岁了，雷恩先生，但他比你跑得快——像兔子一样快，他今天早上还在后面那片冰冷的湖里——哗啦啦！——游了整整四英里呢。你行吗？"

"呃，可能不行。"探长咧嘴笑道，他小心翼翼地绕过脚下的郁金香花圃，"他在哪里？"

那条金鱼失去了勇气，它的挣扎突然令人警惕地变得无力起来。驼子几乎有些后悔地把它扔回了喷泉里。"那片女贞树后面。他们正在修剪。爱美得很，我是说雷恩先生。这些园丁喜欢——"

但探长已经轻笑着大步越过了老头儿——然而路过时没忘了轻拍他畸形的驼背——因为萨姆探长是个特别务实的人。奎西大笑起来，伸出两只鹰爪般的手探进水里。

萨姆绕过一棵如数学般严谨地修剪过的女贞树，树后传来一阵繁忙的敲打声、剪切声和雷恩独特的令人愉悦的低沉嗓音。他上前几步，朝一群园丁中间那个身穿灯芯绒裤子的瘦高个男人咧开嘴笑了。"哲瑞·雷恩先生本人，亲自出场，"探长伸出大手宣告，"瞧，瞧哇！难道你不会变老的吗？"

"探长！"雷恩快活地喊道，"真让人惊喜。天哪，看到你我真高兴！"他松开手里沉重的剪枝刀，跟萨姆握了握手："你是怎么找到我的？别人往往在哈姆雷特山庄逛上好几个小时都碰不到主人。"

031

"奎西说的。"探长迫不及待地一屁股坐在漂亮的草地上，"啊——啊！他在后面的喷泉那里。"

"折磨那些金鱼，我敢打赌。"雷恩咯咯笑道。他像一根细弹簧似的屈身在探长旁边坐了下来。"探长，你越来越发福了哟，"他斜睨着探长鼓起的肚子，挑剔地说，"你应该多锻炼。我要说，从我上次见到你以来，你长了十磅[1]吧。"

"我要说，你猜得对极了。"萨姆咕哝道，"抱歉，我无法回敬你同样的话。你瘦得像小提琴一样。"

他望着这位同伴，眼神几乎有些深情。雷恩高、瘦，而且不知怎么，看起来活力十足。要不是低低地垂在颈后的头发已经全白，他看起来可能更像四十岁，而不是六十岁：他那张十分古典的脸庞上没有一丝皱纹，非常年轻；他那双灰绿色的眼睛如此锐利深邃，绝没有衰老的迹象；从白衬衫的领口里露出来的古铜色脖颈肌肉发达，非常健壮；他的脸平静坚毅，但随时可以露出丰富的表情，正当盛年的壮汉才拥有这样的面孔；他这些年过得轻松愉悦，就连他的声音也不会暴露年龄，他的嗓音有力，富有磁性，在需要时也可以轻快尖厉——在许多观众的耳朵里，他的声音近乎性感。哪怕在整个剧团里他也算是了不起的人物。

"你大老远地从城里赶过来，"哲瑞·雷恩先生的眼睛里闪过一丝光亮，"恐怕不完全是为了社交吧，探长。我作出这个基本的推测，因为你整个冬天都没理我——事实上，自从朗斯特里特案[2]

---

[1] 英制重量单位，1磅折合0.4536千克。——编者注
[2] 指萨姆探长和哲瑞·雷恩先生在《X的悲剧》中调查的案子。——编者注

结束以后，你就没找过我。是什么占据了你那忙碌的脑瓜？"他洞察人心的目光落在探长的嘴唇上。这位演员已经彻底失聪，正是近期的这一变故迫使他离开了剧场。凭借他适应新环境的神奇能力，他很快自学了读唇术，他的技巧如此熟练，大部分和他接触的人根本没发现这个小缺陷。

萨姆看起来有点儿不好意思："我不会那样说。我不愿意坦白承认，雷恩先生……但事实上，纽约那边的确发生了一点儿小事，让我们束手无策。我想你也许愿意搭把手，算是吧。"

"一桩罪案。"演员若有所思地说，"该不会是哈特家的那件事吧？"

探长精神一振："这么说，你已经在报纸上读到了！是的，就是那群疯帽子。有人想毒死老太太第一段婚姻留下的那个女儿——那个路易莎·坎皮恩。"

"那个又聋又哑又盲的女人。"雷恩一脸严肃，"我对她特别感兴趣，探长。一个绝佳的案例，表明人类如何克服纯生理性的残疾……对了，当然，你们还没破案。"

"你他妈说得没错。"探长没好气地回答。他从地上扯了一把草，周围和煦的美景似乎一下子失去了魅力："完全摸不着头脑。一条有用的线索都没有。"

雷恩专注地看着他。"我读过报纸上的所有报道，"他说，"但有的细节可能经过了篡改，那应该不是故事的全貌。无论如何，我对那家人有了一点儿了解，被下毒的蛋酒，差点儿因为贪吃送命的孩子——所有表面上的事实。"他站起身来："你吃午饭了吗，探长？"

萨姆搓了搓雀青的下巴:"呃……我不是很饿……"

"别扯了!"雷恩抓住萨姆结实的胳膊,用力一拽。探长惊讶地发现,自己的身体有一半离开了草地。"跟我来,别胡闹了。我们一起吃点东西,然后喝着冰啤酒聊聊你的问题。你应该爱喝啤酒吧?"

萨姆慌忙站起身来,他看起来很渴:"我不会说我爱喝,也不会说我不爱……"

"我猜就是。你们都一个样。嘴上谨慎,但心里愿意。没准儿还能说服福斯塔夫,我那位大管家,给我们上一两杯,比如说,三星马爹利……"

"不是吧!"探长满腔热情地说道,"天哪,这个主意太棒了,雷恩先生!"

哲瑞·雷恩先生信步走在小道上,路旁的树木修葺成了球形;看着客人的眼睛越睁越大,他暗自发笑。他们正穿过城堡外围树荫掩映下的那座古色古香的村庄。低垂的红色屋顶,鹅卵石铺成的街道,狭窄的小路,高耸的尖塔和山墙,一切都那么迷人。探长拼命眨眼,似乎被搞糊涂了。直至看到几个身穿二十世纪服装的男女,他这才开始放松下来。虽然他曾几次造访哈姆雷特山庄,但这还是他头一回进村。他们在一幢低矮的棕色建筑外面停下脚步,这幢房子装着竖框的窗户,挂着一块摇摇晃晃的招牌。"你听说过美人鱼酒馆吧?莎士比亚、本·琼森、雷利和弗朗西斯·博蒙特等人曾在那里相会。"

"似乎有这个印象,"探长若有所思地回答,"伦敦的一家酒馆,那群人曾经在那里消磨时间,举行派对。"

"没错。就在齐普赛的面包街——离星期五街不远。你会在那里发现许多古雅的名字,在很长一段时间内你才能碰上这么多古老的名字。这里,"哲瑞·雷恩先生礼貌地一鞠躬,继续介绍,"我们的这个酒馆忠实地复现了那家不朽的酒馆,探长。我们进去吧。"

萨姆探长咧嘴笑了。这家天花板上横梁裸露的酒馆里烟雾缭绕,人声鼎沸,洋溢着上等烈酒的气味。他满意地点点头:"如果三四百年前那群人喜欢的是这种调调,雷恩先生,那么我也喜欢。嗯!"

一个大腹便便的矮个子男人快步上前欢迎他们,他浑圆的腰上高高地系着一条洁白的围裙,脸色红润得惊人。

"你还记得福斯塔夫吧,我这位举世无双的福斯塔夫?"雷恩拍了拍小老头儿锃亮的脑袋问道。

"当然记得!"

福斯塔夫——福斯塔夫!——他笑着鞠了一躬:"大杯吗,雷恩先生?"

"是的,给萨姆探长也来一杯,外加一瓶白兰地。再来点好吃的。跟我来,探长。"他领头穿过拥挤的房间,一路上不断跟吵吵闹闹的食客点头微笑致意。他们找了个没人的角落,在一张教堂长椅式的凳上坐下。福斯塔夫像最尽职的旅馆老板一般督促厨子做好了一份美味的午餐,并亲自送了上来。探长吁出一口长气,将他那丑陋的鼻子埋进了正在冒泡的马克杯里。

"好啦,探长,"等到萨姆嚼碎最后一口食物,倒光白兰地瓶子里的最后一点儿酒,演员这才开口说道,"跟我讲讲你的问题吧。"

"问题就在于,"探长抱怨道,"根本没多少东西可讲。既然你读过报纸,那你知道的基本跟我差不多了。你也在报纸上看到了吧?那位老太太的丈夫几个月前自杀了!"

"是的。报纸当然连篇累牍地报道过约克·哈特的出逃。跟我说说你赶到现场时的情况。"

"嗯,"萨姆向后一仰,靠在胡桃木的高椅背上,"我干的第一件事是试着确定番木鳖碱被掺进蛋酒的准确时间。那位厨娘兼女管家,阿巴克尔太太,把杯子放在餐桌上的时间是两点二十五分左右,五到十分钟后——我尽了力也只能确定到这个程度——哈特夫人带着聋哑盲的女儿走进餐厅,发现那个小坏蛋,杰基,一口喝掉了给他姑姑准备的饮料。这里没什么疑问吧?"

"没有,"雷恩回答,"我相信你已经跟那些记者说过了,从周围的环境来看,很多人有机会给那杯饮料下毒。你问过那孩子他进入餐厅的准确时间吗?"

"当然,不过孩子嘛,你知道的。你能指望什么呢?他说他刚进去,就被祖母和路易莎姑姑逮住了。我们一直无法确定,谁有可能在那个孩子之前溜进了餐厅。"

"我明白了。那孩子完全康复了吗?"

萨姆探长哼了一声:"不然呢!只喝了一大口,他是死不了的。什么孩子啊!就是那种你恨不得掐死的小浑蛋。因为他本来没想偷喝蛋酒——哦不,他当然不想!他都不知道自己当时为什么要喝。他说:'埃米莉奶奶吓到我了,于是我就喝了。'就这么回事。要我说的话,他怎么没多喝两口,真是太糟糕了。"

"我敢打赌,你小时候应该也不是什么小勋爵方特勒罗伊[1]吧,探长,"雷恩嗤笑,"蛋酒可能被下毒的那段时间里,其他人分别都在什么位置?报纸上没说清楚。"

"这个嘛,阁下,正如你可能已经想到的,乱得很。那位海船船长,特里维特——当时他就在餐厅隔壁的藏书室里读报。但他说自己没听见任何动静。然后是吉尔·哈特——她在楼上自己的房间里,躺在床上,半睡半醒。容我提醒一句,当时是下午两点半!"

"这位年轻的女士前一夜很可能不在家,"雷恩干巴巴地指出,"我相信,按照他们圈子里的说法,她做了一次'通宵酒鬼'。相当离经叛道,我想。其他人呢?"

萨姆郁郁不乐地瞥了一眼自己的白兰地酒杯:"呃,那个名叫路易莎的女人,就是那个残疾人,午饭后通常会小睡片刻。她和母亲住在楼上的同一间房里。总而言之,哈特夫人先在花园里找了会儿别人的碴,然后上楼叫醒路易莎,两点半刚过,她们一起下楼去喝蛋酒。那位好色之徒,康拉德——那孩子的爹——他在大宅东侧的巷子里转悠,抽烟。他说,当时他头痛得厉害——估计是宿醉——想透透气。写诗的那个,芭芭拉·哈特——她是个名人,要我说的话,也是这一大家子里唯一一个正常人,雷恩先生,她是个有脑子的漂亮年轻女士——她在楼上自己的工作室里写作。路易莎的护士史密斯小姐,她的房间就在路易莎隔壁,东边那条巷子上面——她说她待在自己屋里读星期天的报纸。"

---

[1] Little Lord Fauntleroy, 出自19世纪末同名经典童书,是一个天生拥有诸多优良品质的可爱小男孩。

"还有其他人呢？"

"都是些小角色。女管家阿巴克尔太太——她在后面的厨房里，和女仆弗吉尼娅一起收拾午餐后的残局。乔治·阿巴克尔，阿巴克尔太太的丈夫，在后面的车库里给车抛光。差不多就这些人了。有点儿绝望，对吧？"

雷恩点点头，他的目光一动不动地落在探长的嘴唇上。"那位独腿船长特里维特，"他终于说道，"是个有趣的角色。他该放在拼图里的哪个位置呢，探长？星期天下午两点半，他在那幢房子里干什么？"

"噢，他啊，"萨姆咕哝着说，"他曾经是个海船船长。他在哈特家隔壁住了很多年——那幢房子是他退休时买的。我们已经查过他了，放心。他赚了不少钱——他开着自己的货船在海上跑了三十年。南大西洋的一场强风暴迫使他不得不退休。巨浪击倒了他——腿上骨折了好几处。大副的活儿干得一塌糊涂。回到港口以后，他不得不截肢。他是个饱经海上风浪的老家伙。"

"但你还是没有回答我的问题，探长，"雷恩平静地提醒，"他为什么会正好出现在那幢房子里？"

"你就不能听我说完吗？"萨姆不满地抱怨，"抱歉。我本来感觉挺好，直到你提醒我这件事……特里维特常去哈特家。他们说，他是约克·哈特唯一的真朋友——两个相当孤单又有怪癖的老头儿因为共同的孤独走到了一起，我想。特里维特很难接受哈特的失踪和自杀，我是这么想的。但他还是常常过来。你看，他在那位路易莎·坎皮恩面前频频露脸，想得到她的关注——大概是因为她虽然命运坎坷却从不抱怨，是个甜美的人儿，而他失去了一条腿。"

"很有可能。身体上的缺陷的确会拉近人们之间的距离。那么这位好船长只是在那里等着向路易莎·坎皮恩致意?"

"正是如此。他每天都来看她。他们相处得很好,虽然老女巫同意他来访——有人关注她的聋哑女儿,她高兴还来不及——但天知道别人怎么想。他是两点左右来的,阿巴克尔太太告诉他,路易莎在楼上小睡,他就去了藏书室等她。"

"他们怎么交流呢,探长?说到底,那个可怜的姑娘听不到,看不见,也不能说话呀。"

"噢,他们有自己的办法。"探长喃喃地说,"她直到十八岁才彻底失聪,你知道吧,在此期间,他们教了她很多东西。不过,在大部分的时间里,特里维特船长只是坐在那里,握住她的手。她很喜欢他。"

"真可怜!现在,探长,该说说毒药了。你有没有追踪过那些番木鳖碱的来源?"

萨姆苦笑起来:"很不走运。我们从一开始就抓住了这条线索。当然。但这条路很不好走。你看,那位约克·哈特从未真正放弃过他对化学的爱——他年轻时在化学研究方面是个大人物,我认为是这样的。他在自己的卧室里搞了个实验室。以前他整天都待在那里。"

"他以这种方式逃离这个令人讨厌的环境。的确。番木鳖碱来自那间实验室?"

萨姆耸耸肩:"我觉得是。但是,哪怕在这件事上,我们也遇到了麻烦。自从哈特失踪以后,老太太就把实验室锁了起来。她下了死命令，谁都不准进去。算是为了纪念他吧，诸如此类。她想让那个地方完全保持哈特离开前的样子——尤其是在两个月前，有人发现了他的尸体，由此确认了他的死亡以后。明白了吗？只有一把钥匙，她一直带在身边。那间实验室没有别的入口——窗户上有铁栏杆。嗯，我一听说有这么间实验室，就立即赶去查看，结果——"

"你从哈特夫人手里拿到了钥匙？"

"是的。"

"她一直把它带在身边，你确定？"

"她是这样说的。总而言之，我们在实验室里找到了一个装着番木鳖碱药片的瓶子，放在哈特搭的那堆架子上。于是我们设想，毒药来自那个瓶子——把药片放进蛋酒里可比带着药粉或者药液到处跑简单多了。但见鬼的是，他是怎么进的那间实验室？"

雷恩没有立刻回答。他举起苍白但有力的长手指，朝福斯塔夫勾了勾："把杯子倒满……这就有点儿像个不答自明的反问句了，探长。窗户上有铁栏杆——哈特肯定特别珍视他的实验室，这是他的一方清静地——现在实验室锁上了，唯一的钥匙一直在哈特夫人手里。呣……倒也不必想得太复杂。世上有蜡模这种东西，钥匙是可以复制的。"

"当然。"萨姆不耐烦地说，"难道我们连这都没想过吗？我觉得，雷恩先生，有三种可能的解释。第一，下毒者可能在约克·哈特失踪之前就从实验室里把番木鳖碱偷了出来，当时那间屋子还敞开着，谁都能进去，然后他一直留着这份毒药，直到上个星期日……"

"妙啊，"雷恩赞道，"请继续，探长。"

"第二，有人给那把锁拓了个蜡模，正如你提出的那样，然后配了把钥匙，潜入实验室，在这桩未遂的罪案发生前不久拿到了毒药。"

"或者以前很久，探长。还有呢？"

"或者第三种可能，毒药完全来自外部途径。"萨姆从福斯塔夫手里接过冒泡的满当当的马克杯，迫不及待地一饮而尽。"好极了，"他打着嗝说，"我是说啤酒。瞧，我们想尽了办法。为了验证钥匙理论——我们确实没放过这条线索——我们几乎问遍了所有锁匠和五金店……但一无所获。外部途径——这方面我们也在查，但还没有眉目。现在的情况就是这样。"

雷恩若有所思地敲着桌子。屋子里的人越来越少，美人鱼酒馆里几乎只剩下了他们俩。"你有没有想过，"沉默了片刻之后，他说，"蛋酒被下毒的时间，也许在阿巴克尔太太把它端进餐厅之前？"

"圣母在上啊，雷恩先生，"探长喊道，"你以为我是谁啊？我当然想过。我检查了厨房，但那里没有番木鳖碱或者下毒者的任何迹象。但阿巴克尔太太的确把蛋酒在厨房桌子上放了一会儿，当时她去食品储藏室拿东西了。在她离开之前，女仆弗吉尼娅正好去客厅掸灰了。所以的确有这样的可能：有人偷偷溜进厨房，趁阿巴克尔太太不在的时候给那杯饮料下了毒。"

"我开始理解你的迷茫了，"雷恩悔恨地笑道，"我也感同身受，探长。那个星期日的下午，哈特家的大宅里就没有别的人了？"

"据我所知，一个都没有。但前门没锁，谁都有可能溜进那幢房子再逃走，不被任何人发现。蛋酒会在每天下午两点半放在餐厅里，这件事哈特家的所有熟人都知道。"

"我想，下毒案发生的时候，有一个人不在家——埃德加·佩里，康拉德·哈特那两个儿子的私人教师。你查过他吗？"

"当然。佩里星期日休假。他说上个星期日上午，他在中央公园散了很久的步——那天他一直自己待着。等他回去的时候已是黄昏，当时我已经在那里了。"

"他对这桩未遂的下毒案有何反应？"

"看起来很惊讶，我觉得，他听说这事儿的时候显得有点儿担心。他无法提供任何线索。"

"我们似乎，"笑容从哲瑞·雷恩先生有棱角的五官上消失了，几道皱纹出现在他眉间，"在迷雾里越走越远。动机呢？破局的关键也许就在这里。"

萨姆探长理直气壮地长叹了一声，一个强壮的男人有劲儿没处使的时候就会这样。"那该死的一家子里每个人都可能有动机。哈特家全是疯子——疯得要命，一个不漏，可能除了那个女诗人芭芭拉以外，而且就连她也有一股疯劲儿，只不过她疯在诗歌上。你看，哈特夫人一辈子都护着她那个又聋又哑又盲的女儿，像只母老虎一样守护着她，和她睡同一间屋子，亲手盲她吃饭，帮她穿衣——为了让路易莎尽可能过得舒服一点儿，她奉献了一生。这是那只老地狱猫身上唯一像人的地方。"

"所以，当然，其他几个孩子都嫉妒她。"雷恩喃喃地说，明亮的眼睛里灵光一闪，"他们肯定会。激情、野性，还有任何道德顾虑都无法约束的暴力冲动……没错。我开始有头绪了。"

"这些头绪我一周前就有了。"探长断然表示,"老太太这么关心路易莎,她的其他子女都嫉妒得要命。这事儿根本不像什么'我爱你,亲爱的妈妈'那样轻松甜蜜。"探长恶毒地笑了:"我甚至怀疑,这跟爱到底有没有关系。只关乎尊严,再加上一点儿倔脾气。所以,就路易莎这方面而言——呵,别忘了,她不是他们同父同母的姐姐,雷恩先生,他们只有一半的血缘关系。"

"这可就大不相同啰。"雷恩表示赞同。

"简直天差地别。比如说,吉尔,最小那个,她丝毫不在乎路易莎的死活,她说路易莎的存在就是笼罩在家里的一片阴霾,她的朋友们没一个愿意上门来,因为路易莎那副样子让人看了就不舒服。那副样子!她又不是故意的,但在吉尔看来没有区别。至少她觉得是这样。我倒希望吉尔是我女儿。"萨姆啪地拍了一下自己的大腿,"康拉德的感觉也差不多——他总劝他妈把路易莎送去某家机构,免得碍眼,为这吵了不知道多少回。他说她妨碍了他们的正常生活。正常!"探长嗤之以鼻:"那位大兄弟心目中的正常生活就是桌子底下有通过非法交易得来的私酒,两条大腿一边坐一个风骚娘儿们。"

"芭芭拉·哈特呢?"

"这又是另一回事了。"萨姆探长似乎对那位女诗人抱有仰慕之情,因为他啜了口啤酒,舔了一圈嘴唇,面对雷恩询问的眼神,他非常和气地答道,"我是说——她是个好女孩,雷恩先生。感性。我不会说她爱那个聋哑姑娘,但根据我的调查,芭芭拉同情她,试图帮她获得一些生活乐趣——这正是一个有良心的真正的女人会做的事情。"

"哈特小姐显然有了一位裙下之臣，"雷恩站起身来，"走吧，探长，去透透气。"

萨姆踉跄着起身，松了松腰带，跟着他的东道主走进外面那条古色古香的小街。他们信步走回花园。雷恩沉浸在思绪中，他的眼神一片混沌，嘴唇紧抿。萨姆愁眉不展，步履沉重。"康拉德和他的太太关系应该不太好吧，我想。"雷恩在一条简陋的长凳上坐下，终于开口说道，"请坐，探长。"

萨姆有气无力地服从了，仿佛厌倦了思考："是的。他们成天吵个没完。她跟我说，只要有能力，她会立刻带着两个孩子离开'这幢可怕的房子'——当时她真的很激动……我倒是从路易莎的护士，史密斯小姐那里听说了一些关于她的趣事。几周前，玛莎和老太太吵了一架。哈特夫人好像是扇了孩子几巴掌，玛莎气疯了。她骂婆婆是'邪恶的老巫婆'，说她是个爱管闲事的老家伙，还咒她死——你知道女人激动起来的样子。总而言之，她们差点儿互相扯头发打起来。史密斯小姐带着孩子离开了房间——两个孩子都吓呆了……玛莎温驯得像只羔羊，你知道吧，但她发起火来也够瞧的。我有点儿可怜她，她活在一间疯子工厂里。跟你说，我不会希望自己的孩子在这样的环境里长大。"

"但哈特夫人是个很有钱的女人，"雷恩低声说，就好像没听懂萨姆的故事一样，"也许背后有金钱方面的动机……"他的表情随着时间的流逝越来越阴沉。

他们沉默着坐在那里。花园里十分凉爽，一阵笑声从小村的方向传来。探长双臂抱胸，望向雷恩的脸。他显然对自己看到的结果不太满意，因为他咕哝着说："那么，你的意见是什么呢，雷恩先生？有什么想法吗？"

哲瑞·雷恩先生叹了口气，微微一笑，摇了摇头："不幸的是，我不是超人，探长。"

"你是说，你——"

"我是说，我连一点儿头绪都没有。谁给蛋酒下了毒？甚至没有一套说得通的猜想。事实，现有事实——不足以构成一套排除其他可能性的假设。"

萨姆看起来很沮丧。他原本既盼望又害怕这样的结果："有什么建议吗？"

雷恩耸耸肩："只有一个警告。那个人下过一次毒，就还会下毒。毫无疑问，路易莎·坎皮恩的生命还会遭到新的威胁。当然，不是现在。但总有一天，等到那位下毒者觉得自己安全了……"

"我们会尽最大努力去预防。"探长听起来不太自信。

老演员突然站起身来，萨姆震惊地抬头望着他单薄的身影。雷恩面无表情——这个信号无疑意味着有一个想法突然闯进了他的脑海。"探长。我记得梅里亚姆医生从餐厅的油毡上取了一份毒蛋酒的样本？"萨姆摆过头来，探询地望向他的东道主。"法医检验过这份样本吗？"

探长放松下来。"噢，"他说，"这个啊。是的，我请席林医生在市里的实验室检验过了。"

"席林医生反馈了检验结果吗？"

"嘿，嘿！"探长说，"你想到哪儿去啦？没什么出奇的，雷恩先生。他当然反馈了结果。"

"他有没有说,蛋酒里的毒药剂量是否足以致命?"

探长哼了一声:"致命?拿你的靴子打赌,绝对致命。医生说,那杯饮料里的毒药能干掉半打人。"

那一刻过去了,雷恩的脸恢复了平时那副愉快的表情,只是现在略有些失望。探长从那双灰绿色的眼睛里读出了失败。"那我唯一的建议是——这么热的天,你大老远地跑过来,结果只得到这么一点儿可怜的回报,探长!"哲瑞·雷恩先生说,"——你真得把那群疯帽子盯紧喽。"

第二场

路易莎的卧室
六月五日,星期日,上午十点

我们可以看到,哈特家的案子起初节奏很慢。它不是那种罪案接踵而来,一系列事件令人眼花缭乱,致命的鼓点急促敲响的情况。它来得很慢,慢得近乎懒散,正因为这种缓慢,它呈现出一种冷漠无情的气质,就像贾格纳神的游行[1]。

从某种角度来说,事件这种缓慢的发展速度似乎很重要,但在当时,大家连真相的边都没摸到,包括哲瑞·雷恩先生在内。约

---

[1] Jagannath是印度教中的一位神灵,毗湿奴的化身之一,每年的战车节上,他的神像会和另两位神灵一起被带出神庙游行,这是印度最盛大的宗教仪式之一。

克·哈特是在十二月失踪的，他的尸体在二月被发现，针对那位聋哑盲女士的下毒发生在四月，然后，又过了快两个月，在六月里一个晴朗的星期日上午……

雷恩舒舒服服地隐居在他哈得孙河畔的城堡里，已经忘了哈特案和萨姆探长的来访。报纸对那桩未遂的下毒案渐渐失去了兴趣，最后整件事彻底从新闻里消失了。尽管萨姆探长付出了最大的努力，案情却没有丝毫进展，他依然无法锁定任何一个嫌犯。喧嚣散去，警方的调查也渐渐松弛下来。直到六月五日。

哲瑞·雷恩先生是从电话里听到这件事的。当时他正四仰八叉地躺在城堡露天的城垛上，赤身裸体地晒太阳。老奎西跌跌撞撞地爬上塔楼的旋转楼梯，地精般的脸涨得发紫。"萨姆探长！"他气喘吁吁地报告，"打来了电话，雷恩先生！他——他……"

雷恩警觉地坐了起来："怎么了，奎西？"

"他说，"老头儿喘着粗气，"哈特家出事了。"

雷恩棕色的身体向前一扭，蹲了起来，臀腿很精瘦。"所以事情还是发生了，"他慢吞吞地说，"什么时候？出事的是谁？探长怎么说的？"

奎西擦着汗津津的额头："他没说。他很激动，那个探长。他朝我大吼大叫。我这辈子都没受过这样的——"

"奎西！"雷恩站了起来，"快说。"

"好的，雷恩先生。他说，如果你想了解情况，就马上到哈特家去，他是这么说的。华盛顿广场北路。所有东西都会为你保留下来。但要快，他说！"

雷恩已经冲向了塔楼楼梯。

两小时后，被雷恩称为德洛米奥[1]的年轻人为他开车——雷恩有个让他沾沾自喜的习惯，他会暗自用莎士比亚作品里的人物给认识的人起代号——雷恩那辆黑色的加长林肯轿车在第五大道南段拥挤的车流中灵活地穿梭。经过第八街电车轨道的时候，雷恩看见华盛顿广场公园里挤满了人，人群分布的范围很广，警察正在阻拦他们，拱门下的车行道也拉起了路障。两个骑摩托车的警察拦住了德洛米奥。"这边过不去了！"其中一个警察喊道，"掉头绕道吧。"

　　一个脸庞红润的胖警佐跑了过来："是雷恩先生的车吗？萨姆探长说，您可以过去。好了，小子们。这是命令。"德洛米奥缓缓绕过街角，驶入瓦弗利广场。警戒线已经拉了起来，整个广场北侧与第五大道和麦克道格街都被隔断了。街对面的公园步道上挤满了看热闹的人，记者和摄影师像蚂蚁一样匆忙地跑来跑去。到处都是警察和笨手笨脚的便衣。

　　这场骚乱的核心很快出现在他们眼前，德洛米奥把轿车停在了它的前面。这是一幢用明红色砖块砌成的方方正正的三层小楼，老式的宅邸一看就知道有年头了——它是这片广场还在跑马的时代留下的遗迹，宽阔的窗户后面帘幕低垂，屋顶边横着一道刻有雕纹的飞檐，高高的白色石阶两侧都装着铁栏杆；栏杆尽头的平台上蹲踞着两头铁铸的雌狮，身上点缀着陈年的绿色苔痕。石阶上挤满了警探。气派的白色嵌板大门敞开着，对着人行道露出里面小小的前厅。

1　莎士比亚喜剧《错误的喜剧》中的角色。——编者注

雷恩下车时心情相当沉重。他穿着一套凉爽的亚麻西装，头戴宽边草帽，脚踩白鞋，手里握着一根藤杖。他抬头望向大门外的平台，叹了口气，然后开始爬上石阶。一个男人从前厅里探出头来："雷恩先生？这边请，萨姆探长正在等您。"

探长本人——他的脸变成了深红色，露出一副气急败坏的典型样貌——在里面迎接雷恩。这幢房子内部十分安静：宽阔的走廊凉爽而幽深，两侧是一扇扇紧闭的门。走廊正中的老式胡桃木楼梯通往楼上。比起外面那条闹哄哄的街道，房子里面安静得像一座坟墓。周围一个人都没有——据雷恩所见，连警察都没有。

"唉，"萨姆忧郁地说，"它来了。"有那么一刻，他似乎失去了语言。"它来了"似乎便是他最后的意见。

"是路易莎·坎皮恩？"雷恩问道。这个问题似乎有点儿多余。不是路易莎·坎皮恩还能是谁呢，既然两个月前就有人想杀她？

萨姆探长低声回答："不是。"

雷恩震惊得近乎滑稽了。"不是路易莎·坎皮恩！"他喊道，"那是谁……？"

"那个老太太。她遇害了！"

他们在清凉的走廊里面面相觑，眼神交会，却没在对方脸上找到任何安慰。"哈特夫人，"雷恩第三次重复道，"这太奇怪了，探长。简直就像有人想杀他们全家，而不是只针对具体的某个人。"

萨姆不耐烦地走向楼梯："你是这么想的？"

"我只是把自己脑子里的念头说了出来，"雷恩有些生硬地说，"显然你不赞同我的想法。"他们开始并肩拾级而上。

探长步履沉重，仿佛十分痛苦。"我也没说不赞同。我只是不知道那个魔鬼到底怎么想的。"

"还是毒药？"

"不是。至少看起来不像。但你很快就能亲眼看到了。"

他们在楼梯顶上停下脚步。雷恩的眼神变得锐利起来。他们站在一条长走廊里，两侧都是紧闭的房门，每扇门外都站着一个警察。

"这是他们的卧室吗，探长？"

萨姆咕哝着表示肯定，然后开始顺着楼梯顶上的木扶手往前走。突然，他紧张地停了下来，雷恩一下子撞到了他身上。因为走廊最靠西北面那个角落里的门吱呀一声向内打开了，原本靠在门上的那个大块头警察往后一个趔趄，惊叫了一声："噢！"

探长放松下来。"又是那两个小屁孩，"他怒吼，"霍根，看在上帝的分儿上，你就不能让那两个兔崽子乖乖待在儿童房里吗？"

"遵命，长官。"霍根一边气喘吁吁地回答，一边试图解决他的麻烦。一个小男孩喊叫着从这位警察的两条粗腿中间钻了出去，毫不犹豫地冲进走廊。霍根刚稳住身体，另一个更小的男孩，看起来刚会走路，又喊叫着钻进了这双诱人的大腿中间，跟前面那个孩子一样，他也兴高采烈地冲了出去。警察拔腿就追，一个满脸憔悴的女人在后面高喊："杰基！比利！噢，孩子们——你们知道不准这样干！"

"玛莎·哈特？"雷恩低声问道。这个女人其实相当漂亮，但眼角生出了鱼尾纹，看起来没有一点儿精神。萨姆点点头，不为所动地看着这场闹剧。

霍根勇敢地揪住了十三岁的杰基。男孩喊叫起来，听起来他是想看看到底出了什么事儿。他一边尖叫，一边踢警察的腿。那位先生既痛苦又难堪。玛莎·哈特一把抓住了那个更小的孩子，他正在学哥哥的样，狂乱地猛踢霍根的脚踝。四个人手脚乱挥，脸涨得通红，头发飞舞，最后他们纠缠着挤进了儿童房里。根据门后传来的尖叫声，显然这场战斗只是换了个地方进行。"而这，"萨姆探长刻薄地说，"正符合这里疯人院兼凶宅的身份。那两个小魔头简直把我们拖进了地狱……就是这里了，雷恩先生。"

楼梯顶的正对面是一扇门，距离走廊朝东的墙角不到五英尺。这扇门只微微开了一条缝。萨姆很严肃地把门推开一些，然后退到一旁。雷恩在门口停下脚步，眼里闪烁着刨根究底的光芒。这间屋子几乎是正方形的：这是一间卧室。门对面的墙上开着两扇向外凸出的窗户，俯瞰着楼下朝北——或者说朝向房子背面——的花园。东墙上离窗户不远的那扇门通往一间私人浴室，萨姆解释道。雷恩和萨姆此刻站立的走廊位于卧室临走廊这面墙的左侧，而在这面墙的右侧，雷恩观察到，是一长排很深的衣柜，所以外面的走廊靠楼梯口的位置比较窄，因为壁柜占据的空间沿走廊向东一直延伸到了另一个房间所在的位置。

从雷恩站立的位置可以看到两张床——都是双人床——床头靠着右手边的墙，两张床中间放着一个巨大的床头柜，它的两侧各有两英尺的空间。靠近门口的那张床有一盏装在床头板上的小灯，比较远的那张床上没灯。左墙上正对着床又靠近房间中央的位置上是一座巨大的老式石头壁炉，看起来很久没用过了，尽管不远处的架子上挂着全套烧火工具。这些观察出于直觉，一瞬间就已完成。雷恩迅速地瞥了一眼家具的大致位置，便将视线转回了那两张床上。

"死得比隔年的鲭鱼还透，"萨姆咕哝着靠在门侧，"好好看看吧。她真漂亮，不是吗？"

靠门的床上——有床头灯的那张——躺着哈特夫人。萨姆刻薄的评论根本没有必要：老太太以一种扭曲的姿态躺在一堆乱糟糟的床上用品中间，眼神凝滞的眼睛大睁着，青紫灰败的脸上静脉凸起，看起来没有一丝活气；她的额头上有几个特别奇怪的印子——血迹一路爬进了她乱蓬蓬的花白头发里面。

雷恩眯起眼睛观察，表情困惑，然后他的注意力转移到了另一张床上。床上没人，只有一套干净的床单和被罩堆了起来。"路易莎·坎皮恩的？"

萨姆点点头："那个聋哑盲的女人本来睡在这里，但她从这间屋子里被移走了。今天一大早，他们发现她躺在这里的地板上，不省人事。"

雷恩丝滑的白色眉毛抬了起来："被袭击了？"

"我觉得不是。回头再告诉你。她现在在隔壁房间里——史密斯小姐的房间。那个护士正在照顾她。"

"那么坎皮恩小姐没事？"

萨姆露出猫头鹰般的严肃笑容："真有意思，对吧？你本来以为，鉴于前史，不管这幢房子里的哪个喝多了酒要杀人，肯定是冲着她来的。但她没事，死的是老太太。"

身后的走廊里传来一阵脚步声，他们俩都立即回过头去。雷恩的脸亮了起来："布鲁诺先生！真是幸会啊。"

他们亲热地握了握手。纽约县地方检察官沃尔特·布鲁诺中等身高，身材结实，脸庞坚毅，戴着无框眼镜。他看起来十分疲惫："幸会，雷恩先生。我们每次见面似乎都是因为有人被拽进了地狱。"

"这完全是你的责任。和萨姆探长一样，你整个冬天都没搭理过我。你来了有一会儿了吧？"，

"也就半个小时。你有什么想法吗？"

"还没有。"演员的视线还在不断打量这间凶案发生的卧室，"到底发生了什么？"

地方检察官靠向门框："我刚刚见了那个姓坎皮恩的女人。可怜的家伙。尸体是在今天早上六点钟被史密斯小姐发现的——她的房间就在隔壁，俯瞰背面的花园和东边的巷子……"

"很懂地理嘛，布鲁诺先生。"雷恩喃喃地说。

布鲁诺耸耸肩："没准儿很重要。无论如何，路易莎平时起得很早，史密斯小姐一般会在六点起床，然后过来看看她有没有什么需求。她发现哈特夫人的时候，死者就像你看到的这样，躺在床上，但路易莎倒在地板上，大约在她自己的床和壁炉之间，头朝壁炉，脚伸在两张床中间的空间里。请到这边来，让我给你演示一下。"他迈步打算走进房间，但雷恩按住了他的胳膊。

"我觉得我能想象出来，"他说，"我还觉得，我们应该尽可能地少在这里走动。请继续。"

布鲁诺若有所思地打量着他："噢，你是说脚印！嗯，史密斯

小姐立即发现,老太太已经死了,她以为路易莎也死了。于是她尖叫起来,到底是个女人,她的叫声吵醒了芭芭拉和康拉德·哈特。他们跑进来,一眼就看清了房间里的情况,于是他们什么都没碰——"

"你确定?"

"啊,他们可以互相做证,所以我们只能相信。——虽然什么都没碰,但他们确定哈特夫人死了。事实上,她已经僵硬了。但他们发现,路易莎只是晕了过去。他们把她从这间屋子搬到了史密斯小姐的房间里。康拉德给梅里亚姆医生——他们家的私人医生——和警察打了电话,接下来谁也没被允许进过这间屋子。"

"梅里亚姆宣布,哈特夫人已经死亡,然后他去了那个护士的房间,"萨姆补充道,"去照顾那位聋哑人。他现在还在那里。我们还没法向她问话。"

雷恩若有所思地点点头:"坎皮恩小姐被发现的时候具体是什么样的?比你刚才说得更具体一点儿,布鲁诺先生。"

"她被发现的时候四肢伸展,俯面朝下。医生说,她是昏迷了。她的前额有一处青肿,梅里亚姆认为,这是因为她晕倒时前额撞到了地板,所以不能算作线索。现在她醒过来了,但还有点儿迷糊。谁也不清楚,她是否知道自己的母亲怎么样了,因为梅里亚姆现在还不准我们询问她。"

"尸体检查过了吗?"

"只有梅里亚姆最开始检查了一下,很粗略,我想。"布鲁诺说。萨姆点头赞同:"还没仔细检查。我们在等法医。席林慢得出名。"

雷恩叹了口气。然后他坚定地再次转头,望向脚下。他的视线落在铺满卧室的那一整张绿色短绒地毯上。从他所站的位置,他看到了几个沾着白色粉状物的脚趾和脚跟的印子,每个印子之间隔得很远。脚印似乎是从两张床之间延伸出来的,但站在雷恩的位置看不见它们的起点。脚趾印记的方向朝着通往走廊的那道门延伸,死者床尾部下面深绿色地毯上的那个印记最清晰,越朝门走越模糊。

雷恩走进房间,绕过那串脚印。他停在两张床之间的空间对面,以便检查这片区域。现在他能看见了,那些脚印来自洒落在两张床之间的一大片厚厚的白色粉末。粉末的来源很快真相大白。一个装着白色滑石粉的圆形大纸盒躺在路易莎·坎皮恩的床脚旁,现在盒子差不多已经空了——从盒子上的字来看,应该是痱子粉。粉末几乎洒满了两张床之间的地毯。

雷恩小心地绕开地上的脚印和粉末,慢慢走到两张床中间,好更清楚地检查床头柜和地板。一看就知道,那盒痱子粉本来放在床头柜边缘,因为柜顶上残留着白色的污渍和一层粉末的痕迹,角落里的一圈粉末彰示着那个盒子在掉下去之前肯定放在这里。距离圆圈几英寸的位置,木制的床头柜上有一块新鲜的磕痕,好像是被什么尖锐的东西用力砸出来的。

"我得说,"雷恩开口了,"那个盒子没盖紧,所以盒子被打翻的时候,盖子就掉下来了。"他弯腰从床头柜脚边的地板上捡起一个盒盖:"这些你们当然都看过了?"萨姆和布鲁诺无精打采地点头。白色纸盒盖靠近边缘的位置有几根细细的平行线。线是红色的。雷恩探询地抬起头来。

"是血。"探长说。

盒盖上血线所在的位置已经起了皱，仿佛留下这几条线的物体是被用力砸过来的，因此弄破了盒盖边缘。雷恩点点头。"这里毋庸置疑，先生们，"他说，"显然，这个粉盒是被什么东西从床头柜上扫下来的，这件物体在床头柜顶和盒盖上都留下了痕迹，然后，盒子落在坎皮恩小姐床脚边的地毯上，因为盒盖脱落，盒子里的痱子粉全都洒了出来。"他把起皱的盒盖放回原处，目光四下扫视，要看的东西太多了。

他选择先检查那些脚印。两张床中间，粉末最厚的地方，有几个脚趾印，每个印记之间相距约四英寸，从死者床头伸向床尾，几乎平行于床，大致朝向壁炉那面墙。差不多在洒了粉的区域边缘，厚厚的痱子粉上清晰地印着两个穿了鞋的脚趾印。从这里开始，印记转了个弯，绕过死者床尾，伸向门口，此后脚趾和脚跟的印子都有了。从脚印之间的距离来看，那个人的步子也加大了不少。

"基本可以证明，"雷恩喃喃地说，"留下脚印的人绕过床就跑了起来。"

奔跑的脚印只出现在没洒粉的地毯上——沾在那个人鞋底的粉末暴露了它们。"从表面上看，探长，"雷恩抬头观察，"我得说，你很幸运。这是一个男人的脚印。"

"也许这真是我们的幸运，也许不是。"萨姆咕哝道，"不知道为什么，我不喜欢这些脚印看起来的样子。这也太简单了！不过管他的，我们测量了几个比较清晰的脚印，这双鞋要么是七码半的，要么是八码或者八码半，窄楦，两边后跟都有磨损。现在我的手下正在这幢房子里找这双鞋。"

"案情没准儿相当简单，的确有这种可能。"雷恩表示。他转身走向两张床尾之间:"那么,按照我听到的,坎皮恩小姐被发现时躺在自己的床脚附近,洒粉区域边缘,差不多就是那个人的脚印改变方向的位置?"

"没错。她自己也在粉末上留下了一些印子,你能看到。"

雷恩点点头。在路易莎·坎皮恩摔倒的位置之前,痱子粉里有女人的赤脚留下的几个印子。这些赤裸的脚印最开始出现在聋哑人床边的位置,被掀开的被子顺着床通向床尾的侧面垂了下来。

"我想,这里应该没有疑问吧?"

"一点儿也没有。"布鲁诺回答,"已经确认,这些脚印的确是她的。这部分情节很容易重现。显然,她从床上爬了起来,然后沿着床悄悄走向床尾。走到那个位置的时候,发生了某件事情,让她晕了过去。"

哲瑞·雷恩先生皱起眉头,仿佛被什么困扰。他小心翼翼地走向哈特夫人的床头,弯下腰仔细观察死者。先前他就已经注意到她额头上的奇怪伤痕,现在这些印子又花了他不少时间。那是几根很深的细垂线,长度和角度各不相同,并且微微擦向侧面——朝着床头柜的方向。这些伤痕并未纵贯整个前额,它们始于眉毛和发际线之间,向上延伸到僵直的灰发中。血从这些奇怪的线里涌出来。雷恩的目光转向床头柜下方的地毯,似乎想确认什么,然后他点点头。地板上躺着一把摔坏的旧曼陀林[1],它半藏在床头柜下方,有弦的那面朝上。

他弯腰凑近看了看——然后转头望向两位同行者。地方检察官

---

[1] 一种琵琶类乐器。——编者注

布鲁诺苦笑起来。"你找到了，"他说，"这就是凶器。"

"是的，"雷恩低声回答，"那么就是它了。你能看到钢弦下半段有血迹。"弦断了一根，其余的也生了锈，似乎很久没人弹过，但猩红的鲜血不可能认错。

雷恩捡起那把曼陀林，注意到它一直躺在洒落的痱子粉上面：曼陀林在粉末中留下了一个清晰的印子。查看的时候他还发现，这把乐器靠下的一条边缘上有一处新的擦痕，估计和床头柜顶的凹坑恰好吻合。

"瞧啊，这可真是件绝妙的凶器，对吧，雷恩先生？"萨姆探长没好气地问道，"一把曼陀林，天哪！"他摇着头，仿佛在问，这些见鬼的凶案到底怎么了："下次他们该用百合花了。"

"品位很高，相当古典，"雷恩干巴巴地评论道，"那么，无所不能的哈特夫人是被这把曼陀林正面击中了前额……先生们，武器的选择不是问题的重点，因为我得说一句，事实上，从伤口的深度来看，单靠它很难致命。是的，品位相当高……现在我们很需要席林医生。"

他把曼陀林原封不动地放回地毯上它原先的位置，然后再次将注意力转向床头柜。他没发现什么不对劲的东西：一碗水果（放在靠近那位聋哑盲女士的床那边）；一个闹钟；打翻的痱子粉盒留下的印子；两个沉重的书立，中间夹着一本旧的《圣经》；还有一个花瓶，瓶子里的花已经枯萎。

水果碗里装着一个苹果，一根香蕉，一串早熟的葡萄，一个橘子和三个梨。

纽约县首席法医利奥·席林医生很少动感情。在他的职业生涯中，大批形形色色的尸体就像一个个标记，点缀着他的事业——自杀的，被害的，身份不明的，做实验用的，嗑药成瘾的，以及其他所有无论主动或被动死亡，其死因可疑的——他自然已经麻木。他看不起"神经质"这个词，他的神经和他握解剖刀的手指一样坚韧。熟人们常常怀疑，他职业性的坚固甲壳下跳动着一颗温柔的心，但谁也不曾证明过这件事。

他大步走进埃米莉·哈特夫人最后的安眠之所，漫不经心地冲地方检察官点点头，朝萨姆咕哝了一句，跟哲瑞·雷恩含混不清地说了点什么，迅速而全面地在房间里看了一圈，不出所料地注意到了地毯上的白色脚印，然后把他的包扔到了床上——哲瑞·雷恩先生惊恐地发现，那个包哐的一声落在老太太死去的僵硬的两腿之间。

"这些脚印能踩吗？"席林医生干脆地问道。

"可以，"探长回答，"所有东西都拍过照了。听我说，医生，以后你也许应该试着抓紧点时间。从我传话给你到现在，已经过去了整整两个半小时——"

"这个故事老掉了牙，却常讲常新，"矮胖的医生咧嘴笑道，"翻译过来就是，这是个老掉牙的故事了，但它每次都是新的，虽然海涅[1]的原话没这么直白……急什么哪，探长。这些死掉的夫人们有的是耐心。"他往下压了压自己头顶的布帽子——他的脑袋秃

---

[1] 海因里希·海涅（Heinrich Heine，1797—1856），德国抒情诗人和散文家，上文中的德语句子引自他的作品。——编者注

得像鸡蛋，而且他对此相当敏感——慢条斯理地绕床转了一圈，毫不在乎地从粉末脚印上踩过，然后开始工作。

笑容从他那张小胖脸上消失了，老式金边眼镜后面的那双眼睛变得专注起来。雷恩看到，他抿紧肥厚的嘴唇，查看死者前额的竖印，然后低头瞥向那把曼陀林，点了点头。然后，他非常小心地用肌肉发达的小手捧起那颗头发灰白的脑袋，分开头发，手法熟练地抚摸颅骨。显然有什么不对劲，因为他的脸板得像块水泥。接下来，他掀开乱糟糟的被子，开始仔细检查死者的身体。他们默默地看着他。显而易见，这位技艺高超的法医表情越来越迷惑。他喃喃自语："恶魔！"有那么几次，他摇着头，嗫着嘴唇，哼着喝酒的小调……突然，他转身面向他们："这个女人的私人医生在哪里？"

萨姆探长离开了房间，两分钟后，他带着梅里亚姆医生回来了。两位医生像决斗者一样正式地互相致意。梅里亚姆医生庄重地绕过床尾走了过去，两个人一起弯腰掀开死者的薄睡袍，一边验尸一边低声交谈。与此同时，路易莎·坎皮恩的护士，矮墩墩的史密斯小姐匆匆走进房间，从床头柜上一把抓起那个装水果的碗，又快步走了出去。萨姆、布鲁诺和雷恩一言不发地看着。两位医生终于直起身来。梅里亚姆医生整洁的老脸上显然流露出某种不安的情绪。法医拉了拉自己的布帽子，遮住汗津津的额头。"结论是什么呢，医生？"地区检察官问道。

席林医生苦笑起来："这位女士实际上不是死于凶器的袭击。"哲瑞·雷恩先生听了，有些满意地点点头。"梅里亚姆医生和我都认为，这一击本身最多只会让她晕过去。"

"要这么说的话，"萨姆探长低吼着问道，"她到底是怎么死的？"

"啊，探长，你总是这么性急，"席林医生不耐烦地说，"你在担心什么？她死于曼陀林，但不是直接致死。没错。怎么死的？这一击让她产生了严重的神经性休克。为什么？因为她老了——六十三岁——而且梅里亚姆医生说，她的心脏情况很糟糕。是不是这样啊，医生先生？"

"噢，"探长看起来松了口气，"我明白了。有人在她头上敲了一下，这一击让她脆弱的心脏出了问题，于是她死了。既然是这样，那她实际上可能死在睡梦中！"

"我认为不是，"哲瑞·雷恩先生说，"恰恰相反，探长，事实上，她非但不在睡梦中，而且清醒得很呢。"两位医生都点了点头。"理由有三个。第一，请看，她的眼睛睁得很大，向前瞪着，眼神充满恐惧。她是清醒的，探长……第二，你会注意到，她脸上有一种再独特不过的表情。"他说得太温和了，极度的痛苦和强烈的震惊让埃米莉·哈特那张了无生气的老脸完全变了形。"就连那双手也是半握紧的，仿佛想抓住什么东西……第三，这一点有些隐蔽。"雷恩走到床边，指着死者冰冷的额头上由曼陀林琴弦留下的血痕，"这些伤痕的位置完全可以证明，哈特夫人遇袭时是坐在床上的！"

"这你是怎么知道的？"萨姆探长质问。

"啊，简单得很。如果她遇袭时是睡着的——按照她整个身体的姿态，仰面躺在床上——那么这些钢弦留下的印记就不该出现在她的额头上半部分，而是会出现在整个额头上，以及鼻子上面，甚至可能延伸到嘴唇。正是因为血痕的位置局限于头顶，所以她必然是坐着或者半坐着的。既然如此，我们立即可以得出结论，她醒着。"

"很聪明，阁下。"梅里亚姆医生说，他僵硬地站在那里，修长苍白的手指紧张地绞在一起。

"其实这只是些基本的判断。那么，席林医生，你估计哈特夫人是什么时候死的？"

席林医生从背心口袋里掏出他的象牙牙签，开始在他的牙缝里剔牙："死了六个钟头了。也就是说，她死于今天凌晨四点左右。"

雷恩点点头："有件事可能很重要，医生，弄清凶手在袭击哈特夫人的时候具体站在什么位置。你能对此作出确切的判断吗？"

席林医生若有所思地斜睨着那张床："我想应该可以。凶手站在两张床中间——而不是老太太的床尾。从尸体的位置和她额头上那些血痕的斜度来判断。呃，梅里亚姆医生？"

老医生被惊了一下。"啊——我非常赞同。"他迟疑着说。

萨姆探长烦恼地搓着自己宽厚的下巴："这把见鬼的曼陀林……不知怎么，让我有点儿心烦。问题在于，不管她的心脏有没有毛病，单靠一把曼陀林能把她砸死吗？我是说——归根结底，如果这个人诚心想杀人，那么就算他想挑一件奇怪的武器，那也得挑个真能砸死人的吧。"

"完全可以，这一点毫无疑问，萨姆，"法医回答，"以哈特夫人的身体情况和年龄而言，哪怕是曼陀林这样相对比较轻的武器，如果用很大的力气砸下去也足以致命。但她挨的这下其实比较轻。"

"尸体上没有其他暴力留下的痕迹？"雷恩问道。

"没有。"

"毒药呢？"地方检察官突然问道，"有没有这方面的迹象？"

"没有。"席林医生谨慎地回答，"从另一个方面来说——好吧，我应该解剖一下。马上就办。"

"你可以拿你的德国靴子打赌，你当然得去做解剖，"萨姆探长反驳道，"只是为了确保这次没人再下毒了。这个案子我完全看不懂。先是有人想给那个聋哑人下毒，现在又有人干掉这个女魔头。我得找找，这回有没有毒药的线索。"

布鲁诺锐利的眼睛闪闪发光："这当然是谋杀，哪怕直接的死因不是这次袭击——而是袭击带来的惊吓。有一点可以肯定：这是蓄意杀人。"

"那他下手为什么这么轻呢，布鲁诺先生？"雷恩干巴巴地问道。地方检察官耸耸肩。"还有，他为什么，"老演员继续追问，"会选择这样的武器？这简直是疯了——一把曼陀林！如果凶手的意图是通过重击头部杀死哈特夫人，那他为什么会选曼陀林？要知道，光是这个房间里就有好几件更重的武器。"

"天，这我倒是没想过。"萨姆探长喃喃地说。雷恩指了指挂在壁炉旁挂铁制烧火工具的架子，又指了指床头柜上那对巨大的书立。

雷恩在房间里快步转了一圈，十指松松地交叉在背后。席林医生开始有点儿不耐烦了；梅里亚姆医生仍僵硬地站在那里，就像一位正在接受检阅的士兵；地方检察官和萨姆似乎越来越焦虑。"还有,顺便问一句,"雷恩终于低声表示,"那把曼陀林原来也是放在这个房间里的吗?"

"不是,"探长回答,"它原本放在楼下藏书室的一个玻璃盒子里。自从约克·哈特自杀以后,老太太一直把它保存在那里——算是寡妇的念想之一。这把琴是哈特的……我说,要是仔细想想——"

哲瑞·雷恩先生霍地举手示意别出声,他的眼睛眯了起来。席林医生拉起被子,重新盖在死者身上。就在把被子拉平的时候,一件小东西从被子的皱褶里掉到了洒着白色粉末的地毯上,熠熠反射着从窗口透进来的阳光。雷恩一个箭步上前,把它从地上捡了起来。是一个空的注射器。

其他人纷纷挤上前来。这个重大发现让大家一下子提起神来。雷恩小心地捏着活塞尾部,把注射器拎起来,闻了闻仍有水渍残留的针头,然后把它举到了阳光下面。

席林医生一把夺过雷恩手里的注射器,和梅里亚姆医生一起退到一扇窗边。

"空注射器,"法医咕哝道,"上面这个数字'6'是什么意思?针筒里的残液可能是——可能是……"

"是什么?"雷恩急切地问。

席林医生耸耸肩:"我必须检验一下。"

"尸体上没有注射留下的针孔?"雷恩追问。

"没有。"

突然,像是中了一枪似的,雷恩一下子挺直了身体,眼里灰绿色的光芒一闪……萨姆惊得下巴都掉了。因为哲瑞·雷恩先生五官乱飞,一脸激动地冲向门口,嘴里喊着:"那个护士——那个房间——"其他人也跟了上去。

史密斯小姐的卧室就在案发房间隔壁。他们冲进去的时候,看到的画面相当温馨。路易莎·坎皮恩丰满的身体躺在床上,失明的眼睛睁着。矮胖年长的护士坐在她床边的椅子上,抚摸着这位聋哑女士的额头。路易莎正把手里那串葡萄一个个揪下来,心不在焉地丢进嘴里,似乎没什么胃口。离床不远的桌子上放着一碗水果,正是刚才史密斯小姐从案发房间里拿走的那碗。

哲瑞·雷恩先生一句话也没说。他猛地扑上去,夺走了路易莎手里的葡萄——他的动作粗鲁又飞快。史密斯小姐吓得跳了起来。那位聋哑盲的女士也一下子在床上坐直了,她的嘴唇颤抖着,恐惧凝固在那张平时没有表情的脸上。她开始像受了惊吓的动物一样呜咽起来,一边摸索着去找史密斯小姐的手,刚找到便死死握住不放了。她颤抖的皮肤透露出恐惧,手臂上立刻起了一层鸡皮疙瘩。

"她吃了多少?"雷恩急促地问。

护士脸都白了:"你吓死我了!呃——一把吧。"

"梅里亚姆医生!席林医生!她没事吧?"雷恩严厉地问道。

梅里亚姆医生快步走到床边。感觉到他的手落在自己的前额上,路易莎停止了抽泣。他慢吞吞地说:"她看起来好得很。"

哲瑞·雷恩先生掏出一块手帕擦了擦自己的额头,他的手指明显在颤抖。"我很担心我们来迟了一步。"他的声音有些嘶哑。

萨姆探长握紧粗壮的拳头,大步向前,紧盯着那碗水果。"毒药,是吧?"所有人都望向那个碗。苹果、香蕉、橘子和三个梨无辜地摆在他们眼前。

"是的。"雷恩说,他深邃的嗓音已经平静下来,"我敢肯定。既然如此,先生们,整个案子的情况就……不一样了。"

"这到底是——"布鲁诺困惑地问道。雷恩心不在焉地挥挥手,仿佛现在还不想解释,他正盯着路易莎·坎皮恩仔细查看。在梅里亚姆医生的安抚下,她已经平静下来,软绵绵地躺在那里。四十年充满挫败的生活几乎没在她平和的脸上留下任何痕迹。从某种角度来说,她甚至有些迷人:她的鼻子又小又挺,嘴唇的弧度也很精致。

"可怜的人哪,"雷恩喃喃地说,"我很好奇,她正在想什么……"转向护士的时候,他的眼神变得锐利起来。"刚才你把这碗水果从隔壁房间的床头柜上拿了过来,"他说,"平时那间屋子里一直放着水果吗?"

"是的,先生。"史密斯小姐紧张地回答,"路易莎特别爱吃水果。那个房间的床头柜上随时都放着一碗。"

"坎皮恩小姐对水果有什么特别的偏好吗?"

"呃,没有。只要是应季的水果她都爱吃。"

"我知道了。"雷恩似乎遇上了什么难题。他刚想说话,但立刻改了主意,他咬着嘴唇,低头思考起来。"那么哈特夫人呢?"最后他开口问道,"她会吃这个碗里的水果吗?"

"偶尔。"

"不常吃?"

"是的,先生。"

"哈特夫人也是什么水果都爱吃吗,史密斯小姐?"他问得很平静,但布鲁诺和萨姆捕捉到了他语气中的凝重。

史密斯小姐也感觉到了,她慢慢回答:"嗯,这就有点儿奇怪了,这个问题。不是的,先生,哈特夫人讨厌一种水果。她憎恨梨——她好些年没吃过梨了。"

"啊,"哲瑞·雷恩说,"好极了。家里每个人都知道她讨厌梨吗,史密斯小姐?"

"噢,是的。多年来家里人一直拿这开玩笑。"

哲瑞·雷恩先生看起来满意了。他点了好几次头,给了史密斯小姐一个友好的眼神,然后走向护士床边的那张桌子,低头看着那碗从路易莎·坎皮恩的房间里端过来的水果。

"她憎恨梨,"他喃喃地说,"注意一下这件事吧,探长。我敢说,这些梨需要仔细检查一下。"

碗中的三个梨里有两个完美无瑕——金黄,圆润,饱满。第三个……雷恩好奇地把玩了一下。这个梨已经有了烂斑,皮上有棕褐色的斑点,每个斑按起来都有点儿发软,还有点儿湿乎乎的。雷恩轻叹一声,把这个梨举到了自己眼前,距离他的右眼还不到三英寸。

"不出所料。"他咕哝道。他有些得意地转向席林医生。"给,医生,"他把三个梨都递给法医,"你会在这个坏掉的梨皮上找到针孔,除非我完全想错了。"

"它被下了毒!"萨姆和布鲁诺同时叫了起来。

"预测容易吃力不讨好,但——我的确是这样想的。是的……保险起见,医生,把三个梨都检查一下吧。等你确定了毒药的性质,请告诉我一声,这个坏掉的梨是因为被下了毒才变质的,还是说它在被下毒之前就已经坏了。"

"悉听尊便。"席林医生回答。然后,他捧着三个梨慢慢地离开了房间，仿佛那是什么宝物似的。

萨姆探长慢吞吞地说："事情不太对劲……我是说，如果毒药下在梨里，老太太又不吃梨——"

"那么哈特夫人的被害可能是个意外，完全没有预谋——那个下了毒的梨是为这个可怜的女人准备的！"布鲁诺总结道。

"对，你说得对！"探长喊道，"对啊，布鲁诺！凶手溜进来，把注射器针头扎进梨里，然后老太太醒了——对吧？没准儿她甚至认出了下毒的人——想想她脸上的表情。然后呢？哐！她的脑袋被那把曼陀林砸了一下，这要了她的命。"

"是的，现在我们开始有点儿头绪了。毫无疑问，给梨下毒的和两个月前在蛋酒里下毒的是同一个人。"

哲瑞·雷恩先生什么都没说。他的眉间隐约有些茫然。史密斯小姐一脸困惑。而路易莎·坎皮恩，她一点儿也不知道，执法者刚刚确认，这是第二次有人想要她的命，她紧紧抓着梅里亚姆医生的手，黑暗与绝望让她如此执着。

第三场

藏书室

六月五日，星期日，上午十一点十分

这是中场休息时间。人们走来走去。有人忧心忡忡地向萨姆探长报告，注射器针筒和曼陀林上都没发现指纹。席林医生指挥着人们搬运尸体，忙得不可开交。

在太平间工人纷乱的脚步声中，哲瑞·雷恩先生安静地站在那里，若有所思。他大部分时间一直盯着路易莎·坎皮恩那张没有表情的脸，仿佛在寻找谜题的答案。他几乎没听见地方检察官布鲁诺说，既然在任何地方都没发现指纹，那么凶手肯定戴着手套。

最后，这里终于恢复了一点儿秩序，席林医生押送着尸体离开了。探长刚把史密斯小姐的房门关上，哲瑞·雷恩先生立即问道："告诉坎皮恩小姐了吗？"

史密斯小姐摇摇头。梅里亚姆医生说："我觉得最好等到——"

"现在她的健康没问题吧？"

梅里亚姆医生的薄唇噘了起来："这会造成很大的冲击。她的心脏不好。但激动的情绪已经消散得差不多了，既然早晚要告诉她……"

"你们怎么跟她交流？"

史密斯小姐默默地走到床边，伸手在枕头下面摸索了一会儿，然后直起身来，手里拿着一个奇怪的装置。它由一个大盒子和一块带沟槽的平板组成，隐约有点儿像算盘。她揭开盒盖，盒子里装着许多多米诺骨牌似的小金属块，每个金属块背面都有一个凸块，可以嵌进平板上的沟槽。金属块正面有凸出的点，看起来相当大，这些点排列各不相同的特定形状。"是盲文？"雷恩问道。

"是的。"史密斯小姐叹了口气，"每个金属块分别代表盲文里的一个字母。这套装置是专门为路易莎制作的……她走到哪儿都随身带着。"

为了协助外行阅读这种盲人的"书面"语言，每个金属块正面除了凸点以外还印着一个白色的平面的英文字母——与金属块上的盲文对应。

"精巧绝伦，"雷恩赞叹，"如果你不介意的话，史密斯小姐……"他轻轻推开护士，拿起平板和金属块，低头望向路易莎·坎皮恩。

他们都感觉到了，这是决定性的时刻。这位饱经摧残却非同寻常的女士会揭露什么呢？显然，她已经感觉到了现在弥漫着的紧张气氛。她洁白美丽的手指一直在动——刚才她已经把自己的手从梅里亚姆医生的手里抽了出来——雷恩有些颤抖地意识到，这几根挥动的手指就像虫子的触须，它们有意识地颤动，渴望获得信息。她的头紧张地从一边迅速摆向另一边，看起来更像昆虫了。她的瞳孔很大，但没有光泽，也没有焦点——盲人的眼睛。在这一刻，当所有人的注意力都聚集在她身上时，你会忘记她平凡（哪怕有几分讨人喜欢）的外表——她很丰满，身高不超过五英尺四英寸，一头茂密的棕发，肤色健康。让人印象深刻的是她身上奇怪的地方——像鱼一样无神的眼睛，静止不动、没有表情、近乎石头般的脸，颤抖的手指……

"她似乎很紧张，"萨姆探长低声说道，"她的手指一直在动。看得我心惊肉跳。"

史密斯小姐摇摇头："那——那不是因为紧张。她是在说话，提问。"

"说话！"地方检察官喊道。

"当然。"雷恩说，"这是聋哑人的手语，布鲁诺先生。她这么激动，说的是什么，史密斯小姐？"

矮胖护士一屁股瘫在她的椅子里。"我——我有点儿受不了了,"她的声音沙哑,"她在一遍遍问:'出了什么事?这是怎么了?母亲人呢?你为什么不回答?出了什么事?母亲去哪里了?'"

房间里一片寂静,哲瑞·雷恩先生叹了口气,伸出强壮的双手握住那位女士的手。她剧烈挣扎起来,然后那双手无力地垂了下去,她鼻孔翕动,仿佛想要捕捉他的气味。场面十分诡异。雷恩的触碰里一定有什么东西给了她安慰,又或许是因为她闻到了某种动物能闻到但大部分人闻不到的淡淡的气味。她放松下来,手指从他手中滑了出去……

出什么事了?母亲去了哪里?你是谁?

雷恩快速从盒子里挑出金属块,拼成一串词语。他把平板放在路易莎腿上,她立即伸手抓住了它。她的手指迅速抚过金属块。"我是一个朋友。"这是雷恩拼出的信息,"我想帮你。我要告诉你一些不愉快的事。你必须勇敢。"

她喉咙里传出一声呻吟,听起来令人痛苦又十分可怜。萨姆探长眯起眼睛,不忍地侧开头去。梅里亚姆医生僵在她身后。然后,路易莎·坎皮恩深深吸了口气,她的手再次轻捷地跳动起来。史密斯小姐沮丧地翻译着。好的。好的。我会勇敢。出了什么事?

雷恩将手指插入盒子里,重排字母,拼成新的单词……房间里一片死寂。"你的生命是一部勇敢的史诗。请保持。发生了一场极大的悲剧。昨晚你的母亲被谋杀了。"

快速移动的手摸到了最后那个决定性的字母,她的手痉挛起来。平板从她腿上跌落,小金属块散落一地。她晕了过去。

人们被惊了一下，身子向路易莎的方向前倾过去，眼里满是同情。"喔，出去，所有人都出去！"梅里亚姆医生喊道，"史密斯小姐和我会处理好的。"

他们停下脚步，看着医生凭借衰老的肌肉努力把她瘫软的身体从椅子里扶了起来。人们不安地走向门口。"你得留下来负责照顾坎皮恩小姐，"萨姆探长低声叮嘱医生，"一刻都不能离开她。"

"你们再不出去的话，我什么都负责不了！"

大家听从了他的命令，雷恩走在最后。他轻轻关上门，站在那里思考了很久。然后，他疲惫地抬手按住自己的太阳穴，姿势很奇怪，他摇了摇头，再放下手，跟着地方检察官和萨姆探长下了楼。

哈特家楼下的藏书室与餐厅相邻。古老的藏书室里弥漫着皮革的气味。这里的书除了科学方面的基本就是诗歌。这里显然经常有人来，屋里的家具也有年头了。这是个十分舒适的房间，雷恩坐进一张安乐椅里，满足地吁了口气。萨姆和布鲁诺也坐了下来，三个男人彼此对望，谁都没有说话。屋里安静得只听得见探长沉重的呼吸。"好吧，先生们，"他终于开口说道，"真是个谜案。"

"至少是个有趣的谜案，探长。"雷恩表示。他更深地窝进安乐椅里，伸出一双长腿。"顺便问一下，"他喃喃地说，"路易莎·坎皮恩知道两个月前有人想杀她吗？"

"不知道。告诉她也没意义。她的处境已经够艰难了。"

"是的，当然。"雷恩沉思了片刻，"那太残酷了。"他表示赞同。突然，他站起身来，走到房间另一面仔细查看一件类似底座的物品,上面托着一个空的玻璃盒子。"我想,那把曼陀林原来就放在这里。"

萨姆点点头。"而且,"他阴郁地说,"这里也没有指纹。"

"你知道吧,"地方检察官布鲁诺开口了,"给梨下毒的事——如果它真被下了毒——大大简化了案情。"

"就是放不下那个梨,是吧?至少我们知道,他的目标是路易莎。"萨姆说道,"好了,我们该干活儿了。"他起身走向通往走廊的那道门。"喂,莫舍,"他喊道,"叫芭芭拉·哈特下来聊聊。"雷恩拖着步子坐回了安乐椅里。

芭芭拉·哈特看起来比她公开的照片漂亮得多。照片天然会产生的锋利轮廓让她显得过于单薄,现实中的芭芭拉虽然瘦,但仍不失女性的柔和,而且有一种纯粹的外在美丽,那位名摄影师库尔特在诠释她的空灵特质时选择了忽略这一点。她个子很高,十分端庄,很明显已经年过三十。她举止优雅,甚至富有韵律。她有一种内在的光彩,这股火苗隐约照亮了她的外在,温暖了她的每一个动作。女诗人芭芭拉·哈特给人的感觉不仅仅是个有智慧的女人,而且是个充满柔美热情的非凡造物。

她向萨姆探长点头致意,又向地方检察官鞠了一躬。看到雷恩,她漂亮的眼睛瞪大了。"雷恩先生!"她用自己冷静深邃的嗓音喊道,"你也要来刺探我们污秽的私生活吗?"

雷恩的脸红了。"你责备得是,哈特小姐。不幸的是,我生性好奇。"他耸耸肩,"你不坐吗?我们有几个问题。"她认得他的脸,一见面就喊出了他的名字。他似乎对此并不惊讶,这对他来说是常事。

　　她坐了下来，饱满的眉毛疑惑地弯着，目光投向三位问话者。"呃，"她略带叹息地说，"我准备好了。请提问吧。"

　　"哈特小姐，"探长突如其来地开口了，"昨晚发生了什么，告诉我你知道的一切。"

　　"我知道得很少，探长。我大约是凌晨两点回来的——昨晚我在我的出版商家里参加一个无聊的派对。在场的各位先生忘记了他们的教养，又或者是喝得有点儿过量；总而言之，我是自己回来的。家里很安静。我的房间，如你所知，是在临街的那面，俯瞰公园，和——和母亲的房间隔着一条走廊。我可以向你保证，当时楼上所有的卧室门都关着……我很累，所以立刻上了床。我一直睡到今天早上六点，直到史密斯小姐的叫声把我吵醒。我知道的真的只有这么多。"

　　"嗯。"探长皱起眉头。

　　"我同意，"芭芭拉疲惫地笑道，"这番陈述不太高明。"

　　她转头望向哲瑞·雷恩先生，仿佛在等他提问。问题来了，但她好像吓了一跳，因为她眯起眼睛，牢牢盯向他。他问的是："哈特小姐，今天早上，你和你的弟弟康拉德跑进你母亲的房间时，你们走到过两张床之间吗？"

　　"没有，雷恩先生。"她镇定地回答，"我们一眼就看到母亲死了。把路易莎从地上抬起来的时候，我们特地绕开了通往门口的脚印，也没走到两张床中间。"

　　"你确定你的弟弟也没去过？"

　　"非常确定。"

地方检察官布鲁诺起身活动了一下酸痛的大腿肌肉，然后开始在她面前来回踱步。她耐心地等着。"哈特小姐，我就实话实说了。你是一个智力远高于平均水平的女人，你当然知道——啊——你家某些人不太正常。既然如此，你必然对此痛心疾首……我请求你，暂时放下对家族忠诚方面的任何顾虑。"他停顿下来，审视着她不为所动的冷静表情。他一定感觉到了这个问题的徒劳，因为他再次开口时十分潦草："当然，你也不是非回答不可，如果你不愿意的话。但是，如果你对两个月前那次未遂的下毒和昨晚的凶杀案有任何想法，我们当然愿意洗耳恭听。"

"我亲爱的布鲁诺先生，"芭芭拉说，"你是什么意思？你是否在暗示，我知道是谁杀了母亲？"

"不，不是——只是一种设想，一种试图澄清迷雾的尝试……"

"我什么想法都没有。"她低头盯着自己修长洁白的手指。"众所周知，布鲁诺先生，我的母亲向来是个令人难以忍受的暴君。我想很多人都在某个时刻对她产生过暴力冲动。但谋杀……"她打了个抖，"我不知道。这看起来令人难以置信。夺走一个人的生命——"

"噢，"萨姆探长低声说道，"那么你相信，有人想杀你的母亲？"

她吃了一惊，迅速抬头瞥了他一眼。"你想说什么，探长？既然她已经被杀害了，那么我自然认为，有人蓄意想……喔！"她突然停顿下来，抓紧了自己的椅座，"你该不会是说，这是——这是一次可怕的错误？"

"探长正是这个意思,哈特小姐。"布鲁诺说,"我们相信,你母亲的被害出于意外——一时冲动。我们确定,这位凶手进入卧室想对付的不是你的母亲,而是你同母异父的姐姐路易莎!"

"那么,为什么,"她还没恢复镇定,哲瑞·雷恩先生就轻声问道,"为什么会有人想伤害楼上那个受苦的可怜人,哈特小姐?"

芭芭拉突然抬起手捂住了自己的眼睛。她僵坐在那里。她放下手的时候,他们看到她一脸憔悴。"可怜的路易莎,"她喃喃地说,"可怜的路易莎。"她茫然地望着房间另一面那个底座。"她的生活空洞而残酷。永远的受害者。"她抿紧嘴唇,凌厉地望向他们。"如你所说,布鲁诺先生,家庭的纽带——至少是我的家庭——应该被放到一旁。不管是谁,既然他想伤害那个无助的造物,就不值得维护。我必须告诉你,雷恩先生,"她真诚地望向他,继续说道,"除了我的母亲和我本人以外,我们家的其他人一直都很讨厌路易莎。他们痛恨她。"她的声音灼热起来:"人性本质的残忍。那种踩死一只受伤昆虫的冲动……噢,这太可怕了。"

"是的,是的,"地方检察官热切地盯着她,"在这幢房子里,所有属于约克·哈特的东西都已成为禁物,这是真的吗?"

她抬手托住自己的下巴。"是的。"她喃喃地说,"我的母亲非常看重父亲留下的回忆,远胜于她对他本人的尊重。"她沉默下来,可能是想起了很多不愉快的事情,因为她的表情十分悲伤,还有几分讥讽。"父亲死后,母亲试图强迫我们所有人对他的回忆保持尊重,以此弥补她自己一辈子的颐指气使。她把属于他的一切都供了起来。我想,这几个月来,她意识到……"她没有说完,只是满怀心事地低下了头。

萨姆探长来回踱步:"现在我们没有任何进展。你的父亲为什么会自杀?"

痛苦从她脸上掠过。"为什么?"她干巴巴地重复道,"如果一个人唯一的爱好被剥夺,被扼杀,让他被迫成为精神上的贱民,那他为什么会自杀?"她的声音里充斥着义愤和激情,同时不乏痛楚。"可怜的父亲被控制了一辈子。他的生活不是他自己的,他在自己家里没有任何话语权。他的孩子不听他的话,也不理睬他。这是多么残忍……可是——人是多么奇怪啊——母亲心里却为他保留了柔软的一块。我能理解,他们相遇的时候,他还是个相当英俊的男人。我想,她之所以对他颐指气使,是因为她觉得他需要鞭策。在她心目中,所有比她弱小的人都需要鞭策。"她叹了口气,"但这没让他强大起来,反而压断了他的脊梁。他变得深居简出,几乎成了一个幽灵。除了隔壁那位老熟人,古怪又年老的特里维特船长以外,父亲没有任何朋友。就连船长都无法给他带来哪怕一点点活力。我扯得太远了……"

"恰恰相反,哈特小姐,"雷恩柔声说道,"你明智地聊到了问题的本质。哈特夫人把你父亲的曼陀林和实验室都封存了起来,家里人都听她的话吗?"

"家里人向来都听母亲的话,雷恩先生。"芭芭拉低声回答,"我可以发誓,家里人做梦都想不到要碰那把曼陀林,或者进实验室……不,这太疯狂了。但有人这么做了。噢——"

"你最后一次看到曼陀林装在那个玻璃盒里是什么时候?"探

长质问。

"昨天下午。"

"它是,"布鲁诺有些急切地问道,仿佛他刚有了什么灵感,"这幢房子里唯一的乐器吗?"

雷恩锐利地瞥了他一眼。芭芭拉似乎很惊讶。"是的,的确如此。"她回答,"但这有什么意义呢……我想这不关我的事。我们家对音乐没什么兴趣。母亲最爱的作曲家是苏萨,父亲的曼陀林是他大学时代的纪念品……家里原来有一架大钢琴——就是那种装饰品,镀金涡纹什么的,九十年代的洛可可风——但母亲几年前就把它扔掉了。她很生气——"

"生气?"布鲁诺有点儿困惑。

"你想想,路易莎听不到钢琴声。"

布鲁诺皱起眉头。萨姆探长伸出大手,从衣兜里掏出一把钥匙:"认识这个吗?"

她听话地认了认:"这是一把耶鲁弹簧锁钥匙,对吗?我说不准。它们看起来都很像,你知道……"

"呃,"萨姆咕哝着说,"这是你父亲实验室的钥匙。在你母亲的遗物里找到的。"

"喔,是的。"

"那个房间是不是只有这一把钥匙,你知道吗?"

"我相信是。我知道,自从父亲自杀的消息传来,母亲就一直把它留在身边。"

萨姆把钥匙放回兜里:"我也是这么听说的。我们必须去那间实验室里看看。"

"你以前经常去父亲的实验室吗,哈特小姐?"布鲁诺好奇地问。

她的表情生动起来。"我的确常去,布鲁诺先生。我是父亲信仰的那些科学之神的崇拜者之一。他的实验让我着迷,虽然我从没看懂过。我常常整小时跟他一起待在楼上。那是他最高兴的时候——他在那种时候最有活力。"她看起来若有所思,"玛莎——我弟媳,你知道的——也同情父亲;她有时候也会看他做实验。当然还有特里维特船长。其他人——"

"所以你对化学一无所知。"探长不满地断言道。

她笑了:"好啦,好啦,探长。你是想问毒药?人人都能读标签,你知道的。是的,我的确不懂化学。"

"我听说,"哲瑞·雷恩先生提起了一个让探长不耐烦地觉得无关的话头,"你的诗歌天赋足以弥补科学能力的短板,哈特小姐。你和哈特先生组成了一幅有趣的画面:欧忒耳珀[1]坐在科学之神脚边……"

"别说梦话啦。"萨姆探长断然插话道。

"噢,毫无疑问,"雷恩笑着回答,"我说这些绝不仅仅是为了炫耀自己引经据典的造诣,探长……我这就要说到点子上了。哈特小姐:科学之神是否曾经坐在欧忒耳珀脚下呢?"

"我希望有人能翻译一下这句话,"探长低吼着说,"我也想知道你问的是什么。"

"雷恩先生问的是,"芭芭拉脸上有了一抹血色,"父亲对我

---

[1] 希腊神话中司抒情诗的女神。——编者注

的工作是否像我对他的那样感兴趣。雷恩先生,答案是肯定的。父亲一直非常欣赏我的工作——但他赞赏的恐怕是我世俗的成功,而不是我的诗。他常常看不懂我的诗句……"

"我也一样,哈特小姐,"雷恩微微鞠了一躬,"哈特先生尝试过自己写诗吗?"

她做了个否认的鬼脸:"几乎没有。他倒是试过写小说,但我相信应该没什么成果。他一直没什么常性——当然,除了永远都在拿他那堆曲颈瓶、灯和化学品做实验以外。"

"好了,"探长跃跃欲试地说,"聊完了这个,我们还是说正题。我们没有一整天的时间可以浪费,雷恩先生……昨晚你是最后一个回家的吗,哈特小姐?"

"我真的说不清。我忘了带家里钥匙——我们每个人都有自己的钥匙——所以我揿了门厅里的夜铃。它直接连着阁楼上阿巴克尔夫妇的房间,大约五分钟后,乔治·阿巴克尔下楼来开门放了我进去。我直接回了楼上。阿巴克尔留在后面……所以我也不知道自己是不是最后一个回来的。也许阿巴克尔知道。"

"你怎么会没带自己的钥匙?是放错了地方?还是丢了?"

"你可真是藏不住事,探长,"芭芭拉叹了口气,"不是的,没有放错地方,没丢,也没被偷。如我所说,我就是忘了拿而已。钥匙在我房间的另一个包里。我睡前看了看。"

"你还有什么要问的吗?"冷场了一小会儿以后,探长问布鲁诺。

地方检察官摇摇头。

"你呢,雷恩先生?"

"既然你都这么驳过我啦,探长,"雷恩苦笑道,"我也没什么要问的了。"

萨姆致歉似的喷了几声,然后说道:"那就这样了,哈特小姐。请不要离开这幢房子。"

"好的,"芭芭拉疲惫地说,"当然。"

她起身走出房间。

萨姆拉着门,目送她离开。"瞧哪,"他喃喃地说,"不管我本来打算怎么跟她聊,这女人可真有一套。"他绷紧肩膀:"好啦,我们大概该会会那群疯子了。莫舍,把阿巴克尔夫妇带下来问话。"

探员领命而去。萨姆关上门,拇指扣在自己的皮带环里,坐了下来。

"疯子?"布鲁诺重复道,"我觉得阿巴克尔夫妇很正常。"

"见鬼,才不是呢,"探长抱怨道。"他们只是看起来正常。他们内心里是疯子。他们肯定疯了。"他咬着后槽牙,"谁待在这幢房子里都得疯。我都开始觉得自己疯了。"

阿巴克尔夫妇中等年纪,高大强壮,他们看起来更像兄妹而非夫妻。两口子都轮廓粗糙,皮肤粗糙,毛孔粗大,满脸油光;两口子都像是地地道道的农民,祖祖辈辈卖力气,没什么脑子——两口子都不爱说话也不笑,仿佛已被这幢房子无所不在的气场压垮。

阿巴克尔太太很紧张。"我昨晚十一点上的床,"她说,"和乔治——我的丈夫一起。我们都是老实人,这件事我们什么都不知道。"

探长沉声问道:"你们俩都一觉睡到了早上?"

"不，"女人回答，"大约凌晨两点，夜铃响了。乔治起床穿上裤子和衣服，下楼去了。"探长沮丧地点点头，也许他原以为她会撒谎。"大约十分钟后，他回到了楼上，他说：'是芭芭拉——她忘带钥匙了。'"阿巴克尔太太吸了吸鼻子，"然后我们继续睡觉，什么都不知道，直到早上。"

乔治·阿巴克尔缓缓点着乱蓬蓬的脑袋。"就是这样，"他说，"我对天发誓。这件事我们一点儿都不知道。"

"问到你再说话。"萨姆斥道，"现在——"

"阿巴克尔太太。"雷恩出乎意料地插了进来。这个长了几根胡子的女人就像所有女人一样好奇地打量着他。"你能不能告诉我们，哈特夫人房间的床头柜上每晚都摆着水果吗？"

"我可以回答。路易莎·坎皮恩爱吃水果。是的。"阿巴克尔太太回答。

"现在楼上有一碗水果。是什么时候买的？"

"昨天。我会随时保证碗里装满新鲜水果。这是哈特夫人的要求。"

"坎皮恩小姐什么水果都爱吃？"

"是的。她——"

"叫我'先生'。"萨姆探长愠怒地提醒她保持尊称。

"是的，先生。"

"哈特夫人也是吗？"

"呃……算是吧。但她的确讨厌梨。从来不吃。家里人常拿这件事开玩笑。"

哲瑞·雷恩先生特意瞥了萨姆探长和地方检察官一眼。"那么，阿巴克尔太太，"他继续亲切地问，"你的水果是在哪里买的？"

"大学广场的萨顿商店。他们每天都会把新货送过来。"

"除了坎皮恩小姐以外，这些水果还有谁会吃吗？"

阿巴克尔太太抬起她那张方脸，瞪大了眼睛："这算什么问题？别人当然也吃。我每次都会从买来的水果里拿一点儿出来给他们吃。"

"嗯。昨天买回来的梨有人吃过吗？"

女管家的脸色疑惑地晦暗下来，反复盘问水果似乎触动了她的神经。"有的！"她大声回答，"是的！有人吃过……"

"叫我先生。"探长再次提醒。

"是的……先生。我自己吃了一个，是的，怎么了？——"

"没事，阿巴克尔太太，我保证。"雷恩安抚地说，"你吃了一个梨。除此以外没有别人？"

"那两个浑——孩子，杰基和比利，一人吃了一个梨。"她平静下来，低声回答，"还有一根香蕉——他们吃东西就像在抢。"

"他们也没生病。"地方检察官评论道，"不管怎么说，这是条线索。"

"昨天的水果是什么时间送进坎皮恩小姐房间的？"雷恩继续用那种安抚的语气问道。

"下午。午饭后——先生。"

"所有水果都是新鲜的，刚买回来的？"

"是的，是的，先生。碗里本来剩了几个前天的水果，但我把它们拿走了，"阿巴克尔太太回答，"换了新的放进去。路易莎对自己的饮食十分挑剔。尤其是水果。她不会吃熟过头的或者……你知道吧,别人碰过的。"

哲瑞·雷恩先生吃了一惊,他刚开口打算说点什么,又咽了回去,然后他就那样僵住了。女人呆滞地望着他。她的丈夫在她身旁用脚搓着地面,抓了抓自己的下巴,看起来十分不安。探长和布鲁诺似乎也对雷恩的反应感到迷惑,他们紧紧盯着他。

"这件事你确定?"

"非常确定。是的。"

雷恩叹了口气:"昨天下午你往那个碗里放了几个梨,阿巴克尔太太?"

"两个。"

"什么!"探长惊叫起来,"怎么回事,我们找到的是——!"他望向布鲁诺,布鲁诺又望向雷恩。

"你看,"地方检察官低声咕哝,"这可真是太奇怪了,雷恩先生。"

雷恩的声音平静如故:"梨是两个,你愿意发誓保证吗,阿巴克尔太太?"

"发誓?发什么誓?梨就是两个,我清楚得很。"

"当然。那个碗是你亲自送上楼的吗?"

"我每次都亲自送上去。"

雷恩笑了,看起来若有所思,然后他轻轻挥了挥手,重新坐下。

"轮到你了,阿巴克尔,"探长低声开口了,"昨晚最后回家的人是芭芭拉·哈特吗?"

直接的点名问话显然让这位司机兼管家打了个哆嗦。他舔了舔嘴唇:"呃——呃——我不知道,先生。给哈特小姐开了门以后,我只在楼下待了一小会儿,完成我的巡查——确保所有门窗都锁着。我亲自锁上了前门,然后回楼上继续睡觉了。所以我不知道谁回来了,谁没回来。"

"地下室呢?"

"没有启用。"阿巴克尔的回答变得自信了一点儿,"那里几年前就锁起来了,前后都用木板封死了。"

"那么,"探长应了一声,走到门口,探出头大喊,"平库索恩!"

一位探员粗声粗气地回答:"有什么事,长官?"

"下楼去地下室看看。"

探长关上门返身回来。地方检察官布鲁诺正在问阿巴克尔:"你为什么会在凌晨两点这么小心地检查门窗?"

阿巴克尔抱歉地笑了笑:"这是我的习惯,先生。哈特夫人常常叮嘱我留心这件事,因为坎皮恩小姐——她怕有贼。我在上床前已经检查过,但我想再检查一遍,以防万一。"

"凌晨两点的时候,所有门窗都锁着吗?"萨姆质问。

"是的,先生。锁得紧紧的。"

"你们在这里工作多久了?"

"八年。"阿巴克尔太太回答,"到今年大斋节[1]就满八年了。"

---

[1] 基督教节日,每年在复活节前40天举行,大斋首日大约在2月4日与3月11日之间。——编者注

"那么,"萨姆咕哝道,"我觉得差不多了。还有什么要问吗,雷恩先生?"

演员伸展四肢坐在安乐椅里,双眼紧盯着女管家和她的丈夫。"阿巴克尔先生,阿巴克尔太太,"他说,"你们有没有觉得哈特家的人不好伺候?"

乔治·阿巴克尔的表情堪称精彩。"你说不好伺候?"他哼了一声,"我可以告诉全世界,先生。这是一群疯子,他们所有人都是。"

"他们很难取悦。"阿巴克尔太太阴沉地说。

"那么,"雷恩轻快地问,"你们为什么会坚持在这里工作了八年呢?"

"噢,这个啊!"阿巴克尔太太用那种"这个问题和现在的事情有什么关系"的语气回答,"这没什么稀奇的。他们给的钱多——非常多,所以我们留了下来。谁会不愿意呢?"

雷恩看起来有些失望:"你们记不记得,昨天有没有见过那把曼陀林放在那边的玻璃盒子里?"

阿巴克尔夫妇对望一眼,然后一齐摇了摇头。"想不起来了。"阿巴克尔回答。

"谢谢你们。"哲瑞·雷恩先生说道。然后探长把他们俩都打发走了。

家里的女仆弗吉尼娅——没人想问她姓什么——是一个瘦高的老姑娘,长着一张马脸。她绞着自己的手,就差没哭出来了。她为哈特家工作了五年。她喜欢这份工作,简直是热爱。薪水……

"哦,先生,我昨晚很早就上床去了……"她什么都没听见,什么都没看见,什么都不知道。所以她直接被放走了。

平库索恩探员懒洋洋地走了进来,大脸上写满了嫌弃:"地下室里什么都没有,长官。看起来好几年没人进去过了——灰尘有一英寸厚——"

"一英寸?"探长不满地反问。

"呃,可能没这么厚吧。门窗都没被碰过。脏兮兮的地上也没有任何脚印。"

"你夸张的习惯该改改了,"探长恶狠狠地说,"总有一天你会把鼹鼠扒出来的小丘说成一座大山,然后惹出大麻烦。去吧,平克[1]。"就在这位探员走出去的时候,一个警察走进来敬了个礼。"嗯,"萨姆立即问道,"有什么事?"

"外面有两个人,"警察回答,"他们想进来,说是哈特家的律师,其中一位自称是那个康拉德·哈特的搭档啥的。放他们进来吗,探长?"

"你说呢,"探长吼道,"我一上午都在等他们。当然了!"

两位新来者走进藏书室的场面相当戏剧化,甚至令人发笑。虽然这两个人看起来反差很大,但他们如果单独在一起,还是有可能成为朋友;不过既然有吉尔·哈特在场,这种可能性也就烟消云散了。美丽又热情的吉尔,从她的眼睛里,从她嘴巴和鼻子周围的皱纹里可以看出来,她过着多么奢靡纵欲的生活。她显然是在走廊里碰见这两个男人的,进门时她走在他们俩中间,左右手分别挽着他们结实的胳膊,忧伤的眼睛看看这个,又看看那个,听到他们匆促

---

[1] 平库索恩的昵称。——编者注

的致哀,她耷拉着嘴角,却挺起了胸脯……

雷恩、萨姆和布鲁诺看着这幕活剧,谁都没有出声。这位年轻女子完全就是风骚的化身,连眼神都风情万种。她身体的每一个细微的动作都流露着性感和快活的欲拒还迎。她把这两个男人当成陪衬,挑拨他们,玩弄他们,让他们不知不觉地陷入冲突,冷酷而坚定地利用自己母亲悲剧性的死亡来吸引他们靠近自己,迫使他们针锋相对。总而言之,哲瑞·雷恩先生阴郁地想道:面对这个女人,你得万分小心。

与此同时,吉尔·哈特其实被吓坏了。她玩弄这两个男人的娴熟手段其实主要是出于习惯,而非临时起意。她高大丰满,近乎雍容华贵——但饱受惊吓。缺乏睡眠和恐惧让她双眼通红……突然,就像刚意识到还有别人在场似的,她噘起嘴松开了两位男伴的手臂,开始给自己的鼻子补粉。这是第一次……她踏进门槛的那一刻就看清了眼前的一切。她吓坏了……

两个男人也恢复了平时的模样,他们板起脸来,一本正经。再没有比他们俩差异更大的人了。哈特家的律师切斯特·比奇洛个子很高,但和身边那位康拉德·哈特的商业伙伴约翰·戈姆利一比,他顿时成了小矮人。比奇洛肤色很深,留着一小撇黑胡须,下巴上也满是青黑的胡楂;戈姆利很白,头发是稻草的颜色,匆匆刮过的脸上透出红色的胡楂。比奇洛动作轻快敏捷,显得容光焕发;戈姆利慢吞吞的,举止稳重。律师外形睿智,一看就很聪明,甚至近乎狡诈;与此同时,戈姆利一脸真诚,沉着冷静。而且这位高个子的金发男人很年轻——至少比他的对手年轻十岁。

"你想跟我聊聊,萨姆探长?"吉尔楚楚可怜地小声问道。

"本来我还没打算找你，"萨姆说，"但既然你已经来了……先坐会儿吧，二位。"他把吉尔、比奇洛和戈姆利介绍给地方检察官和哲瑞·雷恩。吉尔无力地坐在椅子上，故意让自己看上去像她的声音那样弱小而无助。律师和经纪人更愿意站着，他们相当紧张。"现在，哈特小姐，你昨天晚上在哪里？"

她慢慢抬起头，望向约翰·戈姆利："我和约翰——戈姆利先生一起出去了。"

"具体说说。"

"我们去了剧院，然后去了一个地方参加午夜派对。"

"你是几点回家的？"

"很早，探长……今天早上五点。"

约翰·戈姆利的脸红了。切斯特·比奇洛不耐烦地活动了一下右脚，不过立刻就停下了。他笑了起来，露出整齐的小牙齿。

"戈姆利送你回家了吗？呃，戈姆利？"

经纪人正要说话，就被吉尔哀怨地打断了。"噢，没有，探长。这真是——呃，真丢人哪。"她故作端庄地低下头去看着地毯，"你看，大约凌晨一点的时候，我喝醉了。当时我跟戈姆利先生吵了一架——他觉得自己应该成立一个'遏制道德败坏单人委员会'，你看……"

"吉尔——"戈姆利开口了。他的脸红得跟自己的领带一样。

"所以戈姆利先生丢下了我。真的！我想说的是，当时他发了很大的火，"吉尔继续腻声说道，"然后——呃，后来的事情我都不记得了，只记得我又喝了点味道很糟糕的杜松子酒，跟一个浑身冒汗的胖子玩得很开心。我还记得自己穿着晚礼服，一边在街上走，一边放声高唱。"

"继续。"探长严厉地说。

"一位警察拦下了我，把我送上了一辆出租车。多好的年轻人哪！又高又壮，一头棕色的卷发……"

"我认识那个警察，"探长表示，"继续说！"

"到家的时候，我的酒醒了。天快要亮了。广场那么美，空气那么新鲜，探长——我爱日出……"

"我毫不怀疑，你看过很多日出。继续，哈特小姐。我们没有一整天的时间可以浪费。"

约翰·戈姆利看起来快要憋不住了。他双拳紧握，喉咙里嘀嘀作声，脚开始揉搓地毯。比奇洛一脸高深莫测的表情。

"就是这些了，探长。"吉尔垂下眼帘。

"就这些？"萨姆外套袖子下面的肌肉鼓了起来，他很看不起这个女人，"好吧，哈特小姐。有几个问题要你回答。你到家的时候，前门是锁着的吗？"

"我想想……我觉得是吧。是的！我花了好几分钟折腾那把该死的钥匙。"

"你回到楼上自己房间的时候，有没有听到或者看到什么不好的事情？"

"不好的事情？探长，我整个人都惊呆了。"

"你知道我想问什么。"探长不耐烦地说，"有趣的，特别的，吸引你注意力的事情。"

"喔！没有，探长。"

"你有没有注意到，你母亲房间的门是开着的还是关着的？"

"是关着的。我回到自己的房间,脱掉衣服,然后睡着了。直到早上那阵混乱把我吵醒。"

"这就够了。好了,戈姆利。凌晨一点你丢下哈特小姐以后去了哪里?"

戈姆利没有理会吉尔貌似天真的探究眼神,喃喃回答:"我在市中心走了走。派对在七十六街。我走了好几个小时。我住在第七大道和十五街交口,我回家的时候——我不知道。天已经开始亮了。"

"嗯。你和哈特合作多久了?"

"三年。"

"你和哈特家的人认识多长时间了?"

"我大学时就认识他们了。康拉德和我是室友,那时候我就认识了他们家的人。"

"我记得第一次看见你的时候,约翰,"吉尔柔声主动说道,"我还是个小妹妹。你真和气,那时候你真是和气极了,对吧?"

"少拍马屁。"探长斥道,"让一让,戈姆利。比奇洛,据我所知,你的事务所一直全权负责哈特夫人的法律事务。老太太有什么商场上的敌人吗?"

律师彬彬有礼地回答:"你和我一样清楚,探长,哈特夫人是一位,嗯!——一位十分特别的女性,方方面面都很不寻常。敌人?当然有。华尔街上人人都有敌人。但我不会说——不,绝不会——有人对她恨到了要杀她的地步。"

"这很有帮助。那么你对这件事有何看法?"

"悲伤,真令人悲伤。"比奇洛抿了抿嘴唇,"非常悲伤。而且，你知道吧，我简直摸不着头脑。一点儿头绪都没有。"他停顿了一下，然后匆忙地补充说："我也不知道两个月前给坎皮恩小姐下毒的人可能是谁，正如我当时告诉你的一样。"

地方检察官不耐烦地插了进来："好了，探长，这样问下去也没什么结果。比奇洛先生，有遗嘱吗？"

"当然。"

"遗嘱有什么不寻常的地方吗？"

"有，也没有。我——"

敲门声让所有人都转头望了过去。探长大踏步穿过房间，把门缝开了两英寸。"噢，莫舍，"他说，"什么事？"

大个子莫舍压低嗓子嗡嗡地说了句什么。探长回答："不！"听起来十分坚决。突然，他咯咯地笑了起来，然后当着莫舍的面砰的一声关上了门。紧接着，他走到地方检察官布鲁诺身边，低声说了句话。布鲁诺显然控制住了自己。

"啊——比奇洛先生。"布鲁诺开口了，"你打算什么时候向哈特夫人的继承人正式宣读遗嘱？"

"星期二下午两点，葬礼结束后。"

"很好，到时候我们就能听到细节了。我想，那就先——"

"稍等一下，布鲁诺先生。"哲瑞·雷恩先生平静地说。

"当然。"

雷恩转向吉尔·哈特："平时放在这个房间里的那把曼陀林，你最后一次看见它是什么时候，哈特小姐？"

"曼陀林？昨天晚饭后——我和约翰一起出门之前。"

"你最后一次进入你父亲的实验室又是什么时候的事儿？"

"约克的冶炼厂？"吉尔耸了耸她漂亮的肩膀,"几个月前吧。没错,好几个月了。我一直不喜欢那个地方,约克也不喜欢让我进去。你知道的——父女之间互相尊重隐私,诸如此类的屁话。"

"当然,"雷恩没笑,"自从哈特先生失踪以后,你进过楼上的实验室吗？"

"没。"

他鞠了一躬——几乎没弯腰:"谢谢。"

"那就这样吧。"萨姆探长宣布。

两男一女快步离开了房间。刚进走廊,切斯特·比奇洛抓住了吉尔的胳膊,似乎是想说服她。她抬头朝他笑了笑。约翰·戈姆利皱眉看着他们走进了休息室。他踟蹰片刻,然后迟疑着开始在走廊里来回踱步。几名懒洋洋的探员无动于衷地看着他。藏书室里的三个男人面面相觑,似乎没必要说话。萨姆探长走到门口,派了个探员去请路易莎·坎皮恩的护士。

出乎意料的是,史密斯小姐的证词里有好几个有趣的地方。起初,这位丰满的护士将她女性的脆弱掩藏在了职业的外衣下面,她回答得很快,很利落,很正式。昨天她看见过盒子里的曼陀林吗？想不起来了。除了已故的哈特夫人以外,她是最经常进入路易莎·坎皮恩房间的人吗？是的。她是否记得那把曼陀林在路易莎的房间里出现过,无论出于什么原因？——这个问题是哲瑞·雷恩先生问的。没见过。自从约克·哈特失踪以后,曼陀林就一直放在那个盒子里,据她所知,再也没有拿出来过,无论出于什么原因。

雷恩:"除了哈特夫人以外,还有人会吃坎皮恩小姐碗里的水果吗?"

史密斯小姐:"噢,没有。他们家的其他人从不进路易莎的房间,先生,因为哈特夫人下过禁令,他们做梦都不会想拿任何属于路易莎的东西……可怜的孩子。当然,那两个孩子偶尔会溜进来,偷个苹果什么的,但这种事发生的次数不多,因为哈特夫人对那两个孩子十分严厉,上一次出现这种情况大约是三周以前,她打了杰基,骂了比利,家里乱成一团,杰基照例扯着嗓子尖叫,因为打孩子的事儿,他妈又跟哈特夫人吵了一架,场面十分糟糕。这不是第一次了。哈特太太——我是指玛莎——玛莎平时很温顺,但只要母性本能被激发出来,她就会变得很凶,她和哈特夫人——我是说,她婆婆——总是为谁有权管孩子的事儿吵架……噢,对不起,先生。我扯得太远了。"

"没,没有,史密斯小姐,我们对这些事很感兴趣。"

地方检察官布鲁诺:"水果,雷恩先生,那些水果。史密斯小姐,昨晚你有没有注意过床头柜上的水果碗?"

史密斯小姐:"是的,先生。"

"当时碗里装的水果和今天一模一样吗?"

"我想是吧,先生。"

萨姆探长:"你最后一次看见哈特夫人是什么时候?"

史密斯小姐(开始紧张起来):"昨晚大约十一点半。"

"跟我们具体讲讲。"

"哈特夫人通常会亲自照顾路易莎上床,但最后我会进去检查一下,当时我看到路易莎已经上床了。我轻轻拍了拍她的脸,用那块平板问她，在我睡觉前她还有没有什么需求。她说没有——我是说，她用手语告诉我，没有。"

"我们能听懂。继续。"

"然后我问她想不想吃点水果，又朝水果碗的方向转过身去。她说不想。"

雷恩（缓慢地）："当时你有没有仔细看过那些水果？"

"噢，有的。"

"碗里有几个梨？"

史密斯小姐（她凹陷的小眼睛总显得愚钝，现在却充满了警惕）："噢！昨天晚上碗里只有两个梨，今早却有三个！我之前没想起来……"

"你确定，史密斯小姐？这非常重要。"

史密斯小姐（迫不及待地）："是的，先生。当时确实是两个梨。我可以发誓。"

"其中有一个梨坏掉了吗？"

"坏掉？没有，先生。两个梨都熟得正好，看起来很新鲜。"

"原来如此！谢谢你，史密斯小姐。"

萨姆探长（粗暴地）："老问这个干什么——好了，史密斯小姐。当时哈特夫人在干什么？"

"她穿着一件旧睡衣，正打算上床。她当时正在——呃，你知道女人睡前会干些什么吧。"

"你说对了，我确实知道。我是个结了婚的男人。老太太当时看起来怎么样？"

"嘟嘟囔囔，抱怨个不停——但没什么特别的。她刚洗了澡，事实上,她看起来精神比平时——我的意思是,就她而言——还要好一点儿。"

"所以那个装痱子粉的盒子就是这么放到床头柜上的啰!"

"不是的,先生。那个粉盒向来就放在床头柜上。路易莎,可怜的孩子,她喜欢好闻的气味,尤其是痱子粉的味道——她每天都给自己扑粉。"

"你注意到床头柜上的盒子了吗?"

"是的,先生。"

"它是敞开的吗?"

"不是的,先生,盒子是盖上的。"

"盖紧了吗?"

"呃,没有,如果我记得没错的话,盖子有点儿松。"

哲瑞·雷恩先生点点头,露出惬意的笑容。萨姆探长粗暴地点了一下头,认可了雷恩这个小小的胜利。

地方检察官布鲁诺:"史密斯小姐,你是一位持证上岗的护士吗?"

"是的,先生。"

"哈特夫人雇用你多久了?"

"四年。喔,我知道,这么长时间一直照顾一个病人,简直闻所未闻,但我年纪大了,这里的薪水很诱人,我也不喜欢在外面瞎撞——这份工作很轻松,先生,而且我越来越喜欢路易莎了,可怜的孩子——她活着的乐趣实在少得可怜。实际上,我的护理才能在这儿不太用得上。对路易莎来说,我更像一个陪伴者,而不是护士。我一般白天和她待在一起,晚上就由哈特夫人来照顾她。"

"请稍微简洁一点儿,史密斯小姐。昨晚你离开她们的卧室后又做过什么?"

"我回到隔壁自己的房间里休息了。"

"晚上你有听到什么动静吗?"

史密斯小姐(脸红了):"没有,先生。我——我睡得很沉。"

萨姆探长(挑剔地审视着史密斯小姐):"话是这么说,好吧。谁会对你的这位聋哑病人下毒,你有什么想法吗,史密斯小姐?"

史密斯小姐(快速眨眼):"没有。噢,没有!"

"你了解约克·哈特吗?"

史密斯小姐(松了口气):"是的,先生。他个头很小,而且很怕哈特夫人。"

"你熟悉他的化学研究工作吗?"

"了解一点儿。他似乎觉得,既然我是个护士——你知道的——那我们之间就有一些共同点。"

"你进过他的实验室吗?"

"去过几次。有一次,他邀请我去参观他做实验,他给一批豚鼠注射了一种血清——他亲手注射的。十分有趣,富有教育意义。我记得曾经有一位厉害的医生——"

雷恩:"我想,你的护士工具包里应该有注射器?"

"是的,先生,有两支。一大一小。"

"这两支都还在你手里吗?不会有一支被人偷走了吧?"

"没有,先生!几分钟前我刚检查过工具包,因为我看见了你们在路易莎房间里找到的那支注射器——席林医生,是叫这个名字吧？——他走进房间的时候拿着它。于是我想，也许有人从我这里偷走了一支。但两支都在我包里。"

"在哈特夫人房间里找到的那支注射器可能来自哪里，你有什么想法吗？"

"呃，我知道楼上的实验室里有几支注射器……"

萨姆探长和地方检察官布鲁诺（不约而同地）："啊！"

"……因为哈特先生做实验的时候会用。"

"他有几支？"

"我真的不知道。但他实验室的钢柜里有一张索引卡片，上面列着所有物品的清单，也许你会发现，注射器数量的记录还留在那个柜子里。"

"进来吧，佩里先生。"萨姆探长的语气听起来就像一只饥饿的蜘蛛，正急着诱骗猎物，"进来。我们想跟你聊聊。"

埃德加·佩里在门口犹豫了一下。你一眼就能看出，他是那种无论干什么都要犹豫一下的人。高个子，瘦削——四十多岁——学生气十足。仔细刮过的脸上透出青色的胡楂，看起来克制、敏感、纤弱。他看起来比实际年龄年轻得多，哲瑞·雷恩先生注意到，这种错觉主要来自他那双睿智而幽深的眼睛。他慢慢走进来，在探长示意的那把椅子上坐下。

"你是那两个孩子的家庭教师，我想？"雷恩向佩里露出友好的笑容。

"是的。是的，"佩里哑着嗓子回答，"呃——你想问我什么，萨姆探长？"

"随便聊聊,"探长回答,"没什么特别的。"

他们都坐在那里,互相对望。佩里很紧张,不停地舔嘴唇,而且在大部分情况下,当他捕捉到投注在自己身上的视线里那股指责的意味时,就会低头紧盯着脚下的地毯……是的,他知道那把曼陀林不许人动。不,他从没进过约克·哈特的实验室。他对科学没什么兴趣,而且哈特夫人下了严令。他是今年元旦后的第一个星期来哈特家工作的,康拉德·哈特两个孩子的上一任家庭教师和玛莎吵了一架后就不干了。因为有一天杰基想把一只猫扔进浴缸里淹死,那位老师打了他,却遭到了玛莎的强烈反对。

"你和那两个小家伙合得来吗?"探长严肃地问。

"噢,挺好的。是的。我们相处得很好。"佩里喃喃地说。"虽然他们有时候的确淘气,但我摸索出了一套办法,"——他抱歉地笑了笑——"有奖励有惩罚,这套法子相当管用。"

"我敢打赌,你肯定发现了,这家的活儿不好干。"探长毫不客气地说。

"有时候是这样。"佩里有些兴奋地承认,"那两个孩子很容易失控,而恐怕——这不是批评,请理解!——恐怕他们的父母也不是特别有纪律的人。"

"尤其是孩子爹。"萨姆评论道。

"嗯——也许他不是孩子最理想的榜样。"佩里说。"有时候我的确觉得这份工作不好干,但我需要——钱,这里的薪水非常高。有几次,"他突然自信起来,"我得承认,我想过辞职,可是……"

他困惑地停了下来,似乎被自己的莽撞吓了一跳。

"可是什么，佩里先生？"雷恩鼓励地问道。

"这个家庭虽然混乱，但也有长处，"他清了清嗓子，回答说，"我是说——哈特小姐——芭芭拉·哈特小姐。我对她——我非常欣赏她精妙绝伦的诗作。"

"啊，"雷恩说道，"学术上的尊敬。关于这幢房子里发生的种种怪事，佩里先生，你是怎么想的？"

佩里的脸红了，但他的声音变得坚定了一些："我没什么想法，先生。但我从道义上可以确定：无论其他人跟这些事有什么关系，芭芭拉·哈特绝不会堕入——罪恶的丑行。她是那么美妙，那么崇高的一个人，那么理智，那么可爱……"

"你能这么说她真是太好心了，"地方检察官严肃地评价道，"我想她一定会很高兴。现在，佩里先生，你多久会外出一次——当然，你是住在这里的吧？"

"是的。我的房间在三楼——阁楼。我很少请长假外出，事实上，我只在四月休过一次短假——五天，就那一次。平时我在周日休息，那一天我通常会外出。"

"每次都一个人吗？"

佩里咬着嘴唇："也不完全是。有几次，哈特小姐非常好心地——跟我一起出去了。"

"我明白了。你昨天晚上在哪里？"

"我很早就回了自己的房间，读了一个小时的书。然后我就睡了。我或许应该说，"他补充道，"在今天上午之前，我完全不知道出了事。"

"当然。"

屋子里静了下来。佩里坐在椅子上，有些不安地扭动着。探长的眼神有些冷酷……他知不知道路易莎·坎皮恩爱吃水果，而且她的床头柜上随时都有一碗水果？他看起来很迷惑——他确实知道，然后呢？他知不知道哈特夫人对水果的偏好——面无表情——耸耸肩。他们又沉默下来。

哲瑞·雷恩先生的语气十分友好："你说，你第一次进入这幢房子是在一月初，佩里先生。那么我想，你应该没见过约克·哈特？"

"是的。我几乎没听说过他，我知道的事情主要是听芭——听哈特小姐说的。"

"你还记得两个月前有人试图对坎皮恩小姐下毒吗？"

"记得，记得。太可怕了。那天下午我回来的时候，全家一团乱。我当然非常惊讶。"

"你对坎皮恩小姐有多少了解？"

佩里提高了声音，眼睛也亮了起来："相当了解，先生。相当了解！她真是个了不起的人。当然，我对她的兴趣是纯客观的——从教育的角度来说，她是一个不可多得的案例。我确信，她已经了解了我，而且相信我。"

雷恩若有所思："刚才你说，你对科学不感兴趣，佩里先生。那么我想，你对科学教育应该也没什么兴趣。比如说，你应该不了解病理学吧？"

萨姆和布鲁诺交换了一个疑惑的眼神。但佩里僵硬地点了点头："我知道你想问什么了。我想，你应该认为，哈特家的异常背后必然存在某种基本的病理根源？"

"了不起啊，佩里先生！"雷恩笑道，"那么你同意我的看法吗？"

家庭教师僵硬地说："我既不是医生也不是心理学家。他们——是不太正常，我承认，但我也只能说到这里了。"

萨姆站起身来："我们还是赶紧聊完吧。你是怎么得到这份工作的？"

"康拉德·哈特先生登了广告招聘家庭教师。我和其他几个人参加了面试，结果幸运地入选了。"

"噢，那么你有推荐信吗？"

"是的。"佩里回答，"有的，有的，当然。"

"推荐信还在吗？"

"是的……还在。"

"我想看看。"

佩里眨了眨眼，然后站起来快步离开了藏书室。

"这里有搞头，"门刚在佩里身后关上，探长立即说道，"大有搞头。现在只是走个过场，布鲁诺！"

"你到底在说什么啊，探长？"雷恩笑道，"你是说佩里吗？我得承认，除了某种关于恋爱的确切迹象以外，我不觉得——"

"不，我说的不是佩里。等着瞧吧。"

佩里带着一个长信封回来了。探长从信封里抽出一张厚信纸，匆匆浏览了一遍。这是一封简短的推荐信，声称埃德加·佩里先生在推荐人家里圆满完成了儿童家庭教师的职责，他的离职绝不是因为无法胜任。信末署着"詹姆斯·利格特"的名字，地址在公园大道上。

"好了。"萨姆有点儿心不在焉地把信还给佩里,"留在这里别出去就行,佩里先生。现在就先这样。"佩里如释重负地吐出一口气,把推荐信揣回兜里,匆匆走了出去。"现在,"探长搓着一双大手说道,"现在该干脏活儿了。"他走到门口:"平克!把康拉德·哈特带过来。"

所有冗长的问话,所有乏味的问题,所有的迷雾、疑问和不确定似乎都指向这里。事实上,情况并非如此,但它看起来就是如此,听到萨姆探长声音里的那股兴奋劲儿,就连哲瑞·雷恩先生也感觉到自己的脉搏加快了。

但哈特家这位男丁的出场和其他人一样平平无奇。康拉德·哈特进来时几乎没发出什么声音——这个高大的男人有些坐立不安,严厉的脸上轮廓很深。他似乎压抑着自己的情绪,走得很小心,像盲人在鸡蛋上行走,僵硬地扬着头,像中风似的不自然。他的额头上全是汗。但他刚一坐下来,这幅平静的假象就被彻底打破了。藏书室的门砰的一声被推开了,走廊里传来一阵杂乱的脚步声,杰基·哈特跳了进来,高喊着小男孩心目中印第安人的号子,驱赶着前面小小的身影,那是他蹒跚学步的弟弟比利。杰基脏脏的右手里抓着一把玩具战斧,比利骄傲地挺直了脊背,双手被紧紧地绑在了身后,尽管结打得不太熟练。萨姆探长惊呆了。

跟在两个男孩身后的人旋风般卷了进来。玛莎·哈特一脸疲惫地跟着两个孩子冲进了藏书室,她看上去很苦恼。他们仨谁都没多看房间里这几个人一眼。她在雷恩的椅子后面抓住了杰基,然后狠狠地赏了他一个耳光。男孩丢掉手里的战斧,差点儿砸到小比利的脑瓜,然后他猛地一仰头,号了起来。"杰基!你这个坏孩子!"她尖声叫道,"你这么跟比利玩是要吃我的教训的!"

比利立刻哭了起来。

"行了,看在上帝的分儿上,"探长吼道,"你就不能管好自己的孩子吗,哈特太太?让他们出去!"

女管家阿巴克尔太太跟着他们气喘吁吁地跑了进来。那个倒霉的警察霍根笨手笨脚地跟在她后面。杰基刚恨恨地瞪了追捕者一眼,就被他们围了起来。他几乎有些快活地猛踢霍根的腿。有那么一会儿工夫,除了挥舞的胳膊和涨红的脸以外,什么都看不清了。康拉德·哈特从椅子上半站起来,自控力已被打碎,厌恶在他灰暗的眼睛里燃烧。"把这两个该死的小鬼从这儿弄出去,你这蠢货!"他颤声对妻子吼道。她吓了一跳,松开比利的手臂,脸涨红到了发根,她瞪着一双受惊的眼睛,警惕地四下望了望。阿巴克尔太太和霍根想尽办法,把那两个男孩弄出了房间。

"好了!"地方检察官用颤抖的手指点燃了一支香烟,"我衷心希望,再也不要出现这样的场面……也许我们应该让哈特太太留下来,探长。"

萨姆犹豫了。雷恩突然站起身来,眼里流露出同情。"过来吧,哈特太太,"他柔声说道,"请坐,你先冷静一下。别怕。我们不会伤害你,亲爱的。"

她跌坐在椅子上,血色已经从她脸上褪去,她目不转睛地盯着丈夫冰冷的侧脸。康拉德似乎有点儿后悔自己刚才的爆发,现在他低垂着头,喃喃对自己说着什么。雷恩静静地退到屋角。

他们立刻得到了一点儿有用的信息。夫妻俩昨晚都注意到了玻璃盒里的曼陀林。但康拉德更接近问题的核心：他回家时已经过了午夜，准确说是凌晨一点半。他在楼下的藏书室里停留一下，喝了杯睡前酒。"这间屋子的酒柜收藏相当丰富。"他指指不远处的一个镶花酒橱，平静地解释道。就在这时候，他注意到那把曼陀林装在盒子里，几个月来它一直这样。

萨姆探长满意地点点头："好极了。"他对布鲁诺说："这有助于我们厘清行凶计划。不管拿走曼陀林的人是谁，他很可能是在实施罪案之前才把它从盒子里拿出去的。你昨晚去了哪里，哈特先生？"

"噢，"他答道，"在外面。谈生意。"

玛莎·哈特苍白的嘴唇抿紧了，紧盯着丈夫的脸。他没有看她。

"凌晨一点，在外面谈生意。"探长不偏不倚地说，"行吧，我不怪你。离开藏书室以后，你做了什么？"

"听听！"康拉德突然喊了起来。探长眯起眼睛，龇出牙齿，像是准备打架。男人激动地梗着脖子："你他妈想暗示什么？我说了'在外面谈生意'，活见鬼，你听着，既然我这么说了，那就是在外面谈生意！"

萨姆一动不动，然后，他放松下来，和蔼地说："你当然是在外面谈生意。好了，你离开这个房间以后去了哪里，哈特先生？"

"上楼睡觉。"康拉德咕哝道，他的怒火来得快也去得快，"我老婆已经睡了。整个晚上我什么都没听见。我醉得厉害——睡得像个死人。"

萨姆周到极了，他用最悦耳的声音不断地说"是的，哈特先生",还有"谢谢你,哈特先生"。地方检察官忍着没笑。雷恩一脸忍俊不禁又充满好奇地看着探长。那只蜘蛛又来了,他想道——大摇大摆的蜘蛛。然后萨姆转向了玛莎。她的故事很短:十点,她把孩子们送上了儿童房的床,然后去外面的公园里散了会儿步。十一点不到的时候她回到了家里,没过多久就上了床。不,她没听到丈夫回来,他们是分床睡的,而且她向来睡得很死,因为孩子们白天的折腾耗得她筋疲力尽。

现在探长以一种漫不经心的姿态向前推进,先前几次问话中的那种不耐烦已经从他身上消失了。这会儿他似乎满足于问一些常规问题,以最宽容的姿态接收毫无信息量的回答。看起来自从实验室被哈特夫人锁起来以后,这对夫妻谁都没进去过。路易莎的床头柜上每天都摆着一碗水果,他们俩都很熟悉家里的这个习惯,还有老哈特夫人对梨的厌恶。

但康拉德·哈特血脉里的病毒藏不了太久。探长问了几个关于约克·哈特的琐碎问题。康拉德看起来很不耐烦,但他耸了耸肩:"我家老头儿?一个怪胎。差不多疯了一半。他的事没什么可说的。"

玛莎吸了口气,狠狠地剜了丈夫一眼:"那个可怜人是被逼死的,康拉德·哈特,而你甚至没有动动手指救他!"

那股奇怪的怒火再次攫住了他,突然猛地烧了起来,他脖子上的青筋像鸟儿的羽冠一样蹦了出来。"闭嘴!这是我自己的事儿,烂婊子!"

震惊之下,屋子里陷入了沉默。就连探长也吓了一跳,他在喉咙深处咕哝了一句什么。地方检察官布鲁诺的声音冰冷但有力:

"你必须修正你的语言,哈特。这实际上是我的事,也是萨姆探长的事。坐下!"他厉声喝道。康拉德眨着眼睛坐了下去。"现在,"布鲁诺继续说道,"跟我们说说,哈特。有人试图谋杀你同母异父的姐姐,路易莎·坎皮恩,你对此有什么想法吗?"

"试图谋杀?你这是什么意思?"

"是的,试图谋杀。你母亲的被害是一场意外,我们相信。昨晚那位访客真正的目标是在一个给坎皮恩小姐准备的梨里下毒!"

康拉德的嘴巴愚蠢地张大了。玛莎揉着自己疲惫的眼睛,仿佛这是一场最大的悲剧。她放下手,脸上充满了厌恶和恐惧。"路易莎……"康拉德喃喃地说,"意外……我——我不知道该怎么……我真的不知道。"

哲瑞·雷恩先生叹了口气。

是时候了。萨姆探长突然走向藏书室门口。玛莎·哈特吓得捂住了胸口。他停在门口,回身说道:"今天早晨,你们是第一批进入你们母亲的房间并看到尸体的人中的两个——除了你们俩以外,还有你们的姐姐芭芭拉和史密斯小姐。"

"是的。"康拉德慢慢地回答。

"你有没有注意到绿地毯上在痱子粉里留下的脚印?"

"有点儿印象。我当时很激动。"

"激动,哈?"萨姆探长在两只脚上交换着重心,"所以你注意到了那些脚印。很好,很好。稍等一下。"他拉开门,喊了一声:"莫舍!"

刚才向吉尔·哈特、比奇洛和戈姆利问话时对着萨姆耳语的大个子探员听话地走进了藏书室。他的呼吸很沉重,左手背在身后。

"你说，"萨姆小心地关上门，质问道，"你对那些脚印有点儿印象？"

康拉德的脸上充满了怀疑、恐惧和突如其来的愤怒。他跳起来喊道："是的，我说过！"

"好极了，"萨姆咧嘴笑道，"莫舍，好小伙子，给这位先生看看，孩子们找到了什么。"

莫舍探员像变戏法一样敏捷地伸出左手。雷恩悲伤地点了点头——正如他所料。莫舍手里拎着一双鞋……一双白色的帆布牛津鞋，一看就是男人穿的，只不过头是尖的。这双鞋脏得发黄，显然已经穿了好几年，破破烂烂的。康拉德依然大睁着眼。玛莎抓着椅子扶手站了起来，脸色苍白憔悴。"见过吗？"萨姆愉快地问道。

"我——见过。这是我以前的旧鞋。"康拉德结结巴巴地回答。

"你把它们收在哪里，哈特先生？"

"啊——在楼上我卧室的衣柜里。"

"你最后一次穿它是什么时候？"

"去年夏天。"康拉德慢慢转头望向妻子。"我想，"他的声音听上去就好像被人掐住了脖子，"我跟你说过，叫你把它扔了，玛莎。"

玛莎舔了舔自己没有血色的嘴唇："我忘了。"

"好了，好了，哈特先生，"探长表示，"别再发脾气了。请注意……你知道我为什么要给你看这双鞋吗？"

"我——不知道。"

"你不知道？那我告诉你吧。"萨姆上前一步，所有假装的和蔼从他脸上消失得无影无踪，"你也许有兴趣知道，哈特，这双鞋，你的鞋，它的前掌和后跟跟杀死你母亲的凶手留在二楼地毯上的脚印完全吻合！"

玛莎微弱地喊了一声，立即抬起手背堵住了嘴巴，仿佛失悔于自己的轻率。康拉德眨眨眼——这是他的习惯。雷恩暗忖，他有点儿糊涂了，不管他以前有多聪明，都已被酒精泡烂……"这怎么说？"康拉德小声表示，"全世界这个尺寸和形状的鞋子又不是只有这一双——"

"没错，"萨姆吼道，"但这幢房子里只有这一双，哈特，它不光完全吻合凶手的脚印，嵌在鞋底和鞋跟花纹里的粉末颗粒也和楼上弄洒的一模一样！"

第四场

路易莎的房间
六月五日，星期日，下午十二点五十分

"你真觉得……？"探长刚把梦游似的康拉德·哈特押回他自己的房间看管起来，地方检察官就狐疑地开口了。

"我要停止瞎猜，"萨姆断然表示，"采取行动。现在，这双鞋——是决定性的证据，我得说！"

"啊——探长。"哲瑞·雷恩先生说道。他走上前，从萨姆手里接过那双肮脏的白帆布鞋。"拜托。"他仔细检查这双鞋。鞋子很旧，而且已经穿破了。左脚后跟有一个小洞。"这双鞋的左脚也符合地毯上的脚印吗？"

"当然。"探长咧嘴笑了，"莫舍告诉我孩子们在哈特的衣柜里找到了什么的时候，我就让他们比对过脚印了。"

"可是说实在的，"雷恩说，"你不会就这样结案了吧？"

"你是什么意思？"萨姆质问道。

"呃，探长，"雷恩若有所思地掂着那只右脚的鞋子，"在我看来，你必须把这只鞋子送去检验。"

"啊？检验？"

"看这里。"雷恩举起那只右鞋。鞋尖的位置有溅上去的污迹，像是某种液体。

"嗯，"探长喃喃地说，"你觉得……？"

雷恩笑得很灿烂。"我没什么好觉得的，探长，在这件事上——我也建议采取行动。我要是你的话，我就会马上把这只鞋送到席林医生那里，让他检验这些污渍。造成这些污渍的很可能就是装在注射器针筒里的那种液体。如果是这样的话……"他耸耸肩，"就证明了这双鞋的确是凶手穿的，这样一来，情况恐怕会对哈特先生非常不利。"

雷恩的语气里有一丝最轻微不过的嘲讽，萨姆敏锐地看了他一眼。但雷恩看上去冷静得很。

"雷恩先生说得对。"布鲁诺表示。

探长犹豫了一下，然后他接过雷恩手里的鞋子，走到门口叫来一名探员。"送去席林那儿，马上。"他说。探员点点头，接过鞋走了。

就在这时候,史密斯小姐矮胖的身影出现在门口。"现在路易莎感觉好多了,探长,"她尖声说道,"梅里亚姆医生说,你们可以去看她了。她有些话想告诉你们。"

上楼去路易莎房间的路上,地方检察官咕哝着说:"活见鬼,她能告诉我们什么?"

探长低声回答:"某种奇怪的想法吧,我猜。说到底,她是个糟糕的目击证人。瞧瞧这是什么案子!一桩凶杀案,有活的目击者,老天爷,她却非得既聋又哑还盲不可。本来昨晚她没准儿已经死了,她的证词能有什么用。"

"我倒是没那么悲观,探长,"雷恩一边上楼,一边低声说,"坎皮恩小姐也不是一点儿用处都没用。你知道,人有五种感觉。"

"是的,不过……"萨姆的嘴唇无声地动了动。会读唇术的雷恩有些好笑地发现,探长正在数人有哪五种感觉,却一下子想不起来了。

地方检察官若有所思地说:"当然,没准儿真的有点儿线索。如果她的证词指向那个康拉德……说到底,罪案发生前后她肯定醒着——她的赤脚踩在粉末里留下的印子说明了这一点——从她晕倒的位置和罪犯脚印的朝向来看,她甚至有可能摸——"

"这一点提得好极了,布鲁诺先生。"雷恩干巴巴地说。

走廊对面,通往卧室的那扇门现在开着。三个人走了进去。

尸体搬出去以后,这个房间看起来有点儿不一样了,尽管地毯上白色的脚印还在,床罩也乱成一团。房间里有一股愉悦的氛围,阳光照了进来，灰尘在光束里跳跃。路易莎·坎皮恩坐在自己那张床靠内侧的摇椅里，脸上和往常一样没有表情，但她的头仰成了一个奇怪的角度——仿佛正竖起她那双死去的耳朵倾听着什么。她以一种缓慢的韵律来回摇着椅子。梅里亚姆医生在房间里，双手反握在背后，透过一扇窗户望向楼下的花园。史密斯小姐以一种防备的姿态站在另一扇窗边。特里维特船长，住在隔壁的那位老水手，朝路易莎的椅子倾身过去，轻轻拍着她的脸颊，他那张遍布胡楂的红脸上满是关切。

三个人进来的时候，所有人都直起了身子——除了路易莎以外，就在特里维特船长满是皱纹的手停止轻拍她脸颊的那一刻，她的椅子稳定的摇摆也停了下来。路易莎直觉般地朝门口探出头去，她那双无神的大眼睛依然没有表情，却流露出有智慧的眼神，照耀着她朴素柔美的五官，然后她的手指也动了起来。

"你好啊，船长，"探长打了个招呼，"很抱歉在这种情况下再次和你相见。嗯！特里维特船长——这是地方检察官布鲁诺，这是雷恩先生。"

"幸会。"船长沙哑的嗓音一听就来自深海，"这真是我遇到过的最可怕的事情——我刚听到新闻就过来了，想看看——看看路易莎是否安好。"

"当然，她没什么事。"萨姆真诚地说，"她是个勇敢的小女人。"他拍了拍她的脸。她一下子缩了回去，快得像逃避危险的昆虫一样。她的手指快速动了起来。

谁。是谁。

史密斯小姐叹了口气，朝着路易莎腿上那块平板弯下腰去，用多米诺骨牌似的小块拼出两个字："警察。"

路易莎缓缓点点头，柔软的身体僵硬起来。在她眼里，他们不过是一圈圈深色的影子。她的手指再次动了起来。我有话要说，可能非常重要。

"她看起来倒是够严肃的。"萨姆咕哝道。他排列着平板上的金属块："告诉我们吧。有话尽管说。无论多小的事。"

路易莎·坎皮恩的手指掠过那些金属小点，然后再次点了点头。一种严肃得惊人的表情浮现在她唇边，然后她抬起手开始讲了。

路易莎通过史密斯小姐讲述的故事如下：昨晚十点半，她和哈特夫人回到了房间里。路易莎已经脱了衣服，母亲把她送上了床。当时差十五分钟到十一点，她之所以知道准确的时间，是因为她用手语问过母亲，现在几点了。路易莎倚着枕头，盲文字板放在她屈起的膝盖上。哈特夫人说她要去洗个澡。路易莎没再和母亲交流，她估计这段时间有三刻钟。接下来，哈特夫人从浴室里出来了（她猜测应该是这样），她们又用盲文聊了一小会儿。尽管她们的对话无关紧要——母女俩讨论了路易莎的新夏装——但她觉得有点儿不安……

（就在这时候，哲瑞·雷恩先生礼貌地打断了女人的讲述，用平板拼出了这个问题："你为什么觉得不安？"

她摇头的样子看起来困惑得可怜，她的手指颤抖起来。我不知道。就是一种感觉。

雷恩轻轻按住她的手臂，作为回答。）

看起来，她们一边愉快地聊着夏天的衣服，哈特夫人一边给自己扑着痱子粉，她刚洗完澡嘛。路易莎之所以知道这件事，是因为她闻到了痱子粉的气味，她和母亲用的是同样的粉，盒子平时一直放在两张床之间的床头柜上。就在这时候，史密斯小姐走进了房间。她知道，是因为她感觉到史密斯小姐摸了摸她的额头，还问她想不想吃水果。她表示不吃。

（雷恩抓住路易莎的手指，打断了她的故事："史密斯小姐，你走进卧室的时候，哈特夫人还在给自己扑粉吗？"

史密斯小姐："没有，先生，我想她已经扑完粉了，因为她正在穿睡袍，粉盒放在床头柜上，盖子松松地扣在上面，正如我之前说过的那样。我看到她身上有痱子粉留下的白痕。"

雷恩："你有没有注意到，是否有痱子粉洒到了两张床之间的地毯上？"

史密斯小姐："地毯是干净的。"）

路易莎继续讲了下去。史密斯小姐离开几分钟后——但路易莎不知道准确的时间——哈特夫人就和平时一样跟女儿道了晚安，然后上了床。路易莎确定，母亲的确上了床，因为片刻之后，出于某种莫名的冲动，她从自己床上爬下来，又去亲了亲母亲。老太太慈爱地拍了拍她的脸，让她安心。然后路易莎回到自己床上，安抚自己入睡。

（萨姆探长插了进来："昨晚你母亲有没有跟你说过什么，让你觉得她在担心什么事？"

没有。她看起来温和而平静，和平时跟我在一起的时候一样。

"然后发生了什么？"萨姆拼道。

路易莎打了个哆嗦，双手开始颤动。梅里亚姆医生关切地看着她:"也许你们最好等一会儿,探长。她有点儿心烦意乱。"

特里维特船长拍拍她的头,她立即抬起手捉住了他的手,紧紧握住。老人脸红了,过了一会儿,他抽回了手。但路易莎似乎得到了安慰,她继续快节奏地讲了下去,抿紧的嘴唇透露出她背负的压力和要继续述说的钢铁般的决心。)

她睡得断断续续,她的睡眠向来不好,白天和晚上对她来说都一样。她不知道过了多久。可是突然——当然,至少是好几个小时了——她发现自己完全清醒了过来,包裹她的仍是那种令人窒息的寂静,但她所有的感官都绷紧了。她不知道自己是被什么惊醒的,但她知道,有什么事情不对劲,她感觉到房间里有陌生的东西,离她的床很近,很近……

("能说得更具体一点儿吗?"地方检察官布鲁诺要求道。

她的手指抖动着。我不知道。我无法解释。

梅里亚姆医生挺直了他高大的身躯,叹了口气:"也许我应该解释一下,路易莎一直有一点儿通灵似的知觉,考虑到她其他感觉的缺失,这是一种自然的发展。她的直觉,某种第六感,一直异常活跃。我毫不怀疑,这是因为她完全丧失了视觉和听觉。"

"我想我们能理解。"哲瑞·雷恩先生轻声表示。

梅里亚姆医生点点头:"可能不过是某种震动,被身体的移动搅动的空气,踏在地上的脚步,这些都会触动这位不幸的女子随时待命的第六感。")

这位聋哑盲的女子继续匆匆讲道……她醒了。不管靠近床的人是谁,她都觉得那个人不该出现在这里。她再次体验到了那种偶尔会打扰到她的无以名状的奇怪情绪——那种不可遏制的渴望,想发出声音，想高声喊叫……

（她张开漂亮的嘴巴，发出一声微弱的呜咽。这声音完全不同于正常人类发出的任何声音，所有人都情不自禁地打了个寒战。这真是太糟糕了——这么圆润的一个小女人，看起来这么安静，这么平凡，发出的声音却像受惊的动物变了形的叫声。）

她闭上嘴巴，若无其事地继续讲了下去。

她继续讲道，当然，她什么都听不见，因为她的世界从十八岁起就失去了声音，但那种不对劲的直觉挥之不去。紧接着，重物击打带来的冲击触动了她残存的感官，她又闻到了痱子粉的气味。这太奇怪了，完全出乎预料，感觉毫无道理，于是她更加警觉起来。痱子粉！会是母亲吗？但是——不，她知道那不是她的母亲，直觉的恐惧告诉了她这一点。是另一个人——另一个危险的人。

就在那个思绪纷乱的瞬间，她决定从床上爬起来，尽可能地远离这个威胁。逃跑的冲动在她心里灼烧……

（雷恩轻轻抓住她的手指。她停了下来。他走到床边，路易莎的床边，伸出一只手试着按了按床垫。弹簧吱吱嘎嘎地发出抗议，他点了点头。"很吵，"他说，"毫无疑问，那位袭击者听到坎皮恩小姐从床上起来了。"）

他按了按她的手臂，她继续讲述。

她从靠近母亲的那一侧溜下了床。赤脚踩在地毯上，她猫着腰走向床尾。快走到床尾的时候，她站直身体，伸出了手臂。

突然，她从摇椅上站了起来，脸色变幻，然后，她坚定地绕着床走到了另一边。显然她觉得光靠讲述还不够，亲身示范会让她的故事更清晰。她衣着整齐，动作极其郑重——像孩子做游戏那样全情投入——她躺到床上，然后开始无声地表演她在那个幽暗的凌晨所做的动作。她悄悄地从床上坐了起来，表情非常专注，头歪成一个特定的角度，仿佛在侧耳倾听。然后，她迈开腿踩到地板上，床垫弹簧发出刺耳的声响，她溜下床，猫着腰走向床尾，一只手一路扶着床垫。快要走到床尾挡板的位置时，她直起腰来，转了个身，背朝自己的床，面朝母亲那张床，然后她伸出了右手……

（屋子里安静极了。她正在表演那可怕的一刻，人们从这场专心致志的哑剧中隐约感受到了当时的某种紧张和恐惧。雷恩几乎屏住了呼吸，眼睛眯成了一条缝，光在他眼中跳动。所有人都紧盯着路易莎……

她的右臂笔直地伸在身前，像钢铁扶手那样僵硬，完全平行于地面，这是盲人常有的姿势。雷恩的目光锐利地扫向她伸长的指尖正下方对应的地毯上的那个位置。）

路易莎吐出一口长气，放松下来，她的手臂沉重地坠向身侧。然后，她再次打起了手语。史密斯小姐屏着息开始翻译。

路易莎伸出右臂后不久，有什么东西从她指尖拂过。她摸到了——先是一个鼻子，然后是一张脸……确切地说，是脸颊的部分，那张脸从她僵硬的指尖拂过……

（"鼻子和脸颊！"探长喊道，"天哪，多么幸运！等等——让我跟她说话——"

雷恩说："好啦，探长，没理由这么激动。如果你不介意的话，我想请坎皮恩小姐重复一下刚才的表演。"

他拿起平板，告诉了她他想要什么。她抬起手疲惫地抹了抹额头，但还是点点头，回到了床上。他们比刚才更专心地看着她。

结果十分惊人。每一次移动,头和身体每一个倾斜的角度,她手臂的每一个动作,第二次的演示都和第一次一模一样!

"喔,真是太精彩了!"雷恩喃喃地说,"我们太幸运了,先生们。和其他盲人一样,坎皮恩小姐对身体的动作有照相机式的记忆。这帮了我们——这可帮了我们大忙了。非常有用。"

他们都很迷惑——什么帮了大忙?大家都没听明白,但雷恩先生脸上那副恍然大悟的表情明明白白地告诉他们,他想到了一件至关重要的事情——这件事显然重要极了,就连他这样一辈子都在剧场里练习如何控制脸部肌肉的人都无法掩饰对自己脑子里这个发现的面部反应。

"我不明白……"地方检察官布鲁诺困惑地开口了。

雷恩的表情魔术般地放松下来,然后他平静地说:"恐怕刚才我有点儿反应过度了。请观察坎皮恩小姐现在站的位置。那正是今天凌晨她站的地方——她的鞋子和先前她的赤脚在床尾附近留下的印子几乎完全重合。我们再看看,这个位置的对面是什么,也就是她面朝的方向?是凶手的鞋留下的印记。那么,显然,在触碰到坎皮恩小姐手指的那一刻,凶手必然站在洒了很厚一层痱子粉的这个地方——因为这里有两个鞋尖的印记最清晰,凶手似乎在这儿僵了片刻,因为他感觉到黑暗中有几根幽灵般的手指碰到了他。"

萨姆探长挠了挠自己宽厚的下巴:"好吧,但这有什么稀奇的?我们一直是这样说的啊。我不明白……刚才你看起来——"

"我建议,"哲瑞·雷恩先生迅速说道,"请坎皮恩小姐继续说下去。"

"等等，稍等一下，"探长表示反对，"别这么急，雷恩先生。我大概知道你想到什么了。"他转向布鲁诺："你知道吧，布鲁诺，根据这位女士的手臂触碰到凶手脸颊的位置，我们可以估计一下凶手的身高！"他胜利地望向雷恩。

地方检察官的脸黑了。"很有噱头，"他尖刻地说，"如果你能做到的话。但你做不到。"

"为什么？"

"好了，好了，先生们，"雷恩不耐烦地说，"我们还是继续……"

"稍等一下就好，雷恩先生，"布鲁诺冷冰冰地表示，"看这里，萨姆。你说，根据坎皮恩小姐伸出手臂碰到了凶手脸颊的这个事实，我们可以推测出凶手的身高。是的，当然——前提是凶手被她摸到时是站直的！"

"呃，可是……"

"事实上，"布鲁诺立即接道，"我们有充分的理由假设，被坎皮恩小姐触碰到的时候，这位凶手绝不是站直的，而是猫着腰的。从脚印的痕迹来看，当时他显然刚刚杀掉了哈特夫人，正离开老太太的床头走向门口。正如雷恩先生提出的，他可能听到了坎皮恩小姐的床发出的吱嘎声。因此，匆忙中他会——下意识地弯腰往下蹲，这是最直接的反应。"他微微一笑："所以，这就是你的问题了，萨姆。你打算怎么确定凶手下蹲的程度呢？因为你必须完全确定了这个数据，才能推算出他的身高呀。"

"好吧，好吧，"萨姆红着脸说，"忘了这事儿吧。"他酸溜溜地瞥了一眼雷恩："但以我对雷恩先生的了解，刚才有一个很重要的想法击中了他，就像一吨砖头。如果不是凶手的身高，那又会是什么？"

"说真的，探长，"雷恩咕哝着，"你让我为自己的技能脸红啦。我真的给了你这样的印象？"他捏了捏路易莎的手臂。她立即继续讲了下去。）

所有事情都发生在电光石火间。在无尽的黑暗中实实在在地摸到了一个有血有肉的身体，心中无形的恐惧突然化作现实，这让路易莎感到很惊骇，她觉得自己快要晕过去了。她惊恐地意识到，她正在失去知觉，她感觉到自己的膝盖在身下一软。倒下去的时候，她还有一丝意识，但她倒下去的力量肯定比她自己意识到的更大，因为她的头沉重地磕在地板上，然后她就什么都不记得了，直到今天上午被人唤醒……

她的手指不动了，手臂垂了下去，她耷拉着肩膀，回到了摇椅里。特里维特船长再次开始轻拍她的脸颊。她把脸疲惫地贴在他手上。

哲瑞·雷恩先生探询地望向两位同伴，那两个人看起来都一脸茫然。他叹了口气，走向路易莎的椅子："你漏掉了一些事情。你的手指摸到的那张脸是什么样的？"

某种类似震惊的东西一下子赶走了疲惫。她的表情告诉他们，就像她直接开口说的那样清楚："怎么，我不是说过了吗，难道我没说？"然后她的手指舞动起来。史密斯小姐翻译的声音有些颤抖。那是一张柔软光滑的脸。

就像有一颗炸弹在他身后爆炸了一样，萨姆探长被震得整个人都麻木了。他张大嘴巴，瞪着路易莎·坎皮恩停下来的手指，仿佛不敢相信自己的眼睛——或者耳朵。地方检察官布鲁诺依然难以置信地看着那个护士。

"你确定吗，史密斯小姐，你没翻译错吧？"布鲁诺艰难地问道。

"她就是——她就是这么说的，先生。"史密斯小姐紧张地回答。

萨姆探长拼命摇头，就像获奖拳手想甩掉一记重击带来的昏沉时那样——这是他惊讶时的习惯性反应——他低头望向路易莎。"柔软光滑，"他喊道，"不可能。为什么，康拉德·哈特的脸——"

"那就不是康拉德·哈特的脸，"哲瑞·雷恩先生轻声说道，"为什么要坚持先入为主的印象呢？归根结底，如果坎皮恩小姐的证词可信，我们就必须重新整理手头的信息。我们知道，昨晚那位掠夺者穿着康拉德的鞋，但仅仅因为鞋是哈特的，就假设穿它的人一定是哈特，正如你和布鲁诺先生的设想，那就错了。"

"你说得向来正确，这次也对极了，"布鲁诺喃喃地说，"萨姆——"

但萨姆拒绝抛弃这么现成的一个答案，他就像斗牛犬一样固执。他磨着牙齿朝史密斯小姐咆哮："用那些该死的多米诺骨牌问她能不能确定，还有，那张脸有多光滑。去！"

史密斯小姐吓坏了，依命行事。路易莎的手指急切地拂过平板，然后她立即点点头，用手语又说了一遍。一张非常柔软光滑的脸。我没有弄错。

"嗯，她看起来十分确定。"探长喃喃地说，"你问她，那会不会是她同母异父的弟弟康拉德的脸。"

不。不可能。那不是一张男人的脸，我确定。

"好吧。"探长表示，"就这样吧。说到底，我们必须采信她的话。所以那不是康拉德，也不是一个男人。那就是个女人了，老天爷。至少我们确定了这件事！"

"她穿着康拉德·哈特的鞋肯定是为了留下假的证据，"地方检察官评论道，"这意味着痱子粉是被故意洒在地毯上的。不管凶手是谁，她知道那双鞋会留下脚印，也知道我们会寻找那双吻合脚印的鞋。"

"你是这么想的吗，布鲁诺先生？"雷恩问道。地方检察官皱起眉头。"不，我没开玩笑，也不是卖关子，"雷恩继续忧虑地说，"这里面有些事情不太合理。"

"什么事情不合理？"萨姆质问，"来龙去脉，布鲁诺解释得严丝合缝，我觉得很合理。"

"只有来龙，探长，恐怕我得说，离去脉还远得很。"雷恩摆弄着金属盲文字母，拼出一条信息："你摸到的那张脸有没有可能是你母亲的？"

他立即遭到了反对：不，不，不。母亲的脸皱巴巴的。有皱纹。那张脸很光滑。光滑。

雷恩惨然一笑。这位了不起的女人说的所有话感觉都千真万确。萨姆大步在地板上来回踱着，布鲁诺看起来若有所思。特里维特船长、梅里亚姆医生和史密斯小姐安静地站在那里。决断的表情浮现在雷恩脸上。他重新排列字块："好好想想。你还记得其他什么事吗——任何事？"

她读完这条信息，犹豫了片刻，头靠在摇椅的椅背上。她的头从一边摆向另一边——一种缓慢而不情愿的否认，就像有什么东西在她的记忆边缘晃悠，不肯落下让她知晓。

"她的确有事没说，"雷恩审视着那张没有表情的脸，有些激动地念叨，"但需要一点儿提示！"

"但会是什么事呢，看在上帝的分儿上？"萨姆喊道，"我们了解到的已经超过了最乐观的期望……"

"不，"雷恩说，"还没有。"他停顿了一下，然后继续慢慢说道："我们面对的是一位五感缺其二的人证。这位证人只能通过味觉、触觉和嗅觉接触外部世界。她通过这三种残存的感官获得的任何反应都是我们唯一可能得到的线索。"

"我还没从这个角度想过，"布鲁诺若有所思地说，"那么，确切地说，她已经通过触觉提供了一条线索。也许——"

"正是如此，布鲁诺先生。当然，指望靠她的味觉获得线索恐怕有点儿徒劳。但嗅觉！我们有充分的理由相信……如果她是一只动物，比如说一条狗，还拥有和别人交流自己感官印象的能力，那就简单多了！但这种奇怪的情况的确存在。她的嗅觉神经很可能高度敏感……"

"你说得对，"梅里亚姆医生低声附和，"对极了，雷恩先生。关于补偿性感官的问题，医学界向来颇有争议。但路易莎·坎皮恩提供了一个精彩的答案。她指尖的神经、舌头上的味蕾和鼻子里的嗅觉器官都非常发达。"

"很好，"探长说道，"但我——"

"耐心，"雷恩说，"我们也许很快就会发现一些惊人的东西。我们现在讨论的是气味。她的证词中已经提到了痱子粉被打翻时的气味——这显然超过了正常敏感的程度。普通人不太可能……"他立刻弯下腰,开始重新排列盲文板上的金属块:"气味。除了痱子粉以外,你有没有闻到别的气味?想一想。气味。"

随着她的手指拂过平板上的凸点,一种混杂着胜利和迷惑的表情慢慢地出现在她脸上,她的鼻翼急促地翕动。她显然正在拼命回忆,这份回忆正在拉扯,拉扯……就在这时候,那束光照亮了她,她受到了启发,于是她的喉咙里再次下意识地发出一声动物般令人心悸的哭喊。她的手指快速动了起来。

史密斯小姐张大嘴巴,目瞪口呆地看着她的手语:"太难以置信了,她知道自己在说什么吗……"

"嗯?"地方检察官激动得发抖。

"那个,你知道吗,"护士继续呆滞地翻译,"她说,在她碰到那张脸的瞬间,虽然她感觉自己快要晕过去了,但她闻到了……"

"来了,来了!"哲瑞·雷恩先生喊道,史密斯小姐停顿了一下,他闪闪发光的双眼紧盯着她肥厚的嘴唇,"她闻到了什么?"

史密斯小姐紧张地咯咯笑了起来:"呃——某种类似冰激凌的味道,或者蛋糕!"

有那么一小会儿,他们和这位护士目瞪口呆地面面相觑。就连梅里亚姆医生和特里维特船长也一脸震惊。地方检察官无声地重复了一遍这几个字,仿佛不敢相信自己的耳朵。萨姆发出一声可怕的怒吼。

紧张的笑容从雷恩脸上消失了。他一脸迷惑。"冰激凌或者蛋糕，"他缓慢地重复道，"奇怪，太奇怪了。"

探长突然发出一阵刺耳的笑声。"瞧瞧，"他说，"她不光又聋又哑又盲，老天爷，她还继承了她妈那边的疯狂。冰激凌或者蛋糕！真他妈活见鬼了。这是一场闹剧。"

"别这样，探长……这件事或许没有听起来那么疯狂。她为什么会想到冰激凌或者蛋糕？这两样东西几乎毫无共同点，除了同样令人愉悦的特别的气味以外。也许——是的，我相信，这件事也许比你以为的合理得多。"

他挪动金属字母："你说冰激凌或者蛋糕。难以置信。也许是蜜粉，或者面霜？"

她的手指在平板上摸索，停顿了一下。不，不是女人的蜜粉，或者面霜。是——呃，很像蛋糕或者冰激凌，只是味道更浓。

"不够具体。是一种甜味，对吗？"

是的。甜味。甜得刺鼻。

"甜得刺鼻。"雷恩喃喃自语，"甜得刺鼻。"他摇摇头，拼出另一个问题："也许来自一朵花？"

也许……她迟疑着，皱起鼻子，强迫自己尝试再次捕捉几小时前的那股气味。是的。某种花。一朵兰花，某个稀有品种。特里维特船长送过给我。但我说不准……

特里维特船长眨巴着老眼，湛蓝色的眼睛里满是困惑。所有人的目光都聚焦到了他的身上，他那张饱经风霜的脸变成了旧皮革马鞍的颜色。

"呃，船长？"萨姆问道，"能帮帮忙吗？"

特里维特船长用沙哑的声音说道:"她竟然记得,天哪!我想想,那么……那是七年前的事了。我的一个朋友——货船特立尼达号的科科伦船长——从南美洲带来的……"

"七年前!"地方检察官惊叹,"她记住这种气味的时间可真够久的。"

"路易莎是一位了不起的小姑娘。"船长说道,他又眨了眨眼。

"兰花,"雷恩思考着,"这就更奇怪了。那朵兰花是什么品种的,船长,你还记得吗?"

老水手宽阔但瘦削的肩膀往上耸了耸。"我从来都不知道。"他的声音像生锈的绞车一样粗粝,"我只知道是某个稀有品种。"

"嗯,"雷恩再次转向盲文板,"只有那一种兰花有这样的气味,没别的东西吗?"

是的。我喜欢花,绝不会忘记某种花朵的气味。那种兰花的气味我只闻到过一次。

"这可真是个园艺难题了。"雷恩故作轻松地说。但他的眼睛里毫无笑意,一只脚不停地敲着地板。大家疲惫又无能为力地望着他。突然,他激动地拍了一下自己的额头:"当然了!我忽略了一个再明显不过的问题!"他再次忙碌地摆弄起了那堆小金属字母。信息拼出来了:"你说'冰激凌',是指哪种冰激凌?巧克力味的?草莓味的?香蕉味?还是胡桃味?"

显然,他终于问到了点子上。就连脾气远远称不上温和的萨姆探长也向雷恩投去了钦佩的目光。路易莎的指尖刚摸到雷恩的问题,她的脸色就明亮起来。她像鸟儿一样轻快地点了好几下头,立刻用手语回答：现在我知道了。不是草莓，不是巧克力，不是香蕉，也不是胡桃。香草！是香草！那是香草的味道！

她在摇椅边缘坐直了身体，看不见的眼睛紧闭着，但那张脸上流露出渴望得到肯定的表情。特里维特船长暗暗地抚摸着她的头发。

"香草味！"众人同时喊道。

手指飞舞。香草味。不一定是冰激凌或者蛋糕或者兰花或者其他什么具体的东西。就是香草味。我很确定。非常确定。

雷恩叹了口气，眉间的皱纹更深了。这会儿路易莎的手指动得太快，史密斯小姐翻译起来十分困难，她不得不请路易莎重复刚才的动作。当这位护士转向其他人的时候，她的眼里多了一些柔软的东西。

拜托了。这能帮上忙吗。我想帮忙。我必须帮忙。这帮上忙了吗？帮上了吗？

"女士，"探长一边走向卧室门口，一边阴郁地说，"放一万个心吧，绝对帮上了。"

梅里亚姆医生弯下腰，路易莎颤抖着，他伸手按住路易莎的手腕。他点点头，拍了拍她的脸颊，然后直起身子站回原地。特里维特船长看起来十分骄傲，虽然似乎没什么理由。

萨姆打开门喊道："平克！莫舍！来个人！马上把那个女管家带上来！"

阿巴克尔太太起初还想发火。家里涌进来一大帮警察带来的震撼已经褪去。她两只手提着裙子，气喘吁吁地爬上楼梯，在梯顶的平台上歇了一下，嘴里不服气地嘀嘀咕咕，然后，她冲进案发房间，不客气地瞪了探长一眼。"怎么！这会儿又叫我干吗？"她质问道。

探长没有浪费时间："你昨天烤过什么？"

"烤？老天爷啊！"他们俩像两只斗气的矮脚鸡一样对峙。"你到底想问什么？"

"哈！"萨姆厉声追问，"想逃避问题吗？你昨天到底烤过东西没有？"

阿巴克尔太太嗤之以鼻："我想不起来……不，我没烤过。"

"你没烤过。嗯。"他的下颌往阿巴克尔太太的方向逼近了两英寸，"你在厨房里会用到香草吗？"

阿巴克尔太太看他的眼神仿佛在看一个疯子："香草？哪儿没有啊！我当然会用到香草。说真的，你以为我的食品储藏室里都有些啥啊？"

"你会用到香草。"萨姆下了论断，他朝地方检察官眨了眨眼，"她会用香草，布鲁诺……好了，阿巴克尔太太。昨天——你用过香草吗？不管是做什么。"他搓着自己的手。

阿巴克尔太太猛地转身走向门口。"我不会像个傻瓜一样站在这里，我跟你说，"她断然表示，"我要下楼去了，在那里我不用回答这些疯子的问题。"

"阿巴克尔太太！"探长吼道。

她迟疑着停下了脚步，转头四顾。所有人都很严肃地盯着她。"呃……没有。"她还想发火，但口气已经软了下来，"我说，你是想教我如何管理这个家吗？"

"别这么大声，"萨姆和气地说，"别着急啊。现在你的食品储藏室或者厨房里有香草吗？"

"有——有的。一瓶全新的。上一瓶三天前用光了，所以我从萨顿商店订了一瓶新的。我还没来得及开封呢。"

"但这怎么可能呢，阿巴克尔太太？"雷恩温和地问道，"据我所知，你每天都会给坎皮恩小姐准备一杯蛋酒。"

"这跟香草有什么关系？"

"蛋酒，阿巴克尔太太，我小时候喝的都加了香草。"

萨姆惊讶地迈步上前。阿巴克尔太太使劲摇着头："这能证明什么，啊？我的蛋酒里还有磨碎的肉豆蔻呢。这也有罪吗？"

萨姆把头伸进走廊："平克！"

"在。"

"跟这位女管家去楼下。把所有闻起来有香草味的东西都带上来。"萨姆翘起拇指指向门口，"去吧，阿巴克尔太太，动作快点。"

等待的时候谁都没说话。萨姆吹着难听的小调来回踱步，手背在身后。布鲁诺的心思不知飘到了哪里，他看起来很无聊。路易莎安静地坐着，史密斯小姐、梅里亚姆医生和特里维特船长一动不动地站在她身后。雷恩透过窗户望着无人的花园。

十分钟后，阿巴克尔太太和她的护送者迈着沉重的步子回到了楼上。平库索恩拿着一个用纸裹起来的扁平的小瓶子。"厨房里有各种各样的气味，很香，五花八门，"探员咧嘴笑道，"但除了这瓶香草精以外，没有什么香草味的东西。我没把它打开，长官。"

萨姆接过平库索恩手里的瓶子。标签上写着"香草精"，封口和包装都没动过。他把瓶子递给布鲁诺,后者随便检查了一下又还了回去,没什么异议。雷恩站在窗边没动。

"原来那瓶你怎么处理的,阿巴克尔太太?"萨姆问道。

"三天前就扔了。"女管家简短地回答。

"当时瓶子已经空了吗?"

"是的。"

"那个瓶子里还有香草精的时候,你有没有发现过里面的东西少了?"

"这我怎么知道?你觉得我还能数清楚里面有几滴吗?"

"就算你真数过我也不会觉得意外。"探长回敬道。他撕开包装纸和封口,拔出瓶塞,把它凑到自己鼻子下面。一股强烈的香草味慢慢渗入了卧室的空气中。毫无疑问,瓶子里装的的确是香草精。满满一瓶,原封未动。

路易莎·坎皮恩不安地扭动了一下,她的鼻孔张大了。她响亮地吸了口气,然后把头转向房间对面那个瓶子的方向,就像一只闻到远处有花蜜的蜜蜂。她的手指动了起来。

"她说就是——就是这种气味。"史密斯小姐激动地喊道。

"她能确定吗?"哲瑞·雷恩先生转身望向护士的嘴唇,喃喃问道。他走上前来,在盲文板上拼出一条信息:"当时你闻到的气味有现在这么强烈吗?"

没有。昨晚的气味微弱一些。

雷恩颇为失望地点点头:"家里有冰激凌吗,阿巴克尔太太?"

"没有,先生。"

"昨天有吗？"

"也没有，先生。这一周都没有。"

"完全无法理解。"雷恩表示。他的眼神和平时一样睿智多思，他的脸还是那么年轻，那么精神焕发，但他整个人看起来有些疲惫，仿佛思考让他筋疲力尽。"探长，明智的做法或许是立刻把家里的每个人都叫过来。与此同时，阿巴克尔太太，如果你能发发善心的话，请你把家里所有的蛋糕和糖果都归拢一下，带到这里来吧。"

"平克，"萨姆探长喊道，"你跟她一起去——以防万一。"

屋子里挤满了人。所有人都来了——芭芭拉、吉尔、康拉德、玛莎、乔治·阿巴克尔、女仆弗吉尼娅、埃德加·佩里，就连切斯特·比奇洛和约翰·戈姆利也没漏掉，他们俩都死皮赖脸地留了下来。康拉德看起来失魂落魄，他不停地偷眼去看身旁的警察，一副蠢相。其他人沉浸在一种期待的气氛里……萨姆犹豫了一下，然后退了一步，从路中间让开了。他和地方检察官布鲁诺的脸色都不太好看。雷恩一动不动地站在那里等着。两个孩子和平常一样跟着大人冲了进来，吵吵闹闹地在房间里跑来跑去。这次没人搭理他们的滑稽行径。

阿巴克尔太太和平库索恩抱着一堆小山似的蛋糕和糖果盒子，深一脚浅一脚地走了进来。每个人都一脸震惊。阿巴克尔太太把她手里那堆东西放在路易莎床上，用手帕擦了擦自己骨节凸出的脖子。平库索恩一脸嫌弃地把东西扔在椅子上就走了出去。

"女士们，先生们，有哪位的房间里还有蛋糕或者糖果吗？"雷恩严肃地问。

吉尔·哈特表示:"我有,我屋里随时都有。"

"请你把它们都拿过来吧,哈特小姐。"

吉尔冷静地离开了房间,片刻之后,她抱着一个很大的长方形盒子回来了,盒子上"五磅"的字迹清晰可见。看到这么大一堆糖果,约翰·戈姆利原本苍白的皮肤变成了砖头的颜色。他勉强笑笑,脚动个不停。

迎着众人探询的目光,哲瑞·雷恩先生开始了他奇怪的举动。他把椅子上所有的糖果盒子堆在一起,然后一个个打开。一共有五盒——一盒花生糖,一盒水果馅的巧克力,一盒硬糖,一盒硬芯巧克力,还有吉尔那个盒子,打开以后,裹着糖霜的美味坚果和水果排得整整齐齐,一看就价格不菲。

雷恩从五个盒子里随意挑了一些,若有所思地尝了几块,又喂了几块给路易莎·坎皮恩品尝。那个壮实的小孩,比利,一脸渴望地盯着他;杰基被这套神秘的操作镇住了,他单腿站立,着了魔似的看得目不转睛。

路易莎·坎皮恩摇摇头。不,都不是。不是糖果,我错了。是香草!

"这些糖果里都没有香草,"雷恩表示,"或者香草味太弱,完全尝不出来。"他对阿巴克尔太太说:"这里的蛋糕,阿巴克尔太太,有哪些是你自己烤的?"

她高傲地指出了三块。

"你在里面加了香草吗?"

"没有。"

"其他的是外面买的?"

"是的,先生。"

雷恩从每块外购的蛋糕上都取了一小片,喂给那位聋哑盲的女士。她再次摇头,十分坚决。

史密斯小姐叹了口气,看着路易莎的手指。

不,我没闻到香草味。

雷恩把蛋糕扔回床上,站在那里陷入了绝望的沉思。"呃——搞这么一大出是在干什么?"比奇洛,那位律师,觉得有一丝可笑。

"抱歉。"雷恩心不在焉地转过头来,"昨晚坎皮恩小姐和谋杀哈特夫人的凶手打过照面。她十分肯定,在接触的那个瞬间,她闻到了明显的香草味,应该是从凶手身上,或者周围,传出来的。我们自然想要解开这个小小的谜团——这可能带来重大的发现,通往最终的成功。"

"香草!"芭芭拉·哈特惊讶地重复道,"可信度不高啊,雷恩先生。而且路易莎的感官记忆十分神秘。我敢肯定——"

"她傻兮兮的。"吉尔断然表示,"她说的话有一半是编的。想象力太丰富。"

"吉尔。"芭芭拉说道。

吉尔摇摇头,但闭上了嘴巴。

他们或许已经知道了接下来会发生什么。房间里传来一阵杂乱的脚步声,人们有些警觉地转过头,看见杰基·哈特钻到了路易莎的床上,小小的身体像猴子一样敏捷,双手挥舞着去抓那堆糖果盒子。小比利快活地尖叫着跟着他钻了进去。他们开始疯狂地往嘴里塞糖果。

玛莎咚咚咚地冲向他们,歇斯底里地大叫:"杰基!老天爷啊,你会把自己撑病的……比利!马上给我停下,不然妈妈会狠狠打你的屁股!"她摇晃着两个孩子,把黏糊糊的糖果从他们紧握的手里拍掉。

比利看起来很不服气,哪怕他丢掉了手里的糖果。"想吃昨天约翰叔叔给我的糖果!"他喊道。

"他说什么?"萨姆探长一个箭步冲上来质问道。他粗暴地托起比利倔强的小下巴,厉声问道:"昨天约翰叔叔给了你什么糖果?"

萨姆哪怕在和颜悦色的时候也很难称得上绅士,绝不会得到小男孩的亲近,而当他发起火来的时候,就像现在这样,那真的很吓人。比利抬头看了一眼他的歪鼻子,被吓呆了一瞬间,然后他立即从探长手里挣脱,把小脑袋埋进母亲的裙子里,号了起来。

"探长,我得说,真有你的,"雷恩评论道,然后一把推开萨姆,"就凭你这套,连海军陆战队的都能吓哭……好啦,孩子,"他蹲在比利身旁,安慰地握紧男孩的双肩,"别往心里去。不会有人伤害你。"

萨姆嗤之以鼻。但两分钟不到,比利已经钻进雷恩怀里,破涕为笑。雷恩兴致勃勃地跟他聊起了糖果、玩具、虫子,还有牛仔和印第安人的游戏这些类似的有趣玩意儿。比利变得对雷恩十分信任,他觉得雷恩是个好人。约翰叔叔给比利带来了糖果。什么时候?昨天。

"也是我的!"杰基扯了扯雷恩的外套,大声喊道。

"没错。是什么样的糖果呀,比利?"

"甘草糖！"杰基大声回答。

"甘草。"比利口齿不清地说道，"很大的袋子。"

雷恩放下孩子，望向约翰·戈姆利。戈姆利正焦躁地挠着自己的后颈。"是这样吗，戈姆利先生？"

"当然是这样！"戈姆利不耐烦地回答，"你该不会是在暗示，那些糖果里有毒吧？当时我来拜访哈特小姐——那盒五磅的糖果是我送给她的——我知道这两个孩子有多喜欢甘草糖，就给他们带了点。仅此而已。"

"我没有暗示任何事情，戈姆利先生。"雷恩温和地回答，"而且这也说明不了什么，因为甘草糖没有香草味。与此同时，小心无大错。不过是一些最简单的问题，你们这些人为什么一听到就一蹦三尺高呢？"他再次俯身问比利："昨天还有其他人给过你糖果吗，比利？"

比利转了转眼珠子，这个问题有点儿超过了他的理解能力。杰基两条细腿笔直地站在地毯上，尖声说道："你为什么不问我呢？我可以告诉你。"

"很好，杰基少爷，那我就问问你吧。"

"没有。没人送我们糖果。除了约翰叔叔以外。"

"很好。"雷恩往两个孩子的脏手里各塞了一把巧克力，打发他们跟妈妈走了。"就这样吧，探长。"他说。

萨姆挥手示意房间里的人可以走了。

雷恩观察着埃德加·佩里。这位家庭教师偷偷摸摸地溜到了芭芭拉身旁。他们俩一边下楼，一边开始低声交谈。

萨姆坐立不安，似乎有些举棋不定，直到康拉德·哈特在拘禁他的那位警察看守下举步迈过门槛。萨姆终于开口说道："哈特！稍等一分钟。"

康拉德紧张地回过头来："怎么——又怎么了？"这个男人充满恐惧，他好斗的那面已经不见踪影，看起来急于讨好别人。

"让坎皮恩小姐摸一摸你的脸。"

"摸我的脸……！"

"噢，我说，"布鲁诺表示反对，"你知道的，萨姆，她说的——"

"我他妈才不在乎，"萨姆一意孤行，"我想百分之百确定。史密斯小姐，让她摸摸哈特先生的脸颊。"

护士默默遵从了他的命令。路易莎看起来充满期待。康拉德脸色苍白，神情紧张，他朝那把摇椅弯下腰去，史密斯小姐把路易莎的手放在他那张刚刚刮过、几乎完全没有胡须的脸上。她迅速向下摸去，然后向上，再向下。最终她摇了摇头。

她的手指飞舞。史密斯小姐说："她说那张脸要软得多。是个女人，她说。不是哈特先生的。"

康拉德直起身子，完全不知所措。萨姆摇摇头。"好吧，"他十分不满地说，"你可以在这幢房子里随便走动，哈特，但不能出去。你，警官，跟着他。"康拉德步履蹒跚地走了出去，那位警察紧随其后。萨姆说："好啦，雷恩先生，真是一团糟，不是吗？"他四处环顾，寻找那位演员。雷恩不见了。

但屋子里的魔法依然神圣。雷恩悄悄离开卧室自有他的目的，这个目的看起来简单而琐碎——追寻一种气味。他从一个房间走到另一个房间，从一层楼转悠到另一层楼，在卧室、卫生间、空房间和储藏室里穿梭——一个地方都没有放过。他轮廓分明的鼻子随时待命。他仔细闻了能接触到的每一样东西：香水、化妆品、花瓶，甚至包括女人们熏过香的内衣。最后，他走进楼下的花园，花了十五分钟时间嗅探那里的众多花朵。但正如他不知怎么早已料到的，最终证明，这一切都只是徒劳。他闻过的所有东西里没有一件可能拥有路易莎·坎皮恩闻到的那种"甜得刺鼻"的香草味。他回到楼上，重新跟萨姆和布鲁诺碰头的时候，梅里亚姆医生已经走了，特里维特船长正在用盲文板默默地跟路易莎交流。两位调查者都灰心丧气。

"你去哪儿了？"萨姆问道。

"去抓气味的尾巴。"

"我可不知道气味还有尾巴。哈！"谁都没笑，萨姆不好意思地挠挠下巴，"没有收获，我想？"

雷恩摇摇头。

"呃，我一点儿也不惊讶。什么线索都没有。不管怎么说，今天上午这幢房子已经从上到下被翻了个遍，但我们连一件重要的东西都没发现。"

"现在感觉就像，"地方检察官表示，"我们又摊上了一个大麻烦。"

"没准儿，说不好，"萨姆说道，"但我午饭后打算去隔壁那间实验室看看。两个月前我进去过一次，也许……"

"啊，对，那间实验室。"哲瑞·雷恩先生愁眉苦脸地说。

第五场

实验室
六月五日,星期日,下午两点三十分

依然愤愤不平的阿巴克尔太太在楼下那间餐厅里为萨姆探长、地方检察官布鲁诺和哲瑞·雷恩先生送上了一顿不愉快的午餐。用餐的大部分时间里没人说话,郁郁不乐的气氛四处弥漫。只有阿巴克尔太太进出餐厅的沉重的脚步声,和骨瘦如柴的女仆弗吉尼娅笨拙地把盘子放在餐桌上的撞击声,才能偶尔打破屋子里的沉闷。谈话东拉西扯的。阿巴克尔太太一度成了主角,她不针对任何特定对象,尖酸地大声抱怨自己的厨房乱成一片……看起来就像无数警察先生在屋子尽头狼吞虎咽。但就连萨姆探长也没有反驳她,他忙着嚼韧得几乎咬不动的肉,而他脑子里的想法更难啃。

"好吧,"沉默了五分钟却一无所获以后,布鲁诺说,"那个女人的目标是路易莎——我们说女人,是因为脸颊的事儿几乎无法推翻。老太太的被害是出于意外。凶手正在下毒的时候,她醒了,于是那位凶手惊慌之下在她头上砸了一下。但会是谁呢?在这个方向上我连一丝光亮都看不到。"

"还有,这见鬼的香草味又意味着什么?"萨姆嫌弃地丢掉刀叉,咕哝着说。

"是啊……我有一种奇怪的感觉,只要我们能解决这个问题,离真相就不远了。"

"嗯。"哲瑞·雷恩先生用力咀嚼着。

"康拉德·哈特，"探长喃喃地说，"要不是有脸颊的事儿作为证据……"

"忘了这事儿吧，"布鲁诺说，"有人想陷害他。"

一位探员将一个封好的信封送进餐厅："席林医生的信使刚刚送来了这个，长官。"

"啊！"雷恩丢下刀叉，"那份报告。大声读出来吧，探长。"

萨姆撕开信封："我们看看。关于毒药的事。他说：

亲爱的萨姆：那个坏掉的梨里含有远超致死剂量的二氯化汞溶液。那个梨吃一口就能毒死人。

回答雷恩先生的问题：不，这个梨的腐败不是毒药造成的，毒药被注入的时候梨已经坏了。

另外两个梨没有毒。

在床上找到的空注射器里残留着同样的毒药。我认为，从梨里找到的二氯化汞的剂量和注射器里毒药的估计剂量来看，凶手正是用这支注射器给梨下的毒。

二者之间有一点儿小小的误差，我想这或许源于你送来的那双白鞋上沾着的污渍。那些污渍也是二氯化汞。也许凶手把毒药注入梨的时候漏了一点儿，滴到了鞋尖上。这些污渍是不久前才沾上的。

尸检报告会在今晚下半夜或者明天一早出来。但根据初步的检查，我可以确定，解剖结果不会发现任何中毒的迹象，我们最初推测的死因应该会得到确认。

席林

都对上了，"萨姆喃喃地说，"呃，鞋的问题和毒梨假设都得到了证明。二氯化汞，是吗？我觉得……我们上楼去实验室吧。"

哲瑞·雷恩先生听了，仍旧是拉长了脸，一言不发。三个人放下喝了一半的咖啡，推开椅子离开餐厅。就在他们往外走的时候，阿巴克尔太太板着脸走了进来，手中的托盘里放着一杯黄色的浑浊液体。雷恩看了看手表，现在正是下午两点半。

上楼的时候，雷恩从探长手里拿走那封信，仔仔细细地读了一遍。他还回去的时候没有说话。

卧室那一层十分安静。他们在楼梯顶上站了一小会儿。然后，史密斯太太的房门开了，护士引着路易莎·坎皮恩走了出来——尽管昨晚刚刚发生了一场悲剧，尽管家里乱成一团，但习惯就是习惯，这个聋哑盲的女人从三个男人身前经过，下楼去餐厅喝每天都有的蛋酒。三个人谁都没有开口。已经安排好了，路易莎会住进史密斯小姐的房间，直到事情有新的进展……特里维特船长和梅里亚姆医生早就走了。萨姆那位手下，莫舍结实的身影靠在走廊上，墙的另一面便是案发房间的衣柜。莫舍默默抽着烟，但依然保持警觉，他可以清楚地看到这层楼上每一个房间的门。

探长冲楼下喊了一声："平克！"平库索恩探员跑上楼梯。"你和莫舍负责这层楼，听懂了没？你们可以轮班。老太太的房间谁都不准进。除此以外别管他们，睁大眼睛盯着就行。"平库索恩点点头，回了楼下。

探长从背心口袋里掏出一把扁平锁钥匙。这是他在死者遗物里找到的，是约克·哈特实验室的钥匙。他若有所思地掂了掂这把钥匙，然后绕过楼梯顶，走向实验室门口，布鲁诺和雷恩跟在他身后。

他没有马上打开房门。取而代之的是,他蹲下身子,透过小小的钥匙孔往里看。他咕哝了一句,从他背心上那些仿佛取之不尽的口袋中的一个里面掏出一根小探针,插进钥匙孔。他捅了一下,又一下,然后开始转动。终于,他满意地抽出探针,仔细查看。针是干净的。

他直起身子,收好探针,一脸迷惑。"有意思,"他说,"我还把握满满地以为,锁里肯定能找到蜡的痕迹。这就能证明有人给这个钥匙孔拓过蜡模,然后复制了一把钥匙。但锁孔里没有蜡。"

"这也没那么重要。"布鲁诺说,"不管是有人拓了蜡模然后把锁孔清理干净了,还是哈特夫人的钥匙被下毒者暂'借'过,复制了一把,然后乘她不注意把原版的还了回去,都有可能。如今老太太死了,这件事我们是永远弄不清了。"

"好了,来吧,探长,"雷恩不耐烦地说,"这对我们没有任何帮助。还是开门吧。"

萨姆把钥匙插进锁孔。插进去十分顺滑,但转起来有些艰难:机械结构生了锈,似乎很久没人用过了。他一把抹掉自己鼻尖的汗珠,用力一扭。锁嘎吱一声开了。萨姆抓住把手,向前一推。轴承发出尖声抗议,就像那把锁一样——门的铰链也生了锈。

门打开以后,探长刚打算跨过门口,雷恩伸手按住了这位壮汉的胳膊。

"嗯?"萨姆问道。

雷恩指指屋子里紧挨着门的地面。硬木地板上没铺地毯,倒是覆盖着一层厚度均匀的灰尘。他蹲下来,伸出手指擦了擦地板,手指上立即沾了一层灰。"这个入口没有被你那位袭击者踩过的迹象,探长,"他说,"灰尘没被动过,从厚度来看至少有好几周了。"

"两个月前我看到的不是这个样子——不论如何,不是一模一样,"萨姆看起来很不自在,"这个距离也跳不过去呀。这道门和有痕迹的地方之间至少隔了六英尺。有意思!"

他们并肩站在门口,仔细查看这个房间,但没有进去。正如探长所说,整个门口没有人活动过的痕迹,地面的灰尘像一块灰扑扑的天鹅绒。但是,离门口大约六英尺的地方,灰层完全被搅乱了。有脚印一直通往房间深处,他们的视线尽头。但这些脚印也被非常仔细地抹过,看不出具体特征。灰尘上的痕迹十分显眼:一看就有几百个脚印,但没一个辨认得出来!

"小心得要命啊,不管这个人是谁,"萨姆说,"稍等一分钟。不管怎么说,我想看看桌子周围能不能找到一个可以拍下来的脚印。"他大踏步走了进去,十二码的大脚无情地踩过没有痕迹的灰尘,开始检查那片凌乱的区域。当他看清了那块影影绰绰的地方时,气得脸都黑了。"你敢相信吗!"他咆哮着说,"一个清晰的脚印都没有。好了,进来吧——这块地板也没什么可破坏的。"

地方检察官好奇地走进实验室,但雷恩依然站在门口继续查看。他站着的那扇门是这个房间唯一的入口。这间屋子的形状和东侧隔壁的案发房间几乎一样。同样的两扇窗户,安在走廊对面的墙上,俯瞰房后那片花园。但和隔壁那两扇窗户不一样的是,这两扇窗用粗铁杆封了起来,每两根铁杆间的距离不超过三英寸。

两扇窗户之间是一张白铁架床,简单而朴素。西墙和朝向花园的墙壁之间的墙角,靠近西边那扇窗户的地方,放着一个梳妆台。

这两件家具都摆得整整齐齐，只是覆盖着一层灰。通往走廊的大门右手边是一张破旧的活动盖板写字台，角落里放着一个装文件的小铁柜；左手边是衣柜。西墙上结实地装着半面墙的架子，雷恩看见上面放满了瓶瓶罐罐。这些架子放在充当底座的地柜上面，又矮又宽的地柜门全都紧闭着。垂直于架子的方向是两张伤痕累累的巨大的长方形工作台，上面摆着沾满灰尘的曲颈瓶、试管架、本生灯、水龙头和看起来很陌生的电动装置——哪怕在雷恩这个外行看来，这套化学设备也相当完善。两张工作台互相平行，中间的空隙足以容身，站在这里的科学家只需要一转身就能来回操作。

东墙上正对着架子，与工作台成直角的是一个巨大的壁炉，和隔壁案发房间里的一模一样。而在实验室深处，床和壁炉之间的东墙脚，放着一张坑坑洼洼的小工作台，粗糙的台面上还留着化学品灼烧的痕迹。几张椅子凌乱地摆在房间里，一个三脚圆凳放在中间那个架子下面的地柜正前方。

哲瑞·雷恩先生走进实验室，关上房门，穿过房间。除了门口那六英尺没有痕迹的区域以外，他走过的地方都有被擦掉的脚印。显然，自从约克·哈特去世，萨姆探长上次进来调查过以后，这间实验室经常有人造访。根据灰尘的情况以及连一个清晰脚印都找不到的事实来看，更一目了然的是，这位袭击者故意用脚擦掉了每一个脚印。

"这样的痕迹不是一次能造成的，"探长断然表示，"可她是怎么进来的？"他走到窗边，抓住栏杆用尽全力晃了晃。铁栏杆纹丝不动，牢牢嵌在水泥里。萨姆仔细检查了水泥和栏杆本身，徒劳地盼望也许有几根栏杆安了机关，可以打开。但最终还是一无所获，他又检查了窗外墙体上凸出的腰线[1]和窗台。虽然腰线宽得足以允许一个灵活的人通过，但上面没有脚印；窗台上的灰尘也没有一丝被动过的迹象。萨姆摇摇头。

他离开窗户，走向壁炉，壁炉前面——和房间里的其他地方一样——有许多被擦掉的脚印。他若有所思地审视着壁炉。这玩意儿货真价实，只是相对比较干净。他迟疑了一下，然后弯下庞大的身躯，把头探进了炉膛里面。然后，他满意地咕哝一声，退了出来。

"怎么了？里面有什么？"布鲁诺问道。

"我们太蠢了，竟然没想到过这里！"探长喊道，"嗬，你抬起头就能透过烟囱看到天空！砖砌的烟囱里还钉着用作踏脚的钉子——也许是还要人扫烟囱的年代留下的遗物。我敢拿一美元来打赌，这就是……"他低下头。

"我们那位女士进入实验室的途径，探长？"雷恩轻声问道，"你的脸色过于诚实地暴露了你的想法。你本来想说，我们假想中的这位女性下毒者是从烟囱里爬进来的。相当牵强，探长。不过，说真的，她要是有个男性的帮凶，没准儿他倒是可以从这儿进来。"

"男人能干的事儿，如今这些女人都办得到，"萨姆说，"不过，你倒是提出了一个新想法。这个案子里的凶犯或许有两个。"他瞪着布鲁诺："天，这样一来，康拉德·哈特的嫌疑又回来了！路易莎·坎皮恩摸到的或许是一个女人的脸，但打了哈特夫人、留

---

1 腰线一般指建筑墙面上的水平横线，在外墙面上通常是在窗口的上沿或下沿的一条通长的横带，主要起装饰作用。——编者注

下脚印的还是康拉德·哈特！"

"而我,"地方检察官说,"正是这样想的,萨姆,就在雷恩先生提议说可能有帮凶的那一刻,我就想到了。是的,我觉得这个方向很有希望……"

"先生们,先生们,"雷恩插了进来,"别借着我的嘴巴说话,拜托。我可没提议什么。我只是指出了一种逻辑上的可能性。啊——探长,烟囱的宽度足以容许一个成年男人从屋顶上爬下来吗?"

"你觉得我——咳,你自己来看吧,雷恩先生。你又没瘸。"萨姆不满地说。

"探长,你说了我就信。"

"当然够宽了!我都能爬,我的肩膀你总没法说窄吧。"

雷恩点点头,不紧不慢地踱到西墙边,检查那几个架子。架子一共有五层,每层架子又被竖着分成三格,所以一共是十五格。约克·哈特的整理癖还体现在了别的地方。因为架子上的所有瓶瓶罐罐都是同样尺寸的,瓶子和罐子一样宽,而且每个瓶罐上都贴着统一的标签。标签上用不褪色的墨水一丝不苟地手写着内容物的名称,其中很多瓶罐上额外贴了一张红色的纸条,上面标着"有毒"。除了化学品的名称,和出现在某些标签上的化学符号以外,每张标签上还写着一个数字。

"条理清晰的头脑。"雷恩评论道。

"是的。"布鲁诺说,"但这说明不了什么。"

雷恩耸耸肩:"也许吧。"

他仔细检查架子,显而易见,所有容器都严格按照序号排列,

1号瓶放在架子最左上角那格，2号瓶紧挨着1号瓶，旁边是3号罐，以此类推。架子是满的——没有空缺的地方。显然，这些架子容纳的所有化学品都摆在他们眼前了。每一格架子摆着二十个容器，一共三百个。

"啊，"雷恩说，"这里的东西很有趣。"他指向架子最上面那层第一格差不多正中间的位置。那个瓶子上标着：

$$9号：C_{21}H_{22}N_2O_2（番木鳖碱）有毒$$

还贴着红色的有毒标签。这个瓶子里装着白色的晶状药片，只装了一半。但雷恩感兴趣的似乎不是瓶子本身，而是瓶子脚下的灰尘。这里的灰尘被搅乱了，看来这个装着番木鳖碱的瓶子最近肯定被人拿下来过。"蛋酒里的毒药不正是番木鳖碱吗？"雷恩问道。

"当然。"萨姆回答，"两个月前那次下毒未遂以后我就告诉过你，我们在检查实验室的时候发现了番木鳖碱。"

"当时这个瓶子就放在如今我们看到的这个位置吗？"

"是的。"

"瓶子下面的灰尘也被搅乱过吗，就像现在一样？"

萨姆倾身向前，皱着眉头看了看那片有印子的灰尘："没错。就是这样。当时的灰没有这么多，不过也足够让我记得这些印子了。检查完以后，我小心地把瓶子放了回去，和原来的位置分毫不差。"

雷恩转身继续查看架子。他的目光落到了第二层上面。就在69号瓶正下方的架子边缘靠下的位置，有一个奇怪的椭圆形污渍，看起来像沾了灰或者弄脏的指尖留下的印子。这个瓶子的标签上写着：

69号：HNO$_3$（硝酸）有毒

里面的液体是无色的。

"奇怪，"雷恩吃惊地自言自语，"你记得当时硝酸瓶子下面有这个印子吗，探长？"

萨姆眯起眼睛："是的，当然记得。它两个月前就在这儿了。"

"嗯。硝酸瓶子上有指纹吗？"

"没有。用过这个瓶子的人戴了手套。不过说实话，我们迄今没有发现过使用硝酸的迹象。也许是哈特在做实验的时候戴着橡胶手套用过它。"

"这无法解释，"雷恩干巴巴地指出，"架子上的指印。"他的目光在架子上逡巡。

"二氯化汞？"地方检察官问道，"如果我们能在这里找到它——再加上席林报告说梨里有这玩意儿……"

"我必须说，这间实验室的收纳品非常丰富，"雷恩评论道，"在这里，布鲁诺先生。"他指向架子中间那层，或者说第三层，右手边的那格。这一格里第八个容器的标签上写着：

168号：二氯化汞——有毒

瓶子里的液态毒药没有装满。它在架子上留下的灰尘圈也被搅乱了。萨姆捏着瓶颈把它拎了出来，仔细查看了一番。"没有指纹。还是戴着手套。"他晃了晃瓶子，恼怒地低吼一声，然后把它放回了架子上，"梨里的二氯化汞就是从这儿来的，好吧。简直是下毒者的宝库！用打仗来打比方，就是全世界军火任他取用。"

"嗯，"布鲁诺说，"他们把哈特从下湾里捞出来的时候，席林说他中的是什么毒？"

"氢氰酸，"雷恩回答，"在这里。"约克·哈特跳船前吞下的毒药装在57号瓶里，放在架子最上层右手边那格。和他们检查过的其他容器一样，上面直接标着"有毒"。瓶子里无色的液体少了不少。萨姆探长指出了玻璃瓶上的几个指纹。瓶子周围的灰尘没有动过的痕迹。

"这些指纹是约克·哈特的。我们在调查第一次针对坎皮恩女士的下毒案时就检查过了。"

"但是，"雷恩温和地问道，"你们当时是怎么取到了哈特的指纹样本，探长？当时他已经下葬了，我想你在太平间里应该没有取到他的指纹。"

"你真是不会放过任何一点儿刁难我的机会，对吧？"萨姆咧嘴笑道，"是的，我们没有直接来自他本人的指纹记录，因为当时他手指上的肉都快被啃没了，更别提什么指纹。我们当时到这儿来了一趟，在家具上扑粉，寻找指纹。找到了不少，吻合氢氰酸瓶子上的指纹。"

"家具上，哈？"雷恩喃喃地说，"原来如此。我问了一个蠢问题，探长。"

"毫无疑问，哈特从57号瓶里抽了一剂氢氰酸——按照席林的叫法，"布鲁诺说，"然后去外面服毒跳海了。从那以后，这个瓶子就没人动过。"

哲瑞·雷恩先生似乎被这个架子迷住了。他看了又看，然后退回来，盯着这十五个格子看了很久。他的目光两次回到装有硝酸的69号瓶下方的架子边缘处的污渍上。他凑近了一点儿，目光沿着每一层边缘扫了一遍。他的脸很快亮了起来：第二层架子边缘，靠近中间的位置，90号瓶下方，也有一个椭圆形的污渍，和前面那个很像。这个瓶子上标着"硫酸"。"两个印子，"他若有所思地说，但那双灰绿色的眼睛里闪烁着前所未见的光芒，"探长，你上次检查实验室的时候，也有这第二个印子吗？"

"这个？"萨姆看了一眼，"没有。这到底说明了什么？"

"我的想法是，探长，"雷恩心平气和地说，"两个月前还没有，现在却出现在这里的任何东西都值得注意。"他小心地拿起90号瓶，观察它留下的灰尘圈，圆圈边缘清晰而干净。他突然向上一瞥，狂喜的表情立刻被疑虑所取代。他默默地站了一会儿，似乎举棋不定，然后耸耸肩，转身走开了。

他在房间里闷闷不乐地转悠了一会儿，每走一步都更垂头丧气。但那个架子像磁铁一样吸引着他，最后他发现自己又回到了架子前面。他低头看了看架子底下的地柜，然后打开那两扇宽阔的矮门，看了看里面……没什么稀奇的东西：硬纸盒，马口铁罐，一包包化学品，试管，试管架，一台小电冰箱，各种散落的电气设备，无数各种各样的化学补给品。他啪的一声关上柜门，不耐烦地小声嘲笑了几句自己的犹豫。

最后,他穿过房间,去检查门口那张活动盖板写字台。盖板是关拢的,他推了推,盖板开始打开。"你也许应该看看这个,探长。"他提议道。

萨姆嗤之以鼻:"早就看过了,雷恩先生。哈特的尸体在桑迪胡克被发现的时候,我们就打开这张桌子检查过了。里面的东西都跟案情无关。全是些私人物品,科学论文和书什么的,还有一些哈特的化学笔记——应该是实验笔记,我猜。"

雷恩掀开盖板看了看,桌子里面乱成一团。

"和我离开时一样。"探长说。

雷恩耸耸肩,关好盖板,走向旁边装文件的铁柜子。"那个也检查过了。"萨姆耐心提醒。但雷恩已经打开没上锁的铁抽屉翻找了一通,最后找到了一张小小的目录卡片,整齐地摆在装满大堆实验数据记录纸的文件夹后面。

"噢,对啊,那个注射器。"地方检察官喃喃地说。

雷恩点点头:"按照这份目录上的记录,实验室里有十二支注射器,布鲁诺先生。我想知道……在这里。"他放下目录,从抽屉后面抽出一个大的皮盒子。布鲁诺和萨姆在他的肩膀后面伸长了脖子。盒盖上印着烫金的YH两个字母。雷恩打开盒子,十一支各种尺寸的注射器整整齐齐地摆在垫着紫色天鹅绒的凹槽里,其中有一个凹槽是空的。

"糟糕,"萨姆说,"那支注射器被席林拿走了。"

"我想,"雷恩说,"不必派人去拿了,探长。你还记得吧,我们在哈特夫人床上找到的那支注射器,上面有一个数字6?再次证明了约克·哈特真的很有条理。"

他用指甲点了点那个空着的凹槽。每个凹槽里都嵌着一小条黑色的亚麻，上面印着一个白色的数字。那个空槽的数字是6。

"还有这个凹槽的尺寸，如果我没记错的话，正好和那个注射器吻合。是的，那个用来装二氯化汞的注射器就是从这个盒子里拿出去的。还有，这里，"他俯身从抽屉里又掏出了一个小的皮盒子，"如果我没弄错的话，这个盒子应该装满了针头……是的。有一根针头不见了，因为目录上说有十八根，但这里只有十七根。看哪！"他叹了口气，把两个盒子都放回抽屉深处，开始在文件夹里翻找，但他看起来有点儿提不起劲。笔记，实验，以备后用的数据记录……有一个单独放在一个格子里的文件夹是空的。

他关上文件柜抽屉。萨姆在他后面大喊了一声。布鲁诺立即冲向探长那边，雷恩也猛地转过身来。萨姆跪在灰尘中间，整个人几乎都被一个沉重的工作台挡住了。"怎么了？"布鲁诺一边和雷恩绕过工作台，一边喊道，"有发现吗？"

"嗯，"萨姆咕哝着站起身来，"乍看之下有些神秘，但我很快想明白了。看这里。"顺着他指的方向，两个人看清了是什么让他失声惊叫。两个工作台之间，离壁炉更近的那边，灰尘上印着三个整齐的小圆点。它们排列成三角形，彼此等距。雷恩凑近观察，发现这几个圆点本身也覆盖了一层薄灰，只是没有周围的灰尘那么厚。"很简单。我刚开始以为是什么重要的线索。但只是那个圆凳留下的痕迹而已。"

"啊，是的，"雷恩若有所思地回答，"我都忘了。那个圆凳。"

探长走到架子前面,把面对着架子正中的那个小三脚凳从地板上拎了过来,三条凳腿正好严丝合缝地盖上了地上的三个圆点。

"看,就这么简单。凳子本来放在这里,但被挪过去了,就是这样。"

"根本不是什么线索。"布鲁诺大失所望。

"不值一提。"

但雷恩似乎又高兴又有点儿不快活,他亲切地打量着那个凳子,就像他刚才在架子前面仔细检查过它似的。圆凳本身也铺了一层灰,但坐垫上的灰被胡乱擦过,有的地方有灰,有的地方没有。

"啊——探长,"雷恩喃喃地说,"两个月前你调查这间实验室的时候,这个凳子就放在刚才的位置吗?我是说,从上次调查结束以后,它有没有被动过?"

"要是我知道就好了。"

"我想,"雷恩温和地走开了,"就这样吧。"

"我很高兴你满意了,"地方检察官咕哝着说,"我简直摸不着头脑。"

哲瑞·雷恩先生没有回答。他心不在焉地朝布鲁诺和萨姆挥挥手,嘴里咕哝着要回哈姆雷特山庄,随即离开了实验室。下楼的时候,他一脸疲惫,肩膀也垂下去了一点儿,他从门厅里取回自己的帽子和手杖,离开了这幢房子。

探长喃喃地说:"他看起来和我一样迷惑。"他派了个探员到屋顶上守住烟囱入口,锁好实验室的门,跟地方检察官道别(他失望地离开这里,回到了自己吵吵闹闹的办公室),然后咚咚咚地下了楼。

探长往楼下走时,平库索恩探员正站在二楼上,无精打采地摆弄着他的一根拇指。

第六场

哈特宅
六月六日,星期一,凌晨两点

随着哲瑞·雷恩和布鲁诺的离开,萨姆探长的坏脾气消解了一大半。事实上,他几乎感受到了常人会有的孤独。无所不在的挫败感充斥着他的身心,雷恩忧虑的脸和布鲁诺绝望的表情可没法让人高兴起来——而萨姆哪怕在最愉悦的时候也很少会很高兴。他没完没了地叹气,懒洋洋地缩在一张大安乐椅里,抽着一支他从藏书室的雪茄盒里找到的雪茄,隔一会儿还得听手下人报告令人沮丧的消息,看着哈特家的人丢了魂儿似的在大宅里走来走去。简而言之,他像个突然发现自己无事可干的大忙人那样自娱自乐。

大宅里安静得异乎寻常,只有杰基和比利的尖叫偶尔会打破这股气氛,他们在楼上的儿童房里玩耍。约翰·戈姆利在后花园里不知疲倦地走来走去,他进来找过探长一次。这个高个子金发年轻男子一肚子火,他想跟康拉德·哈特聊聊,但楼上那个该死的警察不让他进哈特的房间。见鬼,萨姆探长,你打算怎么办?探长凝重地垂下一边眼睑，审视着雪茄头，尖酸地表示，他打算什么都不办。哈特被软禁在他自己的房间里，他只能待在那里。探长不在乎地表示，戈姆利先生不高兴的话可以滚。

戈姆利先生的脸恰如其分地红了，他正打算轻率地发表一些激烈的反驳。就在这时候，吉尔·哈特和律师比奇洛走进了藏书室。戈姆利咬住了自己的舌头。吉尔和比奇洛像在说悄悄话似的，这会儿他们显然亲密无间，十分愉快。戈姆利先生的眼睛在喷火，没等探长批准，他就冲出房间，离开了大宅，顺道伸出大手猛地拍了比奇洛的肩膀一下——这样的告别礼很难说是为了向比奇洛示好。比奇洛突然停下刚说到一半的轻言细语，急促地喊了一声："噢！"

吉尔惊叫："怎么了，这——这太野蛮了！"萨姆探长对自己咕哝了一句什么。五分钟后，比奇洛抑制住自己的热情，向吉尔道别，后者似乎一下子就不高兴了。律师向探长重申了他将在星期二的葬礼后向继承人宣读哈特夫人最后遗愿和遗嘱的计划，然后匆匆离开了大宅。吉尔冷哼一声，抚平自己的连衣裙。然后她迎着探长的视线，妩媚地一笑，快步走出藏书室上楼去了。

这一天什么都没发生。阿巴克尔太太跟一位值班的探员大吵一架，借此从无所事事的工作中挣脱了片刻。没过多久，杰基从楼上冲了下来，但他一看到探长就猛地停住脚步，看上去有点儿窘迫，然后他又冲了出去。芭芭拉·哈特像个可爱的幽灵般路过了一次，陪在她身边的是家庭教师埃德加·佩里瘦高的身影。他们正在投入地交谈。

萨姆叹了一口又一口气，恨不得自己死了。电话响了。他接了起来。地方检察官布鲁诺……有什么发现吗？没有。他挂断电话，嚼着剩余的雪茄。过了一会儿，他把帽子扣到头上，起身离开藏书室走向门厅。"要出去吗，长官？"一位探员问道。萨姆想了想，然后摇摇头，回到藏书室里继续等待——等什么呢，他一点儿头绪也没有。他走向那个镶花酒橱，取出一个扁扁的棕色瓶子。当他拔出塞子，把瓶口凑到唇边的时候，一种类似愉快的感觉压过了阴郁。他心满意足地小口喝了好一会儿。终于，他把酒瓶放在旁边的桌子上，关好酒橱，叹口气坐了下来。

下午五点，电话铃再次响起。这次是法医席林医生，探长昏黄的眼睛亮了起来："呃，好啦，医生？"

"活儿干完了，"席林医生哑着嗓子说道，声音里满是疲惫，"最初的死因依然成立。感谢上帝！曼陀林在额头上砸的那一下不足以致命，但很可能让她晕了过去。心脏骤停，然后，噗！也许还有突如其来的强烈情绪，探长，也促成了她的心脏病发作。再见了，你还是见鬼去吧。"

萨姆闷闷不乐地把听筒挂回钩子上。

七点，隔壁餐厅里准备好了乏味的晚餐。探长沉着脸和哈特一家吃了一顿饭。康拉德一言不发，满脸通红——他一下午都在灌酒。他的眼睛紧盯着自己的盘子，没怎么吃就起身回到了自己的临时牢房里。此时晚餐结束还有很久，一位警察不屈不挠地跟了上去。玛莎十分温顺，探长从她疲惫的眼睛里看到了极度的痛苦，她望向丈夫的眼神充满恐惧，转向两个孩子的时候又变成了爱意和决心。男孩们和平时一样动个不停，制造噪声，当妈的每隔两分钟就要训斥他们保持仪态。芭芭拉一直低声和埃德加·佩里交谈，他看起来简直换了个人：眼睛闪闪发光，他和这位女诗人讨论当代诗歌，仿佛现代诗[1]是他毕生的热忱所系。吉尔取悦自己的方式是一脸不高兴地戳盘子里的食物。阿巴克尔太太主持上菜的时候像个苦瓜脸的女看守。女仆弗吉尼娅取放盘子总是笨手笨脚，她还拖着沉重的步子在周围忙活。萨姆满怀心事地观察着他们，每个人在他心中都一样可疑。他是最后一个离开桌子的。

晚餐之后，老船长特里维特拖着他的木腿咚咚咚地走了进来。他礼貌地跟萨姆打了个招呼，然后马上去了楼上史密斯小姐的房间，护士正在那里单独伺候路易莎·坎皮恩吃晚饭。特里维特船长在那里待了半个小时，然后他下楼静静离开了。

傍晚慢吞吞地过去了，然后夜幕降临。康拉德跌跌撞撞地闯进藏书室，瞥了一眼探长，然后独个儿放肆地喝起酒来。玛莎·哈特把两个孩子塞到了儿童房的床上，然后把自己关在了卧室里。吉尔缩回了自己的房间，因为警察禁止她离开这幢房子。芭芭拉·哈特在楼上写作。片刻之后，佩里走进藏书室，询问今晚还用不用得上他。他说自己很累，如果方便的话，他想回去休息了。萨姆有气无力地挥挥手，于是这位家庭教师回到了阁楼上他自己的卧室里。

慢慢地，就连最细微的声响也归于寂静。萨姆越来越深地陷入了绝望的昏沉中，连康拉德跟跄着离开藏书室，跌跌撞撞爬上楼去的动作也没能使他清醒过来。十一点半，探长的一位手下走进来，疲惫地坐下。"嗯？"萨姆大大地打了个哈欠。

---

[1] 原文为法语。——编者注

"钥匙的事没有头绪。兄弟们一直在尝试寻找你说可能存在的那把复制的钥匙。但锁匠和五金店那边都没找到线索。我们把整座城翻了个底儿朝天。"

"噢！"萨姆眨眨眼，"反正也不用查了。我知道她是怎么进去的了。回家吧，弗兰克，回去睡一会儿。"

探员走了。午夜十二点整，探长拖着自己沉重的身躯离开安乐椅，去了楼上。平库索恩探员还在摆弄自己的大拇指，仿佛一整天都没停下来过。"有什么动静吗，平克？"

"没。"

"回家去吧。莫舍会来替你。"

平库索恩探员有点儿不情愿地听从了他的命令。事实上，他吃力地下楼时差点儿撞上了正沉重地往上走的莫舍探员。莫舍敬了个礼，接替了平库索恩在卧室层的岗位。

探长上了阁楼。周围十分安静，所有门都关着。阿巴克尔夫妇的房间亮着灯，探长刚站住脚，灯一下子灭了。然后他爬上通往屋顶的楼梯，掀开翻板门，爬到了房顶上。黑暗的屋顶大约中央的位置，一点儿火光一闪即灭。萨姆听到一阵窸窸窣窣的脚步声，于是他懒洋洋地说："没事的，强尼。有什么动静吗？"

一个男人出现在探长身旁。"活见鬼，什么都没有。你派我上这儿来可真是棒极了，探长。一整天连个鬼影子都没有。"

"再守几分钟吧。我会派克劳斯上来替你。天亮了你再来换他。"

探长掀开翻板门，回到楼下。他派了个人上去。然后他迈着沉重的步子走回藏书室，嘀嘀咕咕地回到安乐椅里，懊悔地看了一眼已经倒空的棕色酒瓶，揿灭桌子上的台灯，把自己的帽子盖在脸上，睡着了。

探长不太清楚自己是什么时候开始意识到情况不对的。他记得自己不安地翻来覆去，松开一条被压麻的腿，然后更深地钻进了安乐椅上的那堆沙发靠垫里。他不知道事情是什么时候发生的。也许是凌晨一点。

但有一件事他可以确定。凌晨两点整，仿佛有一只闹钟在他耳边敲响，他一下子醒了过来，脸上的帽子掉到了地板上，他猛地坐起来，浑身紧绷发抖。有什么东西惊醒了他，但他还不知道那是什么。某种声音，有什么东西掉下来，或者一声哭喊？他像石头一样坐在那里凝神倾听。然后那个声音又出现了，是一个男人，听起来很遥远，他正在嘶哑地喊叫："着火了！"

探长从安乐椅上跳了起来，仿佛椅垫上嵌满了针，他冲进了走廊。一盏小夜灯幽幽地亮着，借着这点微弱的光线，他看见一缕缕缭绕的青烟正顺着楼梯往下滑。莫舍探员在楼梯顶上弓着身子放声大喊。整幢房子里弥漫着呛人的烟火气味。

探长没有停下来发问。他手脚并用地爬上铺着地毯的楼梯，飞速绕过拐角平台。浓郁的黄烟正顺着约克·哈特实验室的门缝往外冒。"报火警，莫舍！"萨姆一边高声下令，一边手忙脚乱地找钥匙。莫舍跌跌撞撞地冲下楼梯，一路上推开了另外三个值勤的探员。探长咒骂着把钥匙捅进锁孔，一拧，推开门——一股浓烟夹杂着火舌，裹挟着地狱般的油腻感迎面向他扑来，他立即猛地关上了门。探长的脸色急剧变化，他举棋不定地站了一会儿，像受困的动物一样左看右看。卧室里的人们纷纷探出头来，每张脸上都写着惊惶，咳嗽声和声音颤抖的提问灌满了他的耳朵。

"灭火器！他妈的在哪里？"萨姆吼道。

芭芭拉·哈特快步冲进走廊："老天爷啊！……家里没有，探长……玛莎——孩子们！"

走廊变成了浓烟弥漫的地狱，里面挤满了匆匆小跑的人影。火苗开始从实验室的门缝里探出头来。玛莎·哈特披着丝绸睡袍尖叫着冲进儿童房，随后带着两个男孩重新出现了。比利吓得浑身发抖，而杰基难得地害怕起来，他紧紧抓着妈妈的手。三个人都跑下了楼梯。

"大家都出去！出去！"萨姆喊道，"别停下来拿东西！什么东西都不行！那些化学品——可能爆炸——"他的声音淹没在一片尖叫着的回答声中。吉尔·哈特连滚带爬地冲了过去，脸色苍白惊恐；康拉德·哈特急吼吼地推开她，跌跌撞撞地跑下楼梯；埃德加·佩里穿着睡衣从阁楼上冲下来，一把捞起被烟雾呛得瘫软的芭芭拉，扛着她下了楼。每个人都在一边喘气一边咳嗽，眼睛被烟熏得流出了酸涩的泪水。萨姆探长在屋顶布置的哨兵迈着沉重的脚步跑了下来，不停催着他身前的阿巴克尔夫妇和弗吉尼娅。探长不停咳嗽，气管被呛住了，他一边大喊一边朝紧闭的房门一桶桶地泼水。终于，像在做梦一样，他隐约听到了警笛的声音……

这是一场灼热的短兵相接。刺耳的刹车声宣告了消防车的到来。消防员开始接驳水管，顺着大宅旁边的小巷把它们拖进后面的花园。火焰从安着铁栅栏的窗户里往外窜。云梯竖了起来，斧头劈开尚未熔化的玻璃，水龙越过栏杆喷进屋子里……

萨姆头发蓬乱，脸色漆黑，眼睛被熏得红透了，他站在房子外面的人行道上，看着消防员拖着水管上楼，他数了数身旁这群穿着薄衣裳瑟瑟发抖的家伙。所有人都在这里。不……不是所有人！

探长的脸扭曲成了充满痛苦和恐惧的石像鬼。他冲上楼梯，回到卧室层，一路上跌跌撞撞地躲避着湿漉漉的水管。他径直冲向史密斯小姐的房间，莫舍探员紧跟在他身后。他一脚踹开门，闯进了护士的房间。史密斯小姐穿着一件巨大的睡袍，毫无知觉地躺在地板上，仿佛一座宏伟的白山；而路易莎·坎皮恩，她脸上的神情就像一只陷入绝境的动物，不知所措，瑟瑟发抖，她蹲在史密斯小姐身边，烟火刺鼻的臭味熏得她的鼻翼不停翕动。萨姆和莫舍艰难地把这两个女人从屋子里救了出去……

时机看起来刚刚好。因为就在他们跟跄着冲下大宅门口的石阶时，身后楼上传来一声闷响——一条火舌像出膛的炮弹一样从实验室的后窗里喷了出来。爆炸的惊人巨响带来了一瞬间的死寂，然后才在哔剥的爆裂声中听到了消防员嘶哑的喊叫……

不可避免的事情还是来了。实验室里的某种化学品在火焰的灼烧下发生了爆炸。人们颤抖着在人行道上挤成一团，目瞪口呆地望着大宅。救护车呼啸而来。担架进去了又出来。有位消防员受了伤。

两小时后，火灭了。最后一辆车轰隆隆开走的时候，天色刚刚破晓。哈特一家和住在这幢房子里的其他人原本被隔壁的特里维特船长接到了他那幢砖房里，如今他们一个个又拖着疲惫的身躯回到了刚着过火的老宅。船长本人穿着睡袍和睡裤，木腿在人行道上敲出空洞的声响。他正帮着苏醒过来的史密斯小姐照顾路易莎·坎皮恩。她吓坏了，却出不了声，只能无助地陷在一种奇怪的歇斯底里中。被电话吵醒的梅里亚姆医生也来了，正忙着分发镇静剂。

楼上的实验室已成废墟。门被爆炸掀飞了，窗户上的铁栏杆也松了。架子上的大部分瓶子都碎了，七零八落地撒在湿地板上。床、梳妆台和写字台都受损严重，大部分玻璃曲颈瓶、试管和电动装置也熔化了。但奇怪的是，其余的地板几乎没什么损伤。

萨姆红着眼睛，脸色铁青，他让房子里的人都聚集到楼下的藏书室和客厅里。到处都是值勤的警探。这会儿没人开玩笑，没人发脾气，也没人反抗。大部分时间他们只是顺从地坐在那里，呆呆地看着彼此，女人们甚至比男人更沉默。

探长朝电话走去。他给警察总部打了个电话，又给地方检察官布鲁诺打了一个。他跟警察局局长伯比奇严肃地交谈了片刻。然后，他给纽约雷恩崖的哈姆雷特山庄打了个长途电话。线路有点儿问题。萨姆等了一会儿，他很少有这样的耐心。当他终于听到老奎西——哲瑞·雷恩亲近的那位老驼子坏脾气的颤抖声音时，他把当晚发生的事情仔仔细细清清楚楚地讲了一遍。因为耳聋，所以雷恩没法直接接电话，探长一边讲，奎西一边复述，他站在老驼子身边，听完了整个故事，一点儿不漏。

"雷恩先生说，"萨姆讲完以后，老驼子尖声说道，"你知道火是怎么烧起来的吗？"

"不知道。告诉他，屋顶上的烟囱出口每秒钟都有人看着，窗户从里面锁死了，没有被破坏的痕迹，而我的手下莫舍一整晚都盯着通往实验室的门。"

探长听到奎西尖声重复他的话，然后隐约听到了雷恩低沉的嗓音。"他说你能确定吗,探长?"

"老天爷,我当然确定!所以我才这么困惑。那个见鬼的纵火犯是怎么溜进去放的火?"

奎西重复了这句话以后,对面沉默了一会儿,探长竖起耳朵等着。然后奎西说:"雷恩先生想知道,这场火灾和爆炸发生后,有没有人试图进入实验室?"

"没有。"萨姆没好气地回答,"我盯着呢。"

"那么他说,马上派个人在那间屋子里面守着,"奎西用他的尖嗓子说,"除开将要进去调查的消防员以外,你再另外派个人。雷恩先生一早就过去。现在他知道这是怎么回事了,他说自己很有把握……"

"噢,他很有把握,是吗?"探长焦躁地说,"那他比我强。——我说!问问他,这场火灾是不是也在他意料之中!"

短暂的沉默。然后奎西回答:"没有,他说。他没料到。他也很意外。他觉得无法理解。"

"谢天谢地,他也有被难住的时候,"萨姆咕哝着说,"好吧——跟他说,早点来。"

他正打算挂掉电话,却清晰地听到雷恩对奎西喃喃说道:"肯定是这样。所有线索都指向这里……可是,奎西,这不可能啊!"

第二幕

"我向那幢房子射出我的箭。
却伤了我的兄弟。"[1]

第一场

实验室
六月六日，星期一，上午九点二十分

哲瑞·雷恩先生站在被烧毁的实验室中央，一双锐眼不停转动。萨姆探长已经洗掉了脸上的烟尘，刷了刷自己皱巴巴的外套，但他血丝密布的眼里满是疲惫，而且情绪十分暴躁。莫舍探员已经

---

[1] 引自莎士比亚悲剧《哈姆雷特》第五幕第二场。——编者注

下班了，平库索恩无精打采地坐在一把抢救回来的椅子上，跟一位消防员亲切地说着话。

那排架子仍挂在墙上，但已被烟熏黑，浸透了水。除了比较低的层架上奇迹般有几个完好的瓶子以外，其他格子都空了。脏兮兮的地板上散落着成千上万片碎玻璃。原本装在瓶子里的东西倒是已经仔细处理过了。

"化学支队清理了那些危险的化学品，"萨姆说，"第一批到场的消防员被副队长狠狠骂了一顿。似乎有什么化学品在着火时遇到水会烧得更厉害，诸如此类，情况可能严重恶化——现在这样已是万幸。这么说起来，他们在情况恶化前就扑灭了火灾，真是太他妈走运了。虽然哈特专门加强过实验室内部的墙壁，但整幢房子没准儿都会完蛋。"

"嗯，现在么，"探长发着牢骚，"我们像一群外行一样靠边站了。奎西在电话里说，你知道那个纵火犯是怎么进来的。怎么进来的？我得承认，这对我来说是个谜。"

"不，"哲瑞·雷恩先生说，"根本没那么玄，探长。我相信，答案简单得可笑。你看——那个纵火犯有没有可能是通过这扇门进入实验室的？"

"当然不可能。莫舍——我最可靠的手下之一——赌咒发誓，昨晚连靠近过这扇门的人都没有。"

"我相信他。那么显然，通过门潜入的可能性被排除了。然后是窗户。窗户上有铁栏杆，而这些栏杆，正如昨天我们检查这间屋子的时候你自己说的，相当牢固。从逻辑上说，一个可信的推测是，虽然有这些栏杆，那位纵火犯依然顺着外面的腰线爬过来，打开一扇窗户,把点火的东西扔进房间,放了这把火……"

"我跟你说过了,这不可能。"探长酸溜溜地说,"窗户从里面上了锁,没有撬锁的痕迹,而且消防员到场的时候——爆炸发生前——两扇窗户的玻璃都完好无损。所以窗户也被排除了。"

"对极了。我只是在提出所有的可能性。那么窗户这条路也被排除了。还有哪里?"

"烟囱。"萨姆说,"但这也不可能。昨天我的一个手下在屋顶上守了一整天,所以不可能有人钻进烟囱,在里面一直藏到晚上。大约午夜时分,他被我的另一个手下换了下来,接班的人说,屋顶上连个鬼影子都没有。下面交给你了。"

"交给我吧。"雷恩轻笑道,"你以为我会被难住。已知可能的入口有三个,三个都有人守着。但那位纵火犯不但溜了进来,探长,他还成功出去了……现在,我问你一个问题。你检查过这些墙壁吗?"

"啊,"萨姆立刻回答,"所以你是这么想的!移动暗门之类的东西。"他咧嘴笑了笑,然后不满地说:"什么都没有,雷恩先生。这间屋子的墙壁、地板和天花板像直布罗陀巨岩一样牢固。我早就想到了。"

"嗯,"雷恩灰绿色的眼睛里闪动着淘气的笑意,"好极了,探长,好极了!这驱散了我心里最后一个疑问。"

萨姆瞪大了眼睛:"怎么,你在说什么胡话!这样一来,纵火犯就不可能进得来了!"

"不,"雷恩笑道,"完全不是。既然这位纵火犯绝不可能通过门窗进入房间,而墙壁、地板和天花板又很牢固——那就只剩下了一种可能性，而这种可能性必然是事实。"

萨姆的眉毛都掉到了眼皮上："你是说烟囱？但我没法——"

"不是烟囱，探长，"雷恩变得严肃起来，"你忘了这种装置有两个主要的组成部分：除了烟囱以外，还有壁炉本身。你明白我的意思了吗？"

"不，我不明白。壁炉在房间里当然有开口。但除了顺着烟囱爬下来以外，你还能怎么钻进壁炉呢？"

"我正是这样问自己的。"雷恩迈步走向壁炉，"除非你的手下撒了谎，除非这个房间里有暗门之类的东西，否则都不用检查，我就能告诉你这个壁炉的秘密。"

"秘密？"

"你还记得这面装着壁炉的墙壁背面是哪个房间吗？"

"怎么，是坎皮恩小姐的房间啊，也就是案发房间。"

"正是。你还记得在坎皮恩小姐的房间里，跟这座壁炉背靠背的是什么东西吗？"

探长张大了嘴巴。他瞪着雷恩看了一眼，然后冲上前来。"是另一座壁炉！"他喊道，"老天爷，这座壁炉正背面有另一个开口！"

他弯腰钻进炉膛，来到壁炉的深处，然后在壁炉里面站直身体，他的头和肩膀从视野里消失了。雷恩听到他粗重的呼吸声，手摸索的声音，然后是闷声的喊叫。"天啊！找到了！"萨姆叫道，"两个壁炉共用一个烟囱！炉膛背面的砖墙不是砌死的——它差不多只有六英尺高！"

哲瑞·雷恩先生叹了口气。他甚至不必弄脏自己的衣服。

现在，探长紧紧抓住了这条线索，他的态度完全变了。他猛地一拍雷恩的背，那张丑脸上洋溢着笑容，他大声对手下发号施令，一脚把平库索恩从椅子上踹起来，又递了一支雪茄给那位消防员。"当然了！"他吼道，他的手是脏的，眼睛却闪闪发亮，"这就是答案——确定无疑！"

壁炉的秘密本身再简单不过。实验室里的壁炉和路易莎·坎皮恩房间里的壁炉背靠背——两座壁炉分别装在同一堵墙的两面。它们不光共享同一根烟囱，两个炉膛中间也只有一堵隔墙——这堵硬化防火砖砌成的厚墙高约六英尺，所以从两个房间内部都看不到隔墙的墙顶，因为两座壁炉的壁炉架离地都只有四英尺。在这堵六英尺高的隔墙上方，两个烟囱融为一体，形成一个巨大的通道，两个壁炉的烟都通过这里升向屋顶。"明显，太明显了，"探长欣喜地说，"这意味着任何人随时都能进入实验室——要么从房子里面，通过案发房间的壁炉翻过隔墙进去，要么从房子外面，利用烟囱里用作脚踏和把手的钉子爬下来。昨晚她肯定是通过路易莎的房间进来的。难怪莫舍没看到有人通过走廊进入实验室，屋顶上的人也什么都没发现！"

"是的。"雷恩说，"这位客人逃跑时也走的这条路，当然。你有没有想过，探长，既然如此，要经过壁炉进入实验室，我们这位神秘的纵火犯最开始又是怎么进入坎皮恩小姐房间的呢？这扇门昨晚也一直在莫舍的监视下呀，你知道的。"

萨姆的脸垮了下来："我还没想过。肯定是——当然！外面的腰线，或者消防梯！"

他们走到破碎的窗户边上，向外望去。一道二英尺宽的腰线贯通了卧室层背面，显然，只要胆子够大，任何人都可以通过靠花园这面的任何一个房间爬到另一个房间去。两道长而狭窄的消防梯在卧室层外各有一个平台，其中一个挨着实验室和儿童房，另一个靠近案发房间和史密斯小姐的房间。两道消防梯都经由阁楼窗户外面，一直通往地面的花园。雷恩瞥了一眼萨姆，两人一起摇了摇头。

他们俩离开实验室，走进案发房间。他们试了试，窗户都没锁，很容易推开。他们又回到实验室里，平库索恩不知道从哪儿找了把椅子过来。雷恩坐下，架起二郎腿，叹了口气："这个故事相当浅显，探长，我看你也明白过来了。从本质上说，只要知道双面壁炉的秘密，昨晚任何人都可以进入实验室。"

萨姆没精打采地点点头："任何人都有可能，不管是家里人还是外来的。"

"看来就是这样。你问过这些人昨晚的动向吗，探长？"

"嗯哼。但这有什么用呢？你总不能指望那个纵火犯会自首，对吧？"探长恶狠狠地嚼着一支顺来的雪茄，"住在阁楼上的每一个人都有嫌疑，不管他们自己的证词是怎么说的。至于二楼，除了吉尔和芭芭拉·哈特以外，任何人都能爬到腰线和消防梯上。虽然康拉德夫妇的房间面向大宅正面，但他们可以穿过靠花园一面的儿童房，绕过熟睡的孩子，前往背面的窗台和消防梯。而且他们不必进入走廊，不会被莫舍发现，因为他们可以从卧室和儿童房之间的浴室里穿过去。所以，你说吧。"

"他们是怎么自辩的？"

"嗯，他们没有给对方做不在场证明。康拉德说，他回到楼上的时间大约是十一点半。这是真的,因为我亲眼看见他差不多就在那个时间离开了藏书室,莫舍也说看到他上楼回到了自己的卧室。他说他回去就睡了。玛莎·哈特一整晚都待在房间里,但她说自己睡着了,没听见丈夫回来。"

"两位哈特小姐呢?"

"她们是清白的——反正也不可能是她们。"

"是吗?"雷恩喃喃自语,"不过她们是怎么说的?"

"吉尔在花园里逛了一会儿,大约一点回的房。莫舍确认了这个时间。芭芭拉很早就休息了,十一点左右。根据莫舍的报告,两位小姐回了房以后都没再出来……莫舍也没看见任何可疑的活动。根据他的记忆,没人开过门,也没人出过卧室——他的记性很好。我亲自带出来的。"

"当然。"雷恩俏皮地回答,"我们的分析没准儿完全是错的。起火的没准儿是自发的氧化反应,你知道吧。"

"我倒是愿意这么相信,"萨姆闷闷不乐地回答,"但火扑灭以后,消防部门的专家检查了实验室,他们的结论是,起火的原因是人为纵火。是的,先生。有人划亮火柴,在床和那张靠窗的工作台之间点燃了什么东西。他们找到了火柴——就是普通的家用火柴,和楼下厨房里的一样。"

"爆炸呢?"

"那也不是意外,"探长阴郁地说,"化学部门的人在一张工作台上找到了一个瓶子残余的碎片——里面装的是二硫化碳。他们说这玩意儿遇热很容易爆炸。当然,它也许本来就一直放在那里——也许是约克·哈特失踪前放的——但我不记得工作台上有瓶子，你呢？"

"我也不记得。是从架子上拿的吗？"

"是的——他们找到了带通用标签残片的玻璃碎片。"

"那么显然，你的猜测不可能是真的。约克·哈特不可能把一瓶二硫化碳留在工作台上，因为正如你所说，这个瓶子有编号，而我记得清清楚楚，那排架子是摆满的，没有任何空缺。不，有人故意从架子上把这个瓶子取下来，放在了工作台上，他知道这东西最后会爆炸。"

"嗯，"萨姆说，"有道理。不管我们的对手是谁，至少她跳出来了。我们下楼去吧，雷恩先生……我有了一个主意。"

他们回到一楼，探长派人请来了阿巴克尔太太。女管家刚走进藏书室，你一眼就能看出来，她那副倔脾气已经消失得无影无踪。这场火似乎吓破了她的胆，也把她身上亚马孙女战士的伪装烧掉了一大半。"你想见我，萨姆探长？"她试探着问道。

"是的。家里的衣服是谁负责送洗的？"

"洗衣服？我——是我。每周我把要洗的衣服分类堆好，然后送去八街的一家手洗店。"

"很好！现在仔细听着。你还记得前几个月里，有谁的衣服特别脏吗？你知道的——黑乎乎的，沾满煤烟和灰尘？还有擦痕，可能有擦破或者撕破的地方？"

雷恩说："请容我恭喜你一句，探长。很有灵气的想法！"

"多谢，"萨姆干巴巴地回答，"我有时候也会有点儿灵气——通常是你不在的时候。你抢走了我的一些东西……好啦，阿巴克尔太太？"

她的口气饱受惊吓:"没有,先生——没有。"

"有意思。"萨姆喃喃地说。

"也许没那么有意思,"雷恩表示,"楼上的壁炉有多久没点火啦,阿巴克尔太太?"

"我——我不知道。我从没听说楼上的壁炉点过火。"

萨姆叫来了一个探员:"去请那个护士到这里来。"

看来史密斯小姐正在花园里温柔地照料她那位瑟瑟发抖的病人。她进来的时候紧张地笑了笑。实验室和路易莎房间里的壁炉?

"哈特夫人房间里的壁炉从来没用过,"史密斯小姐回答,"至少从我来以后就没用过。哈特先生那边的也没用过,据我所知。应该有年头了,我觉得……冬天他们会把屋顶的烟囱出口遮起来挡风,夏天再揭开。"

"算她走运,"探长阴郁又敏锐地咕哝着说,"不必让自己的衣服沾上煤烟——要是有灰,她可以拍掉,或者灰不够多,不足以引起注意……你在看什么,史密斯小姐?没事了!"史密斯小姐深深吸了口气,忙不迭地退了出去,富有弹性的乳房在她胸前摇晃,像一头上了年纪的胖奶牛。

"你总用'她'来称呼我们这位对手,"雷恩说,"探长。但是,女人该如何顺着烟囱爬下来,或者翻过一堵六英尺高的砖墙——正如我之前提出的——你就没想过,这里面有点儿冲突吗?"

"听着,雷恩先生,"萨姆绝望地回答,"我不知道我想过什么,又没想过什么。我本来觉得也许我们可以通过脏衣服的线索锁定某个人。结果却不行。现在该怎么办呢?"

"但你没有回答我的异议,探长。"雷恩笑道。

"嗯,那么,肯定有共犯!一个男性共犯。去他妈的,我不知道。"萨姆抓狂地说,"但我这会儿烦的不是这个。"他疲惫的眼睛里灵光一闪:"说到底,为什么要放火?呃,雷恩先生?你想过这个没有?"

"我亲爱的探长,"雷恩干脆地回答,"要是能想明白这个,我们大概就什么都能想明白了。从你把电话打到哈姆雷特山庄那一刻开始,我就一直在想这个问题。"

"你有什么想法?"

"我的想法是,"雷恩站起身来,开始在藏书室里来回踱步,"这场火是为了毁掉实验室里的什么东西吗?"他耸耸肩。"但那间实验室已经被警察搜查过了,这位纵火犯肯定知道这件事。是我们昨天检查时漏掉了什么东西吗?那件东西是不是太大,纵火犯没法带走,所以不得不把它毁掉?"他又耸了耸肩,"我承认,在这件事上,我完全没有头绪。不知怎么,这些想法都不对路——一个都不对。"

"好吧,听起来是不太可靠,"探长承认,"也许是个幌子,雷恩先生,对吧?"

"但是,我亲爱的朋友,"雷恩喊道,"为什么?为什么会有这个幌子?如果这是一个幌子,那就是为了转移我们的注意力,让我们无暇关注另一件已经安排好的事情——一场余兴表演,一个诡计[1],一次佯攻。但据我们所知,什么事都没发生啊!"他摇摇

---

[1] "余兴表演"和"诡计"原文均为法语。——编者注

头:"逻辑提醒我,严格地说,存在这样的可能性——这位纵火者在点燃实验室以后,正要实施我们假设的那个图谋,却在最后一刻被阻止了。也许火烧得太快。也许他临阵退缩了。……我不知道,探长,我真的不知道。"

萨姆咬着自己凸出的下唇沉思了好一会儿,雷恩继续来回踱步。"我明白了!"探长跳起来喊道,"这场火和爆炸是为了掩饰,他还偷走了其他毒药!"

"别这么激动,探长,"雷恩有些疲惫地说,"这个我之前就想到了,然后排除了。下毒者怎么可能觉得警察会清点实验室里的每一滴化学品?昨晚他可以偷走一小瓶随便什么东西,没人会发现。当然没有必要制造一场火灾和爆炸。除此以外,根据灰尘上的那么多脚印来看,这位下毒者过去经常造访实验室。要是他有点儿远见的话——他肯定有这个远见,因为截至目前,这桩罪案从某些方面来说一直相当精妙——他应该趁着自己可以自由进出实验室的时候预先囤点毒药,以免在有人密切监视的时候去冒不必要的风险。……不,探长,这场火不是为了这个。它是为了全然无关的另一个目的,另一个一般人想不到的目的。"他停顿了一下。"简直,"他慢慢继续说道,"看起来简直像没有目的……"

"一群疯子!"萨姆恼怒地表示赞同,"调查这么一桩所有嫌疑人脑子都有问题的案子,结果就是这样。目的!动机!逻辑!"他猛地一挥手。"都是狗屁,"他说,"我简直盼着局长卸掉我这桩差使。"

他们踱进走廊,雷恩从乔治·阿巴克尔手里接过自己的帽子和手杖。这位勤杂工刚好经过，这会儿他迫切地想献殷勤，这股渴望和他老婆最近才生发出来的谦卑惊人地相似。

"有一件事，探长，在我走之前，"他们在前厅里停留了一小会儿，雷恩说道，"我得警告你。这个人可能会再次尝试下毒。"

萨姆点点头："我想到了。"

"很好。归根结底，我们面对的这位下毒者已经有过两次不成功的尝试。我们必须做好心理准备——并挫败——他的第三次尝试。"

"我会从席林医生的办公室调个人过来，所有食物和饮料在上桌前都必须经过他的检测，"萨姆说，"席林那边有一个专门干这种活儿的人——一位聪明的年轻医生，名叫迪宾。什么东西都瞒不过他。我会安排他在厨房里值班，把控好源头。""嗯，"他伸出手，"再见了，雷恩先生。"

雷恩握了握他的手："再见，探长。"

他半转过身子，却又转了回来。他们互相对望，两个人的眼睛里都充满疑问。最后，雷恩开口了，话音极其清晰："顺便说一句，探长，我想我应该向你和布鲁诺先生说明我在某些方面的看法，这是我欠你们的……"

"你说？"探长迫不及待地问道，他的脸一下子亮了起来。

雷恩挥挥手杖表示不急："我想，最好明天读完遗嘱以后再说。再见了。祝你好运！"他干脆地一转身，离开了哈特宅。

第二场

花园
六月六日，星期一，下午四点

　　如果萨姆探长是位心理学家，或者哪怕他脑子里没那么多事儿，那么在这一天里，疯帽子一家或许能为他提供一个迷人的研究样本。因为不能离开这幢房子，他们像迷失的幽灵一样到处游荡，焦躁不安地拿起东西又放下，彼此投以厌恶的眼神，尽可能地互相避开。吉尔和康拉德一整天都在干架，为一点儿琐事吵得不可开交，一碰就炸，冷冰冰地说一大堆伤人的话，就连"急脾气"的说辞也很难成为他们的借口。玛莎不许两个孩子离开自己的裙摆，她近乎麻木地对他们又打又骂，只有在康拉德·哈特跟跄着经过的时候，她的每一根神经才会猛地苏醒过来。这位丈夫脸色苍白，她望向他的眼神如此凶狠，就连孩子都注意到了其中的异样，开始问她。

　　手头的线索一团乱麻，探长思考得越久，就越不耐烦。他总觉得哲瑞·雷恩已经有了明确的想法，他很想知道那家伙到底是怎么想的，这让他不得安生。但雷恩似乎奇怪地心烦意乱，举棋不定，仿佛正在担心什么。探长不明白。那天下午，他两次走向电话打算打给哈姆雷特山庄，每次刚把手搭在话筒上又停了下来，在最后一刻意识到自己没什么可问，更没什么可说。

　　那个诡异的壁炉通道渐渐占据了他的想象，于是他把雷恩丢到了脑后。他去楼上的实验室里亲自测量了那堵防火砖隔墙的尺寸，以证明自己的猜想：一个成年男子可以轻松地经过壁炉从一个房间进入另一个房间……是的，就连他那副宽厚的肩膀都能轻松越过烟囱下面的空间。他爬回实验室那边，派平库索恩去召集大家。

人们稀稀拉拉地走了进来，对这次新的问话几乎没有展现出任何兴趣。事态的迅速发展和火灾带来的震撼让他们失去了惊讶的能力。所有人都到场以后，探长问了一系列笼统的问题，谁也看不出来他的意图。他们机械地回答着，而且按照萨姆的观察，每个人都很诚实。关于烟囱这条入口，他巧妙地提到了这件事，却没有直接揭示它的存在，结果表明，要么这个犯人是个了不起的演员，要么他们说的都是实话。他本来指望能捉住某个撒谎的家伙，甚至期待另一个人能说起之前未被提起的记忆并因此无意中揭破行凶者的谎言。但问完话以后，探长知道的事情并没比问话前多多少。

他宣布解散以后，人们鱼贯而出。萨姆吐出一口长气，一屁股坐进藏书室的扶手椅里，思考自己在办案中的过错。

"探长。"

他抬起头，发现那位高个子家庭教师，佩里，站在自己面前。"呃，你想要什么，先生？"萨姆沉声问道。

佩里语速很快："我想请你准许我请一天假。我——这些事搞得我有一点儿——呃，探长，昨天我本来应该休假，但你们不准我离开这幢房子，我觉得自己需要新鲜的空气……"

萨姆任由他慢慢停下话音。佩里不安地交换着两只脚的重心，但一点儿火花出现在他眼睛深处。萨姆把已经涌到嘴边的酸话咽了回去。取而代之的是，他换了副更和蔼的口气："对不起，佩里，但这不可能。除非整件事情水落石出，否则每个人都必须留在这幢房子里。"

火花熄灭了，佩里的肩膀耷拉了下去，他没再说话，无精打采地离开藏书室，穿过走廊去了后花园。天色不太好，他迟疑了一下。然后，他看到芭芭拉·哈特坐在一把很大的花园阳伞下面，静静地阅读，于是，他迈着轻快的脚步穿过草地……

案情的进展慢得惊人，探长想道，下午的时间一点点流逝。先是一件刺激的事情，一幕闹剧，一场爆炸——然后什么都没有了，完全没有，没有出现任何主动的行为。整件事有一些不太自然的地方，让人觉得没着没落，满怀恐惧，仿佛这桩罪案必然发生，一切都是很久以前就计划好的，现在事情正不可避免地走向一个无法逆转的高潮。但——高潮是什么呢？这个故事的结局是什么？

这天下午，特里维特船长打来了一个电话，然后和平时一样安静地拖着他那条木腿，僵硬地走着，然后爬上楼梯又一次去与那位又聋又哑又盲的女士进行奇特的会面，她正待在史密斯小姐的房间里，生活在空白之中，完全彻底地与世隔绝。一个男人走进来宣布，律师比奇洛来了——应该是来找吉尔·哈特的。戈姆利没有出现。

四点，萨姆正坐在藏书室里咬指甲，他最信任的一个手下快步走了进来。他带来的似乎不是什么好消息，探长一下子警觉起来。他们低声说了几句话，每说一个字，萨姆的眼睛就变得更亮一点儿。最后他跳起来，命令这位探员去楼梯下面守着，他自己慢慢爬上两层楼梯去了阁楼。

他知道自己要去哪里。阁楼背面靠花园那边有两扇门，分别通往女仆弗吉尼娅和埃德加·佩里的房间,最东北角的那间屋子空着,与它相邻的是一个卫生间和东南角的储藏室。南面的主房间是一个带卫生间的巨大储藏室——现在是储藏室,但在辉煌的维多利亚时代,它曾是哈特宅的客房。阁楼整个西侧是阿巴克尔夫妇的房间。

探长没有迟疑。他穿过走廊,推了推埃德加·佩里那间卧室的门。门没锁。探长闪身进去,关上了身后的门。他跑到一扇俯瞰花园的窗户旁边。佩里正坐在那把阳伞下面,跟芭芭拉聊得热火朝天。探长满意地咕哝了一声,开始工作。

房间里没有多少家具,相当整洁——正如它的主人。一张高柱床,一个梳妆台,一块地毯,一把椅子,还有一个装得满满当当的大书架。所有东西看起来都正好放在它应该在的地方。

萨姆探长非常仔细又有条理地搜查了整个房间。他最感兴趣的似乎是佩里的梳妆台里装的东西。但结果证明,那里什么都没有。他又仔细检查了一个小衣柜,毫不愧疚地把里面每一件衣服的每一个口袋搜了个遍……他揭开了地毯。翻开了书页。检查了每一排书后面的空间。掀起了床垫。如此专业而彻底的搜查,结果一无所获。

他若有所思地把自己碰过的每一件东西恢复原状,然后走到窗边。佩里和刚才一样专心致志地跟芭芭拉聊着天。现在吉尔·哈特坐在一棵树下,有一搭没一搭地朝切斯特·比奇洛抛着媚眼。

探长回到楼下。他穿过走廊,顺着那道短短的木楼梯走进花园。雷声滚滚,雨点开始敲打伞面。芭芭拉和佩里似乎都没察觉。但看到萨姆出现,比奇洛和吉尔的低声交谈立即停了下来,他们似乎很欢迎大自然的这种打岔,借着下雨,他们匆匆起身回到了室内。从探长身边经过的时候,比奇洛紧张地点了点头,吉尔恼怒地瞪了他一眼。

萨姆把手背在身后,友善地朝着阴郁的天空咧嘴大笑起来,然后他蹒跚穿过草地,走向那把阳伞。芭芭拉正用她低沉的嗓音说道:"可我亲爱的佩里先生,归根结底……"

"我坚持,诗歌里没有形而上学存在的空间。"佩里坚定地说。一本薄薄的书摆在两人之间的花园桌上,他瘦削的手猛地一拍黑色封面。萨姆看见,这本书名叫《微弱的音乐会》,作者是芭芭拉·哈特。"噢,我向你保证,你做得非常好——诗意盎然,想象力澎湃——"

她大笑起来:"诗意盎然?噢,太谢谢你了。至少你批评得很诚恳。跟不拍马屁的人聊天真让人耳目一新。"

"啊!"他像个学生一样涨红了脸,似乎词穷了片刻。两个人都没发现,萨姆探长在雨中一边沉思一边审视着他们。"现在看看你这首名叫'沥青铀矿'的诗的第三节,这一节的开头是这样的:群山高悬如壁——"

"啊,"萨姆探长开口说道,"打扰了。"

两个人惊讶地转过头来。佩里的脸色立刻紧张起来。他局促地站起身,手仍按在芭芭拉的书上。芭芭拉笑道:"呀,探长,下雨啦!快和我们一起躲到伞下来吧。"

"我想,"佩里立即表示,"我还是进去吧。"

"别急,佩里先生。"探长咧嘴一笑,像个绅士一样长吁一声,坐了下来,"事实上,我想我也许应该跟你聊聊。"

"噢！"芭芭拉说，"那我想我该进去了。"

"不，不，"探长大方地说，"完全不必。一点儿小事而已。没什么大不了的。只是走个形式。请坐吧，佩里，坐下。天气真糟糕，不是吗？"

片刻之前，这个男人脸上还诗意飞扬，现在这种诗意却耷拉着翅膀溜走了。佩里浑身紧绷。他看起来一下子老了，芭芭拉坚定地不去看他。这把伞下面从来没有像此刻这么潮湿黑暗过。

"现在，关于你的前一任雇主。"探长以同样和蔼的声音继续说道。

佩里僵住了。"怎么？"他哑着嗓子问道。

"你和这位詹姆斯·利格特有多熟？就是在你的推荐信上签名这位。"

他的脸慢慢红了。"有多熟……？"家庭教师支支吾吾地说，"怎么——在这种情况下——你想问什么？"

"我明白了。"萨姆笑道，"当然。这是个蠢问题。你为他工作了多久，教他家的孩子？"

佩里的身体痉挛似的弹动了一下，又沉默下来。他僵硬地坐在椅子上，像个毫无经验的骑手。然后他干巴巴地说："我想你已经发现了。"

"是的，先生，我们当然发现了。"萨姆答道，仍保持着微笑，"你看，佩里，想瞒过警察是不可能的事情。弄清楚詹姆斯·利格特这个人并不存在，你推荐信上那个公园大道的地址也从来没有住过一个名叫詹姆斯·利格特的人，这对我们来说和玩孩子的游戏一样易如反掌。老实说，你竟然觉得我会被这样的把戏愚弄，这倒真让我有点儿受伤了……"

"噢，看在上帝的分儿上，别说了！"佩里喊道，"你想干什么——把我抓起来？那就抓吧，别这样折磨我了！"

笑容从探长嘴角消失了，他十分坚定地坐在那里："说吧，佩里。我想要真相。"

芭芭拉·哈特连眼睛都没眨，她盯着自己那本书的封面。

"很好。"家庭教师疲惫地说，"蠢的是我，我知道。倒霉的是，我拿着假推荐信找到这份工作，却被卷进了一桩谋杀案的调查里。是的，那封推荐信是我伪造的，探长。"

"我们。"芭芭拉·哈特柔声补充。

佩里跳了起来，仿佛不敢相信自己的耳朵。探长眯起眼睛："你是什么意思，哈特小姐？鉴于眼下的情况，这是严重的罪行。"

"我说的，"芭芭拉用她低沉的嗓音清楚地回答，"正是这个意思。我在佩里先生来这里之前就认识他了。他非常需要一份工作，而且——而且不愿意接受财务上的资助。我了解我的弟弟康拉德，于是我说服佩里先生写了这封推荐信，因为他自己没有。这真的是我的责任。"

"嗯，"探长像兔子一样来回摇头，"我明白了，我明白了。很好，哈特小姐。你很幸运，佩里先生，有这样一位忠诚的朋友。"佩里的脸白得像芭芭拉的裙子一样，头昏眼花地紧紧抓住自己的外套领口。"所以你自己没有合法的推荐信？"

家庭教师清了清自己干涸的嗓子。"我——呃，我没有'名头够响'的推荐人。我的确需要这个职位，探长……它的——它的薪水很高，而且有机会靠近哈特"——他噎住了——"哈特小姐，我一直仰慕她的诗歌……我——计划成功了，就是这样。"

萨姆的目光在佩里和芭芭拉身上来回逡巡。芭芭拉十分平静，佩里的窘迫看着都让人尴尬。"好吧，"萨姆说道，"那么，既然你没有名头响亮的推荐人——这可以理解，我是个通情达理的人，佩里——那么你有什么样的推荐人呢？谁能为你担保？"

芭芭拉猛地站起身来："有我担保还不够吗，萨姆探长？"她的声音和那双绿眼睛一样冰冷。

"当然，当然，哈特小姐。但我有我的职责。嗯？"

佩里翻弄着手头的书。"说实话，"他慢慢地说，"我以前没当过家庭教师，所以我没有任何专业方面的推荐信可以给你。"

"啊，"探长说道，"很有趣。那么广泛意义上的推荐人呢——我是说，除了哈特小姐以外？"

"我——没有推荐人，"佩里吞吞吐吐地说，"我一个朋友都没有。"

"天呐，"萨姆咧嘴笑道，"你真是个怪人哪，佩里。想想看吧，活了一辈子，却连两个能为你作保的人都没有！这倒让我想起了一个家伙，他在美国待了五年，才第一次向入籍管理局申请公民身份。别人告诉他，需要找两位美国公民做他的担保人，他却跟法官说，他找不到两个足够熟的美国公民。你说说，这怎么可能！法官拒绝了他的申请——法官说，既然他能在这个国家生活五年……"萨姆悲伤地摇摇头："嗯，我还是别招人厌了。你上的哪所大学，佩里先生？你的家人在哪里？你从哪里来？你在纽约待了多久了？"

"我相信,"芭芭拉·哈特冷冰冰地说,"你把这降格成了荒谬的闹剧,萨姆探长。佩里先生没有犯罪。或者他犯罪了,那你为什么不直接指控他?佩里先生,你——你可以拒绝回答。我不许你回答。我已经受够了!"她抓住家庭教师的手臂,拉着他从阳伞下面冲了出去,全然不顾正在下雨,领着他穿过草坪走向室内。佩里梦游般跟在她后面,她把头抬得高高的。两个人都没有回头看一眼。

探长在雨中坐了很久,抽着雪茄。他的眼睛一直盯着女诗人和佩里消失的那扇门,眼里有一丝恶毒的笑意。他站起来,蹒跚着穿过草坪回到室内,中气十足地叫来了一名探员。

第三场

藏书室
六月七日,星期二,下午一点

星期二,六月七日,纽约报业迎来了一个大日子。有两件值得报道的大事——第一件是那位被谋杀的女士,埃米莉·哈特的葬礼;第二件事是宣读她的遗嘱。

哈特夫人的遗体已被太平间发回,送到殡仪馆做了防腐处理,然后匆匆送去了她最后的归所。从星期一晚上到星期二上午,这一切都已安排妥当。星期二上午十点半,参加葬礼的车队驶向长岛上的一处墓园。可能不出所料的是,哈特一家似乎对仪式的庄严无动于衷。他们对生死的看法和常人有些不一样，你既看不到眼泪，也看不到悲伤的其他常见的外在表现。除了芭芭拉以外，他们对彼此都抱有疑心。去长岛的路上，一家人吵得天翻地覆。孩子们拒绝留在家里，对他们来说这就像一次野餐，一路上他们一直忍受着母亲的管教。终于到了墓地，玛莎·哈特又热又累，浑身不耐烦。

哲瑞·雷恩先生去参加葬礼有他自己的原因。他密切关注着哈特一家，把看守堡垒的任务留给了探长和地方检察官布鲁诺，他们俩留在哈特宅里。雷恩是一位沉默的观察者，他每一刻都更专注地盯着哈特一家，他们的过往、个性、行为、举止、言谈，以及他们家中各人之间关系的微妙差异。

一群记者跟着车队，黑压压地站满了墓园的场地。相机的咔嚓声，铅笔的沙沙声，汗流浃背的年轻人奋力想凑到哈特家的人面前，但从这家人踏进墓园大门的那一刻开始，就有一圈警察把他们围了起来，直到他们走到红土墓坑前面，这便是哈特夫人的埋骨之地。康拉德·哈特喝得醉醺醺的，开始无事生非，他在人群之间摇摇晃晃地走来走去，吼叫咒骂，颐指气使……最后还是芭芭拉抓住他的手臂，把他领到了一边。

这场仪式十分奇怪。文艺界同人，这位女诗人的朋友和熟人，成群结队地前来吊唁，但他们主要不是为了纪念死者，而是向活人致哀。墓地周围挤满了文艺界的男女名流。

从另一个方面来说，代表吉尔·哈特的是一群无法无天的纨绔子弟，他们有老有少，一个个都穿得十分体面，他们更关心的是吸引吉尔的视线，紧紧握住她的手，而不是观礼。

如前所述，对媒体来说，这是个大日子。他们无视了埃德加·佩里、阿巴克尔夫妇和另一个女仆，拍下了路易莎·坎皮恩和护士史密斯小姐的照片。在特约女记者笔下，路易莎"悲伤得面无表情"，"她迷茫得可怜……当土块落在她母亲的棺材上时，她开始流泪，仿佛她能听见一样，每一声敲击都在她心里回荡"。

哲瑞·雷恩先生观察着这一切，他的表情友好但警醒，就像一位医生正在听病人的心跳。

人群簇拥着哈特一家回到了城里。在哈特家的车上，气氛越来越紧张——神经绷得快要断掉，这种躁动的感觉和埋葬在长岛泥土中的那具尸身没什么关系。切斯特·比奇洛整个上午都守口如瓶。康拉德曾借着酒劲含糊地试探过他，但在众人热切的关注中，比奇洛摇了摇头："在正式宣读之前，我一个字都不能说，哈特先生。"康拉德的搭档，约翰·戈姆利似乎情绪亢奋，他粗暴地拉开了康拉德。

特里维特船长身穿黑衣出席了葬礼，他在哈特宅外面下了车，把路易莎扶到人行道上，按了按她的手，然后转身回到了隔壁自己家里。令人震惊的是，切斯特·比奇洛高声请他留下来。老人疑惑地回到了路易莎身边。虽然没人邀请，戈姆利还是留了下来，他的视线一直黏在吉尔身上，表情倔强。

回到家半小时后，律师精干的年轻助理把全家人都请到了藏书室里。雷恩和萨姆探长、布鲁诺一起站在旁边，专注地看着人群慢慢聚拢过来。孩子们原本被打发去了花园里玩，这会儿一位探员一脸不高兴地把他们送了回来。玛莎·哈特僵硬地坐在那里，身子挺得笔直，双手放在腿上。史密斯小姐站在路易莎·坎皮恩的椅子旁边，盲文板和字块已经准备妥当。

雷恩看着哈特家的人聚拢过来，现在他们的异常之处比以往任何时候都更扎眼。这一家的所有人都很健康，简直能成为健康人的范例：他们的身材高大强壮。事实上，玛莎——她不算真正的哈特家人——和路易莎是所有人里最矮的，她们俩的身高几乎一模一样。但雷恩什么都没放过——他们紧张的态度，吉尔和康拉德略带疯劲儿的眼神，芭芭拉身上说不清道不明的古怪灵气——无论如何，前两个人满不在乎的冷酷态度，以及毫不掩饰地迫切想听他们被谋杀的母亲的遗嘱……这一切都和那两位半是外人的家族成员形成了鲜明的对比——被压垮的玛莎，还有活死人路易莎。

比奇洛清晰地开口说道："我请求诸位不要打断我。这份遗嘱从某些方面来说有些特别，但在我读完之前，请勿发表意见。"没人出声。"在宣读这份遗嘱之前，我或许应该解释一下，所有遗赠都基于指定的一百万美元的遗产进行分配，这是付清法定债务之后的数额。事实上，遗产价值超过一百万美元，但为了简化遗赠分配，正如我们在下面的程序中即将看到的，有必要指定这个数额。"他从助手手中接过一份长长的文件，绷紧肩膀，开始用洪亮的声音大声宣读埃米莉·哈特最后的遗嘱。

这份遗嘱从第一句话就开始奏响不祥的音符。声明自己意识清醒以后，哈特夫人用冰冷的语言宣告，所有分配的主要目的是确保路易莎·坎皮恩——她的女儿——在立遗嘱人去世后仍能得到妥善的照料，只要路易莎·坎皮恩在遗嘱宣读时还活着。

作为埃米莉·哈特和约克·哈特最年长的孩子，芭芭拉·哈特被赋予了最优先的选择权，是否愿意承担照顾路易莎的责任，确保这位无依无靠的女子未来的福祉。如果芭芭拉愿意承担这份责任，签字同意照顾路易莎，确保她余生身体、精神和道德方面的安康，那么遗产分配方案如下：

路易莎（信托给芭芭拉代管）	三十万美元
芭芭拉（个人继承）	三十万美元
康拉德	三十万美元
吉尔	十万美元

如果采取这个方案，路易莎继承的那份遗产将信托给芭芭拉代管。路易莎死后，这份信托资产将平均分配给哈特家的三个孩子，每人十万美元。这个后续的备用方案不会从任何方面影响芭芭拉、康拉德和吉尔最初获赠的遗产。

比奇洛停下来吸了口气。吉尔满脸恼怒地尖叫："我爱死这个方案了！她为什么要——"

律师有点儿慌乱，但他努力镇定下来，快速说道："请你，哈特小姐，求你了！请不要打断，这样我才能尽快把遗嘱读完。"她气哼哼地坐回椅子上，怒目而视。比奇洛松了口气，继续宣读。

如果芭芭拉选择拒绝，遗嘱继续写道，那么根据长幼排序，下一个有权优先选择是否照顾路易莎的人是康拉德。在此情况下，即，芭芭拉选择拒绝，康拉德选择接受，遗赠分配如下：

路易莎（信托给康拉德代管）	三十万美元
康拉德（个人继承）	三十万美元

吉尔	十万美元
芭芭拉（因为她选择拒绝）	五万美元

剩下的资产，二十五万美元——从芭芭拉·哈特的份额中剥夺的那部分——将用于建立一所机构，并命名为"路易莎·坎皮恩聋哑盲人之家"。下面长篇大论地罗列了建立这所机构需要依据的种种细节。

如果采取这个方案，那么在路易莎死后，她的三十万美元将分配给康拉德和吉尔，康拉德获得二十万美元，吉尔十万美元。芭芭拉不会从中受益……

屋子里沉默了片刻，在此期间，所有目光都投向了那位女诗人。她松弛地坐在椅子上，目光稳稳盯着切斯特·比奇洛的嘴唇，表情没有丝毫变化。康拉德看她的眼神既疯狂又软弱。

"这幅画可够你瞧的。"布鲁诺低声对雷恩说。虽然布鲁诺的声音低得连旁边的萨姆都听不见，但雷恩通过他的嘴唇读懂了这句话，老演员悲伤地笑了。布鲁诺继续说："你总能在宣读遗嘱时看到人的真性情。看看哈特，那是杀人犯的眼神。不管接下来事情如何发展，雷恩先生，我敢担保，肯定会有冲突。真是一份疯狂的遗嘱。"

比奇洛舔了舔嘴唇，继续往下读。按照顺序，如果康拉德也拒绝承担照顾路易莎的责任，那么遗赠分配如下：

芭芭拉（因为她选择拒绝）	五万美元
康拉德（因为他选择拒绝）	五万美元

吉尔（如前不变）	十万美元
路易莎·坎皮恩聋哑盲人之家（如前不变）	二十五万美元
路易莎	五十万美元

吸气声此起彼伏。五十万美元！人们偷偷望向这笔财产可能的接受者，却只看见这个胖乎乎的小女人安静地盯着墙壁。

比奇洛的声音惊得他们收回了目光。他在说什么？

"……对路易莎而言，如前所述，该笔资产总额为五十万美元，将信托给伊莱·特里维特船长代管。我深知，他必然会愿意承担这份责任，照顾我不幸的女儿，路易莎·坎皮恩。如果芭芭拉和康拉德都选择拒绝，而特里维特船长愿意照顾路易莎，那么为了弥补给他带来的麻烦，我指定将五万美元遗赠给特里维特船长。我的女儿吉尔没有选择权。"

在最后这种情况下，律师继续宣读，路易莎死后，她的五十万美元中有十万美元将分配给吉尔，作为追加的遗赠。剩下的四十万美元将纳入坎皮恩之家基金会，以补充最初二十五万美元的启动资金……

房间里的沉默如此凝重，比奇洛盯着手里的遗嘱匆匆往下读，连头都不敢抬一下。无论情况如何，乔治·阿巴克尔先生和太太，律师的声音有些发抖，将获得总额两千五百美元的遗赠，以奖励他们忠诚的服务。护士安吉拉·史密斯小姐，将获得总额两千五百美元，以奖励她忠诚的服务。如果安吉拉·史密斯小姐同意在立遗嘱人身故后继续担任路易莎·坎皮恩的护士，提供陪伴和照料，那么哈特家将单独设立一笔基金，在她供职期间向她支付每周七十五美元的薪水。最后，女仆弗吉尼娅，总额五百美元……

比奇洛放下遗嘱，坐了下来。他的助手利落地站起来，开始分发遗嘱复本。每位继承人都默默接过了自己那份。

几分钟里，一直没人说话。康拉德·哈特把文件翻来翻去，蒙眬的眼睛盯着印出来的字看个没完。吉尔漂亮的嘴巴颤抖着扯出一个满怀恨意的讥讽笑容，她那双美丽的眼睛时不时偷望路易莎·坎皮恩一眼。史密斯小姐不动声色地往她要照顾的人身边靠近了一点儿。

就在这时候，康拉德爆发出一声怒吼。他从椅子上跳起来把遗嘱扔到地上，歇斯底里地踩上去狠狠碾了几下。他哑着嗓子胡言乱语，满脸涨得通红，以一种极其有威胁性的姿态冲向切斯特·比奇洛，吓得律师站了起来。萨姆冲过房间，用花岗岩般的手指牢牢抓住发怒的男人的胳膊。"你这个蠢货！"他咆哮道，"控制一下你自己！"

康拉德脸上的红潮褪成了粉色，粉色又变成了脏灰色。疯狂的怒火渐渐熄灭，康拉德慢慢摇着头，像是糊涂了一样。理智回到了他的眼睛里。他转向姐姐芭芭拉，低声说道："你——你打算怎么办——你要照顾她吗，小芭[1]？"

每个人都如释重负地出了口长气。芭芭拉站起身来，却没有回答，她迈着轻快的步子越过弟弟，仿佛他不存在一样，她走到路易莎的椅子旁边，拍拍那位聋哑盲女子的脸颊，然后转过身来，用她低沉的嗓音柔声说道："请容我告退。"然后出去了。康拉德盯着

---

[1] "小芭"是芭芭拉的昵称。——编者注

她的背影,不知所措地绞着手指。

接下来登场的是吉尔,她一上来就是高潮。"去他妈的!"她尖叫着说,"让我母亲的灵魂下地狱去吧!"她像猫一样纵身一跃,蹲在路易莎的椅子前面。"你这个话都不会说的东西!"她吐了口唾沫,转身冲出了藏书室。

玛莎·哈特安静地坐在那里,轻蔑地看着哈特一家。史密斯小姐紧张地摆弄着盲文板上的字块,把信息传递给路易莎。她用金属字块把遗嘱逐字逐句地拼了出来。

除了比奇洛和他的助手以外,其他所有人都离开房间以后,地方检察官布鲁诺对雷恩说:"现在你对他们有什么看法?"

"他们不光是疯子,布鲁诺先生,还很恶毒。事实上,太恶毒了,"雷恩镇定地继续说道,"以至于让我怀疑,这不是他们自己的过错。"

"你是什么意思?"

"我的意思是说,他们的血液里有邪恶的血脉。毫无疑问,他们继承了一种先天的软弱。这种邪恶的根源必然来自哈特夫人——路易莎·坎皮恩就是证据,她是所有受害者里最不幸的一个。"

"既是受害者,又是受益者,"布鲁诺阴郁地说,"无论接下来发生什么,她都立于不败之地。对一个无依无靠的女人来说,这是很可观的一笔财产哪,雷恩先生。"

"太他妈可观了,"探长咕哝着说,"得把她严密看守起来,就像看守美国铸币局一样。"

比奇洛拨弄着他公文箱上的锁，他的助手正在整理写字台。雷恩说道："比奇洛先生，这份遗嘱是什么时候设立的？"

"约克·哈特的遗体在海湾里被发现的第二天，哈特夫人要求我为她拟定了这份新遗嘱。"

"以前的遗嘱是怎么分配的？"

"所有财产都留给约克·哈特，唯一的条件是他得照顾路易莎·坎皮恩的余生。他去世后，他的财产由他自己的遗嘱分配。"比奇洛拎起公文箱，"和这份相比，那份文件很简单。她相信自己的丈夫将妥善安排路易莎的未来，如果路易莎活得比他还久的话。"

"全家人都知道前面这份遗嘱是如何分配的？"

"哦，是的！哈特夫人还跟我说过，如果路易莎死在她前面，她打算把自己的财产平均分配给芭芭拉、吉尔和康拉德。"

"谢谢你。"

比奇洛如释重负地叹了口气，匆匆离开藏书室，他的助手像只小狗一样跟在他身后。

"路易莎，路易莎，"萨姆烦躁地念叨，"总是路易莎。她是整件事的风暴中心。要是我们不够小心的话，她会被人干掉。"

"你对这个案子的意见是什么，雷恩先生？"地方检察官随口问道，"萨姆告诉我，昨天你说，你今天想跟我们聊聊你的想法。"

哲瑞·雷恩先生紧紧握住自己的藤手杖，在身前画出一个小小的弧度。"是的。"他喃喃地回答，紧绷着脸，看起来十分严肃，"但是——三思之后，我觉得现在还是先不说为好。在这里我没法思考——这里的气氛让人静不下心来。"

探长不礼貌地哼了一声,他的脾气快要按捺不住了。

"我很抱歉,探长。我开始觉得自己像是《特洛伊罗斯与克瑞西达》里的赫克托尔——你知道的,用莎士比亚自己的话来说,'最蹩脚、最松劲的收梢。'[1]——虽然这句台词不是这出戏里的!——演员们已经在城里准备登场,赫克托尔却说:'适度的怀疑被称为智者的灯塔。'恐怕我今天也要借用一下他这句话了。"他叹了口气,"我要回到哈姆雷特山庄,去厘清自己的疑问,如果我办得到的话……你打算包围这座不幸的特洛伊城多久,探长?"

"直到我给自己弄来一匹漂亮的木马[2],"萨姆咕哝着说,他竟能如此博学,真叫人惊讶,"要是我知道该怎么办就好了。市政厅的人已经开始追问了。我只知道:我已经找到了一条线索。"

"是吗?"

"佩里。"

雷恩眯起眼睛:"佩里?佩里怎么了?"

"还说不好。不过——"萨姆狡黠地补充道,"也许很快就有大发现。埃德加·佩里先生——我敢拿一美元打赌,这不是他的真名——为了混进这里伪造了一封推荐信——就是这样!"

雷恩看起来十分困惑。地方检察官立刻凑了上来。"如果这真是一条线索,萨姆,"他说,"我们可以用这个理由把他抓起来,

---

1 引自莎士比亚悲剧《奥赛罗》第二幕第一场。——编者注
2 在《荷马史诗》中,在特洛伊战争末尾,希腊人最终使用"木马计"攻陷了特洛伊城。——编者注

你知道的。"

"别急。芭芭拉·哈特站出来保护了他——她说整件事是她设计的,因为康拉德想要有名气的推荐人,但佩里没有。荒唐!但我们只能采信她的话。有趣的是——他连一个推荐人都没有,天哪,而且他对自己的过去守口如瓶。"

"所以你正在调查他。"雷恩慢慢地说,"嗯,这很明智,探长。显然,你认为哈特小姐对他的了解并不比我们多。"

"显然。"萨姆咧嘴笑了,"她只知道他人不错,仅此而已,但我觉得她喜欢那个家伙——陷入爱河的人什么都干得出来。"

地方检察官若有所思:"这么说,你已经放弃了康拉德是嫌犯的想法?"

萨姆耸耸肩:"没什么可放弃的。二楼地毯上的那些脚印——证明不了什么,除非他还有一个女性共犯。至于女人脸颊的问题——先不管了。我得先调查佩里。我想明天应该能带给你们一些新消息。"

"那就再好不过了,探长。"雷恩扣好亚麻外套的纽扣,"也许明天下午你最好来一趟哈姆雷特山庄。你可以完完整整地跟我讲讲佩里的事,而我……"

"跑那么远过去?"萨姆抱怨。

"只是一个建议而已,探长,"雷恩低声说道,"你来吗?"

"我们一起来。"地方检察官立即回答。

"好极了。当然,你不能放松警惕。探长,请打起全副精神监视这幢房子,尤其是实验室。"

"我会把席林医生派来的毒药专家安排到厨房里值班,"萨姆咬牙切齿地说，"是的，我懂得很。雷恩先生，我有时候觉得，你并不——"哲瑞·雷恩先生不知道此刻满腹牢骚的探长下面又说了什么。因为他已经微微一笑，挥了挥手，转身离开了。

萨姆无计可施地把自己的手指关节掰得咔咔响。对一个转过身就变成聋子的人来说，你冲着他的背影喊话一点儿用都没有。

第四场

哈姆雷特山庄
六月八日，星期三，下午三点

星期三，天气晴朗但寒冷。哈得孙的乡村像冬天的大海，风呼啸着穿过繁茂的枝叶，听起来仿佛是大海的声音。树看起来还是六月的样子，空气却像十一月。

警车驶过陡峭的山坡、铁桥、石子路、空地和花园里的小路，车里一片死寂。地方检察官布鲁诺和萨姆探长都不想说话。老奎西凸起的驼背一如既往地奇形怪状，他在挂着铁闩的大门口迎接了他们，然后领着他们走进主门厅，门厅地板上铺着灯芯草垫，头顶挂着巨大的枝形烛台，还陈列着身穿盔甲、头戴悲剧或喜剧里那种巨大面具的骑士，他们穿过这一切，走向藏在门厅深处的那部小电梯。短暂地上升了一小会儿以后，他们走进了哲瑞·雷恩先生的私人房间。

老演员穿着一件棕色的平绒夹克，在壁炉跳动的火焰前站得像矛一样笔直。哪怕在这变幻莫测的光影中，他们仍看见了他脸上的忧虑。他看起来很憔悴，和平时判若两人。但他还是和往常一样礼貌周全地欢迎了他们的到来，他拉了拉铃，指挥小福斯塔夫送来咖啡和利口酒，又打发奎西——他像一条老猎狗一样吸着鼻子——离开了房间，然后才在壁炉前坐了下来。"首先，"他平静地说，"说说你的新闻吧，探长，如果有的话。"

"很多。我们追查了这位佩里的记录。"

"记录？"雷恩的眉毛拱了起来。

"不是警方记录。我是指他的过去。你肯定猜不到他是谁——他的真名叫什么。"

"我算不上什么预言家，探长，"雷恩微微一笑，"他总不会是失踪的法国王太子[1]吧，我想？"

"谁？听着，雷恩先生，这件事很严肃，"探长不满地说，"埃德加·佩里的真名叫作埃德加·坎皮恩！"

雷恩愣了几秒。"埃德加·坎皮恩。"片刻之后，他说，"原来如此。这不是哈特夫人前夫的儿子吗？"

"没错！真相是这样的：那时候埃米莉·哈特还是埃米莉·坎皮恩，因为她嫁给了汤姆·坎皮恩，这人现在已经死了，当时坎皮恩已经有了一个前妻生的儿子。这个儿子便是埃德加·坎皮恩。因此，他和路易莎·坎皮恩是同父异母的兄妹。"

---

1 "失踪的法国王太子"是法国大革命时期一段著名公案。当时被废黜的法国王太子路易十七在幽禁中夭折，但在他死后，很快有流言称王太子并未死亡，而是由另一个男孩顶包，真正的王太子已经逃走。此后几十年间，有上百人声称自己便是这位失踪的王太子。

"嗯。"

"我想知道的是,"地方检察官十分不满地说,"这位坎皮恩,或者说佩里,为什么会成为一名家庭教师,和哈特家的人生活在一起。萨姆说,芭芭拉·哈特帮他弄到了这份工作——"

"那是胡扯,"探长说,"她说这话的时候我就知道。在他得到这份工作之前,她并不认识他——这件事我也弄清楚了。此外,她绝对不知道他的真实身份。她爱上了他。爱情!"

"哈特夫人知道这个埃德加·佩里就是她的继子埃德加·坎皮恩吗?"雷恩若有所思地问。

"不——她怎么会知道,除非他告诉她。调查表明,佩里的父亲和埃米莉离婚的时候,他只有六七岁。现在他是个四十四岁的成年男人了,她不可能认出他来。"

"你跟他聊过了吗?"

"他不肯开口,活见鬼。"

"萨姆已经把他抓起来了。"布鲁诺补充道。

雷恩僵住了,然后他摇摇头,放松下来。"我亲爱的探长,"他说,"这太仓促了,过于仓促。你抓他是基于什么?"

"你不喜欢这个做法,是吗,雷恩先生?"萨姆冷笑道,"我基于什么不用你操心,这是出于技术方面的考虑。不,先生,他的嫌疑太大了,不能让他在外面随便晃悠。"

"你认为是他杀了哈特夫人?"雷恩干巴巴地问道。

探长耸耸肩。"也许是,也许不是。很可能不是,因为我想不出动机,而且,当然,我也没有证据。但他肯定知道一些事,记住我的话吧。一个不肯表明身份的男人在一幢房子里找了个工作,而这幢房子里以这样——"他打了个响指,"这样一种方式发生了谋杀案,老天爷。"

"那么光滑柔软的脸颊呢,探长?"

"嗐。我们一直没有排除有共犯的可能性,不是吗?要么就是那位聋哑人弄错了。"

"好啦,好啦,"地方检察官不耐烦地说,"我们从城里大老远跑过来不是为了听你的长篇大论,萨姆。你是怎么想的,雷恩先生?"

雷恩沉默了很久。在这段时间里,福斯塔夫突然走了进来,送上了丰盛的下午茶。萨姆把他的一部分坏脾气淹没在了一杯热气腾腾的黑咖啡里。福斯塔夫离开后,雷恩开口了。

"我一直在思考这个问题,先生们。"他驾轻就熟地用那副饱满的男中音说道,"从星期天开始,直到现在。而我思考的结果相当——我该怎么说呢——令人不安。"

"你是什么意思?"萨姆质问。

"某些事情非常清晰——清晰得就像朗斯特里特案里的某些事一样,比如说——"

"你是说,你想明白了?"布鲁诺问道。

"不,还没有。"雷恩又沉默了片刻,"不要误会我的意思。我离得出结论还远——远得很。因为还有另外某些事情令人疑惑,不光是疑惑,先生们,简直可以说古怪。"他放低声音,几乎到了耳语的音量。"古怪。"他重复了一遍,另外两个人紧张地望着他。

他站起来,开始在壁炉前的地毯上来回踱步:"我没法告诉你们，我有多困扰。困扰！我开始怀疑自己的感官——我剩下的这四种。"两个男人困惑地面面相觑。"但这种话就到此为止吧，"雷恩断然说道，"现在我可以告诉你们，我已经作出了一个判断。在我看来，有两条清晰的线索可供调查，我打算追查下去。目前这两条线都还没人碰过。"

"线索？"探长急躁地打断了他的话，"你又来了！按照你的说法，现在还有什么见鬼的线索没人碰过？"

雷恩没笑，也没有停下脚步。"那股气味，"他喃喃地说，"香草的气味。这是一条。很不寻常——我被难住了。关于这方面，我有一个设想，我打算调查下去。如果这能取悦神灵，让祂们赐予我好运……"他耸耸肩。"另一条线索现在我还不想说。但那条线索十分精彩，不可思议，但非常合理……"他继续说了下去，没给另外两个男人打断的机会，尽管他看到有许多问题已经涌到了他们嘴边，"探长，告诉我，总的来说，你对这个案子的想法是什么？我们最好坦诚以待，有时候思维的碰撞胜过独自思考。"

"现在你的话才像样，"萨姆立即回答，"那我们就合作一下。在我看来，案情很清楚：上周六晚上，或者说周日凌晨，下毒者溜进了那间卧室，想给那个梨下毒。梨是给路易莎准备的，下毒者知道，她会在早上把它吃掉。下毒者潜入卧室后，哈特夫人醒了，她弄出了动静，或者喊了起来，于是下毒者惊慌之下，砸了她的脑袋。很可能不是故意要杀她，只是想让她安静下来。我想，那位女魔头的死是一场意外。布鲁诺同意我的看法，我也看不出这套设想有什么可疑的地方。"

"换句话说，"哲瑞·雷恩喃喃地说，"你和布鲁诺先生相信,哈特夫人之死不是预先计划好的谋杀,而是在未曾预见的情况下临时起意犯下的罪案?"

"对。"萨姆回答。

"我完全同意。"布鲁诺说。

"那么,先生们,"雷恩温和地说,"你们都错了。"

"我——你是什么意思?"布鲁诺大吃一惊,立即问道。

"我就是这个意思。在我看来,谋杀哈特夫人是预先计划好的,这一点毫无疑问,甚至在凶手进入那间卧室之前,就计划好了要杀她,此外,凶手从来就没真正打算过要毒杀路易莎·坎皮恩!"

他们默默咀嚼着这短短几句话,两个男人眼里都充满疑虑,他们没有下任何结论,完全是为了等待解释。雷恩从容不迫地说了下去。"我们,"他在炉火前坐下,用利口酒润了润嘴唇,"从路易莎·坎皮恩本人开始。表面上的事实是什么样的?根据注射器和被下毒的梨,我们可以肯定地推断,那些二氯化汞是针对路易莎的——她爱吃水果,与此同时,哈特夫人,除了路易莎以外唯一一个习惯从那个碗里拿水果吃的人,对水果没有太大兴趣,而且特别讨厌梨。一个梨被下了毒。那么显然,下毒者精心挑选了一种他知道路易莎会吃而哈特夫人不会吃的水果。显而易见,凶手最主要的动机是夺取路易莎的生命,正如你们两位先生所坚持的——事实上,在第二次尝试发生的两个月前,凶手就曾第一次尝试杀害她,只是在最后一刻功亏一篑,这进一步强化了刚才的设想。"

"是的,先生,"探长说道,"在我看来就是这样。如果你能证明，事实并非如此，那你比我强。"

"我可以证明，探长，"雷恩冷静地回答，"请仔细听我说。如果下毒者想让路易莎·坎皮恩吃掉那颗梨，那么你们俩是对的。但是，他到底想不想让路易莎吃掉那个被下了毒的梨呢？"

"怎么，他当然想了。"布鲁诺困惑地回答。

"很抱歉，我必须反驳你，他不想。原因如下：我们可以从头开始设想，这位下毒者，无论是不是哈特家的一员，至少熟悉这个家庭内部的各种细节。这个假设有坚实的基础，比如说，他知道路易莎每天下午两点半会去餐厅喝一杯蛋酒。再比如说，他对这幢房子足够了解，所以才能发现一些显然别人都不知道的事情——连接实验室与卧室的烟囱和壁炉的秘密。比如说，他清楚地知道那把曼陀林存放的位置。当然，他很熟悉那间实验室和里面的东西。这些事实当然足以支撑上述设想：这位嫌犯完全熟悉实施他的计划所需要的所有细节。现在，既然他知道这些事情，那么他必然也知道，路易莎对自己的食物和饮品十分挑剔，因此他应该清楚，她不会吃坏掉的或者熟过头的水果。话又说回来，这样的水果本来也没几个人会吃——尤其是考虑到，就在装着这个坏水果的同一个碗里，还有其他成熟、新鲜、没坏的一模一样的水果。席林医生的分析报告表明，那个梨在被注入二氯化汞之前就坏了。因此，这位下毒者故意选择了一个坏梨来下毒。"

两个人都听得十分专注。雷恩微微一笑："难道你们不觉得这很奇怪吗，先生们？在我看来，这件事太反常了。

"现在，你可能提出异议，你可能会说，那是意外——卧室里太黑，他可能无意中从碗里拿到了一个坏梨，却没发现。就连这也不太站得住脚，因为坏掉的水果很容易摸出来，手指会碰到软烂的地方。但就算我们姑且假设——下毒者选了个坏梨完全是个意外。我也可以证明，事实并非如此。

"如何证明？请注意一个事实，阿巴克尔太太做证说，案发前的那个下午，她只在水果碗里放了两个梨。事实上，那天晚上十一点半，史密斯小姐在同一个碗里也只看到了两个梨，而且两个都成熟、新鲜、没坏。但在案发后的上午，我们却在碗里找到了三个梨。由此得出结论：第三个——而且是坏掉的——梨必然是下毒者放进去的，因为我们可以很好地证明，原来的两个梨都是新鲜的。由此得证，凶手挑了个坏梨来下毒，这完全是故意的。如此这般，下毒者自己从外面带来了一个坏梨。

"但下毒者为什么会故意把一个坏水果带到自己的犯罪现场，他明明知道自己的目标对象不会吃坏掉的水果，而且碗里明明就有新鲜的同种水果？唯一可能的答案是：他从来就没想过要让她吃掉那个水果，我愿意用自己的名誉担保，这套论证的逻辑无懈可击。"

两位听众都没说话。

"换句话说，"雷恩继续说道，"你们假设，这位下毒者相信路易莎·坎皮恩会吃有毒的梨，这个假设是错的。他知道她不会吃。由于他必然也知道，哈特夫人，除了路易莎以外唯一一个会从水果碗里拿东西吃的人，根本不吃梨……那么从逻辑上说，下毒的梨，这整条线必然完全是一个障眼法，是凶犯用来迷惑警察，让你们相信路易莎是目标受害者的工具。"

"等一下。"探长快速说道，"如果真如你所说，那个叫坎皮恩的女人不会吃那个梨,那么活见鬼,这个下毒者凭什么认为,他假意下毒的事情就一定会被发现?"

"好问题,萨姆。"地方检察官表示。

"因为,无论他的动机是什么,"萨姆继续追问,"要是根本没人发现梨被下了毒,他的把戏就一点儿用都没有。你明白我的意思了吧?"

"我明白。"雷恩回答,这个问题丝毫没有影响到他,"想得很周全,探长。你的意思是说,除非警察发现这个梨被下了毒,否则他干这件事就毫无意义。如果没人发现梨有毒,那么谁也不会知道,显然有人想毒杀路易莎——而这正是下毒者想实现的意图。"

"很好。下毒者预期自己下毒的事情会被警察发现——请容我提醒,假设哈特夫人之死不是预先策划好的,而是出于意外——有三种可能的途径。第一,把注射器留在房间里,而他正是这样做的。这当然令人生疑,警察肯定会展开调查,因为两个月前就曾有人试图下毒。这是个可能的假设,但更可能的是,注射器是下毒者惊慌之下掉在房间里的。第二,故意往碗里加一个梨——有毒的——而不是拿走一个,这样一共就有了三个梨,但有几个人知道,本来应该只有两个梨。但这也不可能,往最好的说,这也太曲折了,多了一个梨的事情完全有可能根本没人注意。第三,他自己以某种方式,找个借口,让警察注意到那个坏梨。目前为止,这是三个设想里最可能的一种。"

萨姆和布鲁诺点了点头。

雷恩摇摇头:"但等我向你们证明,哈特夫人的被害绝非出于意外,而是经过精心策划,要和假意下毒的幌子同时发生,到那时候，你们就会发现，我给出的这三种可能性都是一场空。我竖起这几个靶子，只是为了把它们打倒。

"因为，当我们这位对手计划好了要当一个杀人犯，而不是下毒者的时候，他就提前知道了，那个有毒的梨会被发现。他可以任由事情自然发展，他知道并且确定官方的谋杀案调查程序会顺其自然地发现那个有毒的梨。这不再是一种可能性，而是必然。下毒的事情会被意外发现，警察会说，这桩罪案的主要目的是毒杀路易莎，哈特夫人被害完全是个意外。于是这个杀人犯以这种方式实现了他的主要目的：杀死哈特夫人，并误导警察去寻找一个有动机杀害路易莎的人，完全忽略老太太被害的事情。"

"那我就彻底完蛋了。"探长喃喃地说，"很聪明，如果真是这样的话。"

"但确实就是这样，探长。你还记得吧，甚至在我们发现注射器遗落在床上之前，你就说过，你会全面搜查，确保没有什么东西被下了毒，因为两个月前就发生过一桩未遂的下毒案。这证明了凶手的确很好地预测了警察的反应。就算我们没发现那支注射器——基于所有事实来看，我认为它是意外被留下来的——事实上，就算只找到了两个梨，你很可能也会提出下毒的可能性，由此发现那个有毒的梨。"

"没错，萨姆。"地方检察官表示赞同。

雷恩收起两条长腿，望向炉火："现在，我要证明哈特夫人被害是预先策划好的，而不是临时起意造成的变故。

"有一件事情一眼就能看明白。充当凶器的曼陀林不是那间卧室里的东西，它本来放在楼下藏书室的一个玻璃盒子里，任何人都不得触碰，的确也没人碰过。事实上，康拉德·哈特在凌晨一点半还看见它放在玻璃盒里——距离它夺走哈特夫人的生命还有两个半小时。那天晚上，别人也看见它放在那里。

"那么由此可以确定：这个凶手，无论他是不是这个家庭的一分子，都不得不专程去取这把曼陀林，或者他在进入卧室前就提前准备好了这件凶器……"

"等等，等等，"布鲁诺眉头紧皱，打断了他的话，"这你是怎么知道的？"

雷恩叹了口气："如果凶手是家里的人，那他必须从二楼或者阁楼下去取它。就算他不是家里的人，他也没法通过一楼进入这幢房子，因为所有门窗都上了锁。因此，他不得不从消防梯至少爬到二楼，或者同样有可能的是，从消防梯爬到屋顶，然后通过烟囱进入大宅。无论如何，他都得专门下楼去取曼陀林……"

"有道理，"布鲁诺不情愿地说，"但如果是家里人很晚才从外面回来，然后在上楼的时候顺道拿了曼陀林呢？的确有人很晚才回来，你知道的。"

"很好。"雷恩笑道，"假设的确有位晚归者在上楼时拿走了曼陀林？难道这不正意味着他经过深思熟虑，提前计划好了，要使用它吗？"

"好吧，"萨姆说，"接着往下说。"

"因此，那把曼陀林是凶手故意带到卧室里的，出于某种特殊的目的。这个目的可能是什么呢，先生们？我们来分析排除一下。

"第一，这把破旧的曼陀林被带到卧室里可能是出于一个不可避免的目的，比如说，实现它应有的用途，作为乐器……"

探长嗤笑起来，布鲁诺摇了摇头。雷恩继续说："当然，这十分荒谬，甚至不需要讨论。第二，它被带到卧室里可能是为了故意制造一条假线索，暗示某个人。但会是谁呢？和这把曼陀林明确相关的人只有一个，在案发地点发现它就暗示有一个人曾经在场，这条线索指向的人只有他一个，那便是曼陀林的主人，约克·哈特。但约克·哈特已经死了。所以我们的第二个猜测也是错的。"

"等等，等等，"探长慢慢地说，"别这么快。虽然约克·哈特的确死了，但对于他的死，犯案者完全有可能不太确定；或者，就算他确信约克死了，他也试图让我们相信，约克·哈特没死，因为当时确认尸体身份的条件不太令人满意。你觉得这个思路如何？"

"我得说，棒极了，探长。"雷恩轻笑道，"十分精妙复杂的想法。但我相信，我连如此微茫的可能性都能驳斥。从谋划者的角度来说，这样做很蠢，原因有两个。第一，如果要误导警察，让他们以为约克·哈特还活着，并且不小心把自己的曼陀林留在了自己犯罪的现场，那么首先要让这个骗局显得可信。但警察如何能相信，哈特会留下这么一条明确指向自己的线索？当然不会。他绝不会留下这么直白的一条线索，警察当然会意识到，这是个圈套，而不是真正的线索。第二，为什么会是曼陀林这么奇怪的东西？它实在太不像凶器了。就算警察严肃地考虑到约克还活着的可能性，说实在的，他也绝不会把他自己的——而且如此奇怪的！——物品留在自己的犯罪现场，所以他们会推测，这是另一个人留下来想嫁祸给约克的，这样一来，谋划者的目的依然无法实现。不，探长，我们这位凶手脑子里的目标没有这么曲折。虽然这个论断看起来很奇怪，但凶手使用曼陀林必然要能合理地实现他自己的意图。"

"继续，雷恩先生，"地方检察官恼火地瞥了同事一眼，"萨姆，你脑子里想的东西太荒唐了！"

"别责怪探长，布鲁诺先生，"雷恩说，"提出最荒谬的可能性，甚至不可能的可能性，他这样做很对。逻辑不懂法律，却有它自己的一套法律。"

"所以，如果曼陀林被带到卧室里既不是为了充当乐器，又不是为了栽赃约克·哈特，那么这位凶手还有什么可信的理由呢？剩下的唯一一个合理动机就是把它当成武器，我想你们也找不出第二个动机了。"

"真是有趣得要命的武器，"萨姆喃喃地说，"这件事我从一开始就没想通。"

"我很难为此责怪你，探长，"雷恩叹了口气，"无论是你对这件事的态度，还是你提出的相关问题。如你所说，这的确是一件奇怪的武器，等我们把这桩案子查到水落石出……"他停顿了一下，一些十分悲伤的东西涌进了他的眼睛。然后，他坐直了一点儿，用他低沉的嗓音继续平稳地说了下去："因为我们现在还不能回答这个问题，不妨暂时把它忘掉。不过当然，无论背后的原因是什么，这把曼陀林被带进卧室就是为了充当武器，现在我们把这一点当成核心来考虑。"

"当然。"布鲁诺无精打采地说，"如果真像你说的那样，曼陀林被带进卧室是为了充当武器，那么凶手从一开始就有伤人的意图；也就是说，他拖着这么个东西是为了攻击，或者杀人。"

"当然不是这么回事,"雷恩还没回答,萨姆就表示了反对,"你怎么知道凶手拿它是为了攻击?就不能是用来自卫的吗——他完全不想袭击那个老巫婆,只是带着它,以防万一?"

"也对。"布鲁诺喃喃地说。

"不,"雷恩说道,"这是错的。听着!探长,假设如你所说,凶手只是为了预防万一,比如说,在他给水果下毒的时候,可能不得不让哈特夫人甚至路易莎安静下来;也就是说,他最初的目的不是攻击,而是自保。现在,我们知道,凶手很熟悉那间卧室,那个房间里足足有半打别的更适合充当武器的东西——壁炉边上挂的铁火器;事实上,被害人床边的床头柜上就摆着两个沉重的书立——比起相对较轻的曼陀林,这里面随便哪样东西都能做出更有效的攻击。现在,如果这位凶手专门去楼下去取一件武器,完全是为了预防万一,那不是无缘无故给自己找一大堆麻烦吗?因为在他计划实施罪案的现场,就有现成的更好的击打武器。"

"那么逻辑表明,他带上曼陀林绝不是为了充当自卫的武器,而是打算攻击。不只是为了预防可能的万一,而是想好了要用它。请注意,别的武器都无法达成他的目的——只有这把曼陀林。"

"现在我听懂了。"萨姆承认,"请继续,雷恩先生。"

"很好。现在,如果凶手带上它是想好了要攻击——那么他的目标是谁?路易莎·坎皮恩?当然不是。我已经指出,下毒只是个幌子,凶手并不想毒死她。既然他不打算用一个有毒的梨夺走她的生命,那他为什么会想用这把奇怪的武器砸她的脑袋来要她的命?不,这把曼陀林当然不是为路易莎·坎皮恩准备的。那会是谁呢？只能是哈特夫人。下面我将证明这一点，先生们：凶手的意图从来就不是毒杀路易莎·坎皮恩，从一开始他的目标就是谋杀埃米莉·哈特。"

演员伸长双腿，让脚趾挨近炉火一些："我的喉咙！退休让我退步了不少……注意这里。请思考一下我下面即将讲到的几个基本的相互关系，你们会发现，这整条推理链清晰而稳固。第一，幌子、障眼法、假动作，这些东西通常是遮掩真实目的的烟雾弹。第二，如前所述，毒杀路易莎的企图是个幌子。第三，虽然那是个幌子，但行凶者还是故意带了一件武器。第四，有鉴于此，他故意带上这件武器，真正要对付，或者说要干掉的人，只能是哈特夫人。"

房间里一片死寂，地方检察官和萨姆探长面面相觑，脸上的表情里既有钦佩，又有迷惑。布鲁诺的表情甚至更微妙。在他脸上那副热切的面具下面，某种坚定的东西正呼之欲出。他看了萨姆一眼，然后低头望向地板，这个姿势他维持了很长时间。

探长没那么沮丧了："这听起来当然合理，雷恩先生，虽然我痛恨承认这件事。我们从一开始就走错了路。这完全改变了调查的局面。现在我们必须睁大眼睛，去寻找另一个动机——这个动机不是针对坎皮恩小姐的，它的目标是哈特夫人！"

雷恩点点头，脸上丝毫没有满意或胜利的表情。尽管他的论证非常有力，但他似乎正被另一股汹涌的糟糕情绪所困扰。现在，沉郁占据了他的身心，刚才的演说焕发的光彩正在褪去。在他光滑的额头下面，那双眼睛一直盯着地方检察官布鲁诺。

探长没有注意到这段插曲，他正忙着自言自语地思考："谋害老太太的动机。应该是遗嘱的事……活见鬼，干掉那头老母牛，他们都能从中得益……顺着这条路能走到哪里？哪儿都去不了。从这个角度来说，杀掉路易莎，每个人也能获取某种利益……要么是钱，要么是发泄了心头的恨意……等芭芭拉·哈特想好了如何对待路易莎，也许我们能找到些眉目。"

"啊——是的，是的，"雷恩喃喃地说，"请原谅我，探长。虽然我的眼睛认出了你说的话，但恐怕我的脑子没太留心……这是个更紧迫的问题。随着立遗嘱人死亡，遗嘱内容公开，先前毒杀路易莎的假动作很可能变成真正的行动，现在，这位聋哑盲女士若是死了，他们都能受益。"

萨姆震惊地坐直了身体。"看在上帝的分儿上，这我倒没想过！还有一件事，"他沉声说道，"我们无从知道谁是谁。如果路易莎被谋杀了，这不一定意味着杀她的和杀她母亲的是同一个人。现在任何人都有充分的理由图谋路易莎的生命，这和第一次下毒以及第二次下毒兼谋杀都没关系，因为他或者她可以确定，警察会锁定最开始那位下毒者和凶手。真是一团乱！"

"嗯。我同意你的看法，探长。你们要不分昼夜严密看守的不光是坎皮恩小姐，还有哈特宅里的每一个人，而且实验室里储存的毒药必须马上挪走。"

"你是这么想的？"萨姆狡黠地说，"差得远呢。噢，我们会把实验室看管起来，行吧，但现在还剩下的那些毒药会留在那里——也许有人会偷偷溜进去装一瓶！"

地方检察官布鲁诺抬眼望向哲瑞·雷恩先生。两人的目光相碰，火花一闪，雷恩在椅子里蜷得更深了，他浑身肌肉紧绷，仿佛准备挥出一记重拳。布鲁诺脸上露出嘲弄的胜利表情。"好了！"他说，"我想明白了，雷恩先生。"

"那么你的结论是——"雷恩面无表情地问道。

布鲁诺咧嘴笑了："我讨厌推翻你漂亮的分析，但恐怕我必须这样做。在你的整个推理过程中，你一直假设下毒者和谋杀者是同一个人……"张力从雷恩身上消失了，他叹了口气，放松下来。"我们之前就讨论过一次，假设下毒者和谋杀者不是一个人，而是两个，在案发那天晚上，他们分别在不同时间实施了自己的罪行……"

"是的，是的。"

"没错，"布鲁诺挥挥手，继续说道，"如果谋杀者完全是另一个人，下毒者的动机就无法解释。但假设他的动机只是想吓唬那个聋哑盲的女人，利用这些针对她生命的假动作吓得她离开这幢房子呢？有几个人有这样的动机，他们大概不至于堕落到杀人。所以，我想说，你没有考虑到这样的可能性：有两个互相独立的罪犯，无论是谁杀死了哈特夫人，他都跟下毒毫无关系！"

"无论是当天晚上，"对布鲁诺的睿智，萨姆一脸震惊，他补充道，"还是两个月前。喔，朋友，这根针真是狠狠扎破了你的分析呢，雷恩先生！"

雷恩沉默着坐了片刻，然后，两位客人惊讶地听到他发出了一阵爽朗的轻笑。"怎么，布鲁诺先生，"他说，"我觉得这显而易见。"

"显而易见？"两个人异口同声地问道。

"当然。难道不是吗？"

"难道不是什么?"

"噢,好吧,"雷恩又轻笑起来,"显然,我错在没有指出那些我一直觉得显而易见的事情。所以,你,布鲁诺先生,才会凭借你格外曲折复杂的法律思维,提出这样的问题。呃,把它当成某种最后的反驳,向我开火。"

"无论如何,我很想听听你的解释。"布鲁诺冷静地说。

"你会听到的。"雷恩收起笑意,望向炉火,"所以你想知道,我为什么假设下毒者和谋杀者是同一个人?答案是:这不是我的假设,而是事实。我可以提供缜密的证据。"

"这是个很高的要求。"萨姆探长说。

"我洗耳恭听。"地方检察官表示。

"也许,像'女人眼里无法回答的泪'[1]一样,"雷恩笑道,"我的论证将会令人信服得过头了……我或许得这样开头:这个故事有一大半写在案发卧室的地板上。"

"卧室地板?"萨姆重复道,"只有一个人的脚印,不是吗?"

"嗐,探长!你如此缺乏洞察力,真叫我吃惊。你应该不会不同意,如果作案者有两个,而不是一个,那么他们必然是在不同的时间进入卧室的——因为他们必然有不同的目的,一个人想给梨下毒,他的目标是路易莎,另一个人的目标是杀害哈特太太。"

两个人都点点头。

"那么很好。他们进入房间的顺序是什么样的?"

---

[1] 出自英国浪漫主义诗人拜伦的诗作 *The Corsair*,原句大意为女人眼里的泪是很有说服力的武器。——编者注

萨姆和布鲁诺对望了一眼。布鲁诺耸耸肩："我不明白你怎么能确定这一点。"

雷恩摇摇头："你没考虑周全啊，布鲁诺先生。要把有毒的梨放在床头柜上，我们发现它的那个位置，下毒者必须站在两张床之间。这一点不容置疑。而要谋杀哈特夫人，凶手也必须站在两张床之间，正如席林医生指出的那样。因此，如果有两个作案者，那他们必然走过同样的位置，也就是两张床中间的那块地毯。但在那个位置，地毯上洒落的痱子粉里只有一组脚印——当然，我们应该刨除路易莎·坎皮恩的脚印，因为，如果她的证词不可信，那我们最好现在就放弃算了。

"显然，如果痱子粉是第一位闯入者弄洒的，那么地上应该有两组脚印：其中一组是第一位闯入者在弄洒痱子粉以后留下的，另一组是在他离开后，第二位闯入者不小心留下的。但现在脚印只有一组。这意味着，显而易见，痱子粉只能是第二位访客弄洒的，而不是第一位，这样才能解释，为什么有一位访客——当然是第一位——没有留下任何脚印。很基础。

"那么，按照逻辑，下面我们的问题是，找出这组脚印的主人，就是说，这第二位访客到底是谁。痱子粉上的脚印来自我们找到的那双鞋。右脚鞋尖有泼洒的液体痕迹，经过法医检查，确认是二氯化汞，被注射到梨里的，以及注射器里残留的，都是这同一种毒药。那么显然，在痱子粉里留下脚印的这位访客——第二位访客——是下毒者。这意味着打翻盒子踩到痱子粉的这位二号访客是下毒者。那么按照我们一贯的假设，涉案者有两个，一号访客就是谋杀者。到这里为止，你们能跟上吗？"

两个人点头。

"现在，那把曼陀林，即谋杀者，或者说一号，使用的武器，告诉了我们什么？它告诉我们：把痱子粉盒从床头柜上扫下去的正是这把曼陀林。怎么说？粉盒盖子上带血的直线只可能是曼陀林染血的弦留下来的。在床头柜上盒子曾经放置的位置后面，我们找到了一个新的凹坑，是某种锋利的边缘敲出来的。根据这个凹坑的位置和特征，我们推测，是曼陀林边缘撞到了床头柜。可以佐证的是，曼陀林靠下方的边缘有一处擦伤，和床头柜上的凹坑吻合。因此，是曼陀林的这个位置击中了床头柜，与此同时，它的弦碰到了痱子粉盒的盖子，因此把粉盒从床头柜上扫了下去。

"曼陀林不可能自己挥动起来，是凶手用它砸了老太太的头。那么必然是谋杀者挥起曼陀林砸了哈特夫人的头——当时凶手就在床头柜旁边——以后，曼陀林继续往下，扫到了粉盒。其实这些事早就说过，检查犯罪现场的时候，我们就对此达成了一致，毫无疑问。"

雷恩倾身向前，伸出肌肉发达的食指晃了晃。"现在，先前我们已经证明，弄洒粉盒的是下毒者——二号。但就在刚才，我们发现，一号，即谋杀者，打翻了粉盒。无法解决的矛盾！"演员笑了，"换个角度来说：我们发现，那把曼陀林躺在薄薄一层洒落的痱子粉上面。这意味着曼陀林掉到地上的时候，那些粉末已经在地板上了。由于前面的分析表明，打翻粉盒的是下毒者，这意味着谋杀者必然是在他后面进的房间。但要是谋杀者是二号，那么看在上帝的分儿上，他的脚印又去哪儿了呢，因为我们只找到了下毒者的脚印？"

"所以,既然我们没发现谋杀者的脚印,那么在痱子粉被打翻以后,不可能有两个人到过那里。换句话说,根本不存在另一个独立的谋杀者。所以我才会从一开始就,按照你的说法,'假设'下毒者和谋杀者是同一个人!"

第五场

太平间

六月九日,星期四,上午十点三十分

哲瑞·雷恩先生踏上阴郁老旧的市太平间的台阶,脸上的表情充满期待。进去以后,他说想找法医利奥·席林医生。没过多久,就有一位助手领着他走向一间解剖室。消毒剂强烈的气味熏得他皱起了鼻子,他在门口停下脚步。席林医生圆滚滚的小身影正站在一张解剖台前,弯腰专心地检查一具干尸的内脏。一个矮胖的中年金发男子懒洋洋地坐在椅子上,漠不关心地看着医生的操作。"请进,雷恩先生。"席林医生从他可怕的工作中头也不抬地说,"太神奇了,英戈尔斯,瞧这个胰腺保存得多好……请坐,雷恩先生。这位是英戈尔斯医生,我们的毒理学家。我很快就能检查完这具尸体。"

"毒理学家?"雷恩问道,他跟矮个子中年男人握了握手,"真是太巧了。"

"怎么?"英戈尔斯医生问道。

"他是大名人,"法医还在忙着摆弄内脏,"你肯定在报纸上见过他的名字。他是公众名流,英戈尔斯。"

"嗯。"英戈尔斯医生说道。

席林医生喊了几句听不懂的话,两个男人走进来,把那具尸体推走了。"好啦,"他说,"现在我们可以聊一聊了。"他脱掉橡胶手套,走向水池:"是什么风把你吹到太平间来啦,雷恩先生?"

"一件很不寻常但又琐碎的小事,医生。我正在追逐一种气味。"

英戈尔斯抬起一边眉毛:"一种气味,我亲爱的先生?"

法医一边洗手,一边轻声笑道:"那你可来对地方了,雷恩先生。太平间里的确有一些非常美妙的气味。"

"我追逐的恐怕不是这种气味,席林医生。"雷恩笑道,"是一种令人愉悦的甜香。它似乎和罪案无关,但可能是解决一桩谋杀案的关键所在。"

"什么气味?"英戈尔斯医生问道,"也许我能帮你。"

"香草味。"

"香草味!"两位医生同声重复。席林医生瞪大了眼睛:"你在哈特案里碰见了香草味,雷恩先生。我得说,的确奇怪。"

"是的,路易莎·坎皮恩坚称,在她接触到凶手的那一刻,"雷恩耐心解释,"她闻到了一种气味。最开始的时候,她描述那是一种'甜得刺鼻'的气味,后来通过实验,她确认是香草味。你有什么建议吗?"

"化妆品、糕点、香水、菜肴,"英戈尔斯快速报了一串名字,"别的还有一大堆,但没什么特别的。"

雷恩挥挥手:"这些我们当然全都查过了。常见的来源我想了个遍,除了你刚才提到的那些以外,还有冰激凌、糖果、精油,诸如此类的东西,结果也没什么收获。恐怕在这个方向上很难有什么发现。"

"花呢?"法医随口问道。

雷恩摇头:"这方面唯一的线索是,有一种兰花会散发出香草味。但这没有道理,我们在这个案子相关的情况中也没找到这方面的东西。我觉得,席林医生,以你对这些东西的了解,也许你能提出另一种来源,或许和广泛意义上的'罪案'这一概念有更强的关联。"

两位医生交换着眼神,英戈尔斯医生耸耸肩。"化学品呢?"席林医生大胆地说,"在我看来——"

"我亲爱的医生,"雷恩露出一个很淡的微笑,"这正是我前来拜访的原因。我最后想到,这种难以捉摸的香草味可能来自某种化学品。最开始我自然不会把香草味和化学联系起来,因为这两种东西给人的感觉格格不入,而我对科学的了解又少得可怜。英戈尔斯医生,有没有哪种毒药闻起来是香草味的?"

毒理学家摇头:"我现在一个也想不起来。这种气味当然不会是常见的毒药,连有毒都谈不上。"

"你知道,"席林医生若有所思地说,"香草本身几乎没有药用价值。哦,是的,有时候它会作为香味刺激物,用于治疗癔症或者低烧,但是……"

雷恩的眼睛突然亮了。英戈尔斯医生一脸震惊地拍了一下自己的粗腿，爆发出一阵大笑，起身走向角落里的一张写字台。他匆匆写了一张纸条，写的时候一直在笑。然后，他走向门口。"麦克默蒂！"他喊道。一位助手跑了过来。"把这个送去斯科特那里。"助手快步走开了。"先等着吧，"毒理学家咧嘴笑道，"我想我有收获了。"

法医一脸不满。雷恩平静地坐着。"你知道吗，席林医生，"他的声音很冷静，仿佛对英戈尔斯医生的灵感不感兴趣，"我竟然没想到把约克·哈特实验室里的每个瓶子闻个遍，为了这个我就恨不得把自己从哈姆雷特山庄的这头踢到那头。"

"噢，对啊，那个实验室。或许你能在那里找到这种气味。"

"至少有这种可能性。等我想到的时候，已经没机会了，大火烧毁了那个房间，大部分瓶子都碎了。"他叹了口气，"但是，哈特的化学品目录依然完好。请容我问一句，英戈尔斯医生，你能不能跟我走一趟，检查他的文件里登记的所有细节？也许你能从中发现线索。当然，我在这方面一点儿用都没有。"

"我觉得，"毒理学家回答，"完全没这个必要，雷恩先生。"

"我也希望没这个必要。"

送信的人带回来了一个白色的小罐子。英戈尔斯医生刚拧开铝盖，雷恩一下子站了起来，医生闻了闻，露出微笑，然后把罐子递了过来。雷恩忙不迭地抓紧……罐子里装的东西看起来完全无害，颜色和质地都很像蜂蜜。他把罐子凑到自己的鼻孔下面……

"我想，"他垂下手臂，镇定地说，"你帮了我们一个大忙，英戈尔斯医生。确凿无疑的香草味。这是什么东西？"

毒理学家点燃一支香烟："它名叫秘鲁香膏，雷恩先生，这件事最令人震惊的地方在于，你可以在任何一家药房和成千上万的家庭里找到它。"

"秘鲁香膏……"

"是的。一种广泛使用的半流质液体，如你所见，主要用于制作润肤露和外用药膏。顺便说一句，它完全无害。"

"润肤露？药膏？用来干什么呢，医生？"

席林医生猛地一拍自己的额头。"天哪，"他满怀懊恼地喊道，"我可真是个蠢货。我应该想到的，虽然我有好些年没机会考虑到这个了。秘鲁香膏是制作润肤露和药膏的基质，用于治疗特定的皮肤问题。十分常见，雷恩先生。"

雷恩皱起眉头："皮肤问题……奇怪。这种香膏能直接用纯的吗？"

"可以，有时候会用。但一般会加入其他成分。"

"这能怎么帮到你？"英戈尔斯医生好奇地问。

"我承认，现在……"哲瑞·雷恩先生坐了下来，花了两分钟时间冥思苦想。当他抬起头来的时候，他的眼里有疑惑："席林医生，哈特夫人的皮肤有什么问题吗？你解剖过她的尸体，如果有的话，你肯定会注意到。"

"不是这个方向，"法医断然回答，"绝对的。哈特夫人的表皮和她体内的器官一样健康，除了心脏以外。"

"噢，那么她体内完全没有疾病的迹象？"雷恩慢慢问道，仿佛席林医生的回答拨动了他脑子里一段被遗忘的旋律。

席林医生一脸疑惑："我不明白……但没有。尸检解剖没发现任何病理迹象。什么都没找到……你到底想问什么？"

雷恩稳稳地和他对视。法医若有所思地眯起了眼睛："我明白了。不，雷恩先生，没那么直接的迹象。不过，当然，我没有专门去找这方面的痕迹。我想……"哲瑞·雷恩先生跟两位医生都握了握手，离开了解剖室。席林医生望着他的背影，然后耸了耸肩，对毒理学家说："真是个怪人，对吧，英戈尔斯？"

第六场

梅里亚姆医生办公室
六月九日，星期四，上午十一点四十五分

二十分钟后，汽车停在了第五大道和第六大道之间，十一街上一幢三层楼的砂岩老房子前面——这个安静高贵的老社区距离广场只有几个街区。哲瑞·雷恩先生下了车，抬起头来，看到二楼窗户上挂着一块整洁的黑白招牌：

Y. 梅里亚姆，医学博士
接访时间
上午十一至十二点，下午六至七点

他沿着石梯慢慢拾级而上，按响门铃，开门的是一位身穿制服的黑人女仆。

"梅里亚姆医生在吗？"

"这边请，先生。"女仆领着他走进前门廊正后方的等候室，屋里已经有半打病人在等了。雷恩在前窗旁找了把椅子坐下，耐心等待。

百无聊赖地等了一个小时以后，一位苗条的护士推开等候室尽头的移门，向他走来："您没有预约，对吗？"

雷恩摸出名片盒："没有。但我想梅里亚姆医生愿意见我。"

他递上自己简朴的私人名片。护士的眼睛一下子瞪大了。她匆匆穿过移门，然后很快就返身回来了。老梅里亚姆医生亲自跟在她身后，身上的长手术服一尘不染。

"雷恩先生！"医生快步上前说道，"你怎么没早点表明身份？护士告诉我，你在这儿坐了一个小时。请进，快请进。"

雷恩喃喃地说："不要紧。"然后他跟着梅里亚姆医生走进了一间宽敞的办公室，从这里能看见相邻的检查室。这间办公室和等候室一样——整洁、干净、老派。

"请坐，雷恩先生。你这次来有何贵干？啊——你有点儿不舒服吗？"

雷恩笑了："跟我个人无关，医生。我一直非常健康。唯一能出卖我年龄的迹象是，我坚持吹嘘自己游泳能游多远……"

"可以了，富尔顿小姐。"梅里亚姆医生突然说了一句。护士应声退了出去，并关紧了身后的移门。"说吧，雷恩先生。"尽管他的声音和蔼可亲，但他的语气给人留下的印象是：我好歹是个专业人士，我的时间十分宝贵。

"好的。"雷恩双手握住藤杖头，"梅里亚姆医生，你有没有给哈特家的任何人，或者任何与哈特家有关的人，开过香草味的

221

制剂?"

"嗯,"医生在他的转椅里向后一靠,"还在追寻那股香草味,我明白了。没有,我没开过。"

"你确定吗,医生?也许你不记得了。也许是为了治疗癔症或者——按照我的理解,应该是叫这个——低烧。"

"没有!"梅里亚姆医生的手指顺着面前那本记事簿上的图案描摹。

"那么或许你可以回答这个问题。哈特家有哪一位成员,很可能是在最近的几个月里,因为皮肤上的小问题,从你这里开过药,其中含有一种名叫秘鲁香膏的药用成分?"

梅里亚姆整个人向前一挺,脸开始变红。然后他重新靠了回去,苍老的蓝眼睛里充满好奇。"这绝对不可——"他刚开口就停了下来。然后,他突然站起来,恼怒地说:"我拒绝回答和我的病人有关的问题,雷恩先生,而且这跟你没关系——"

"但你已经回答了,医生,"雷恩礼貌地说,"是约克·哈特,我想?"

老医生僵硬地站在写字台后,低头盯着自己的记事簿。"很好,"他艰难地低声说道,"是的,是约克。大约九个月前。他来找我,他的手臂上长了疹子,就在手腕上方。不是什么大事,虽然他看起来特别关注这件事。我给他开了一种含有秘鲁香膏——又叫黑膏——的药膏。出于某种原因,他要求我保密——他说他很在意这个,并请我不要告诉任何人,甚至包括他的家人……秘鲁香膏。我早该想到……"

"是的。"雷恩干涩地回答,"你的确应该想到。这能给我们省掉不少麻烦。后来他又找过你吗?"

"没为这事儿找过。他问过我——其他事。我问过他皮肤的情况,他说疹子隔一阵子就会复发,于是他就搽一下我开的药膏。他自己开的药方,我想——他有药学学位。他连包扎胳膊都自己来。"

"自己?"

梅里亚姆医生看起来有点儿心烦:"呃,他说有一次,他的儿媳玛莎无意中撞见了他正在搽药膏。于是他不得不告诉她,自己的手臂出了什么问题。她似乎很同情,从那以后,她时不时会帮他包扎胳膊。"

"有意思,"雷恩喃喃地说,"那么哈特和玛莎之间应该没有翁媳问题。"

"我相信没有。他跟我说,他不怕她知道。他说,无论如何,她是那个家里他唯一一个愿意托付秘密的人。"

"嗯……玛莎。从某种意义上说,那时候他们俩的确是那个家里仅有的外人。"雷恩停了一下,然后轻快地说,"约克·哈特的皮肤病是什么造成的,医生?"

医生眨了眨眼:"血液问题。雷恩先生,这真是——"

"你能把原始的处方重新写一份给我吗?"

"没问题。"梅里亚姆如释重负地回答。他掏出一本空白处方,用一支和他的办公室一样老派的大钝笔吃力地写了起来。等他写完以后,雷恩接过处方,瞥了一眼:"都无毒吧,我想?"

"当然没有!"

"只是保险起见,医生。"雷恩一边喃喃地说,一边把处方收进自己的皮夹,"现在,如果你愿意让我看看你给约克·哈特写的病历档案……"

"啊?"梅里亚姆医生又眨了眨眼,速度很快,红潮一路涌到了他苍白的耳朵旁边。"我的病历档案?"他叫道,"这太荒谬了!要我向你透露病人的隐私细节……啊,我从没听过这样的要求!我应——"

"梅里亚姆医生,我们还是互相理解一下吧。我完全理解并赞赏你的态度。但是,你应该知道,我来到这里,作为法律的代表,是得到授权的,我唯一的目标是逮捕一名杀人犯。"

"是的,但我不能——"

"可能还会发生新的谋杀案。协助警方是你的职责,你手头可能有我们尚未掌握的有价值的信息。相比之下,你保密的职业操守是不是可以放一放呢?"

"我做不到,"医生嘟嘟囔囔地说,"这违反了医学的职业道德。"

"让你的医学职业道德见鬼去吧,"微笑从雷恩脸上消失了,"要我告诉你,你为什么不愿意告诉我吗?职业道德?!我虽然是个聋子,你以为我也一样瞎吗?"

某种类似警惕的神情悄悄出现在老医生眼里,随后他立即垂下长着皱纹的眼睑,掩盖了他的神情。"你到底想……"他支支吾吾地说,"你是什么意思?"

"我正是这个意思。你拒绝向我公开哈特的病历,是因为你担心我会发现他们家有病的秘密。"

梅里亚姆医生没有抬起眼睛。雷恩放松下来,脸上似有若无的笑容又回来了,但那不是胜利的微笑,反倒十分悲伤。"真的,医生,有些事简直呼之欲出。为什么路易莎·坎皮恩生下来就又盲又哑,后来还聋了……"梅里亚姆医生脸色苍白。"为什么芭芭拉·哈特是个天才……为什么康拉德·哈特暴躁易怒,他为什么狂喝滥饮,浪掷生命……为什么吉尔·哈特鲁莽、美貌,但天性恶毒,就像鹰身女妖……"

"噢,别说了,看在上帝的分儿上,"梅里亚姆医生喊道,"我认识他们这么久了——看着他们长大——为他们而战,争取让他们活得像体面的人类……"

"我明白,医生,"雷恩温和地说,"你奉行着你这个职业最勇敢无私的道德。与此同时,人性本身决定了什么样的举措才是真正的英勇。正如克劳狄斯[1]所说,'顽症需用猛药'。"

梅里亚姆医生颓然坐在椅子里。

"不需要花太多精力,"雷恩用同样温和的声音继续说道,"我知道他们为什么都有点儿疯狂、野性难驯、异乎寻常,为什么可怜的约克·哈特会自杀。当然,问题的根源是埃米莉·哈特。现在,我毫不怀疑,她的第一任丈夫,托马斯·坎皮恩[2]的死也应该归咎于她,在他意识到危险之前,就已被她传染。她也传染了自己的第二任丈夫,哈特,并将有问题的病菌传给了她的孩子,以及孩子的孩子……在这件事上,我们必须达成一致意见,这至关重要。医生,请在眼前的紧急情况下忘掉所有道德方面的顾虑。"

---

1 指莎士比亚悲剧《哈姆雷特》中哈姆雷特的篡位叔叔。——编者注
2 即前文中出现的"汤姆·坎皮恩"。——编者注

"好的。"

雷恩叹了口气:"席林医生在解剖中没有发现这方面的迹象,所以我推测,你差不多治好了她?"

"当时已经来不及救其他人了。"梅里亚姆咕哝着说。他一言不发地站起身来,步履沉重地走向办公室角落里一个上锁的柜子。他打开锁,翻到一个文件夹,取出了几张大尺寸的索引卡。他默默把这几张卡片递给雷恩,然后重新坐下,微微发抖,脸色苍白。在雷恩阅读这几张卡片的整个过程中,他一直没出声。

卡片上的记录十分冗长,里面描述的特征相似得惊人。阅读的时候,雷恩时不时点点头。他那张光滑而显得年轻的脸上,表情越来越悲伤。哈特夫人的病历能追溯到梅里亚姆医生三十年前刚接手她时,当时路易莎·坎皮恩、芭芭拉和康拉德·哈特已经出生,这份病例一直记录到她死亡。这份记录令人沮丧,雷恩皱着眉头把它放到一边。他翻着卡片,找出了约克·哈特的。这份记录没那么详细,匆匆浏览了一遍大量的笔记以后,雷恩注意到了最后一个条目,日期是去年哈特失踪之前一个月:

年龄67岁……体重155磅,良好……身高5英尺5英寸……血压190……心脏情况,不良……皮肤干净……沃塞曼测验[1]——1+。

接下来雷恩查看了路易莎·坎皮恩的卡片,最后一条记录的日

---

[1] 指梅毒抗体测试。——编者注

期是今年的五月十四日：

> 年龄40岁……体重148磅（超重）……身高5英尺4英寸……初期冠心病……眼、耳、喉——没有希望？……神经衰弱越来越严重……沃塞曼测验——阴性。注意心脏……节食#114号处方。

根据病历上的记载，康拉德·哈特最后一次来见梅里亚姆医生是去年四月十八日：

> 年龄31岁……体重175磅（糟糕）……身高5英尺10英寸……整体情况不良……肝脏糟糕……心脏肥大……明显酗酒……沃塞曼测验——阴性……比上次来访情况更糟……开处方要求安静生活，但没用。

芭芭拉·哈特，根据病历上的最后一条记录，她去年十二月初来见过梅里亚姆医生：

> 年龄36岁……体重127磅（偏轻）……身高5英尺7英寸……贫血恶化……处方，食用动物肝脏……整体情况良好……如果能解决贫血，情况很好……沃塞曼测验——阴性……结婚应该对她有所帮助。

吉尔·哈特，今年二月二十四日：

年龄25岁……体重135磅（略微偏瘦）……身高5英尺5.5英寸……整体情况下滑……尝试神经补剂……初期心悸？……轻微酗酒……右下智齿脓肿——已处理……沃塞曼测验——阴性。

杰基·哈特，今年五月一日：

年龄13岁……体重80磅……身高4英尺8英寸……小心看管……青春期后期……低于正常，体格……沃塞曼测验——阴性。

比利·哈特，今年五月一日：

年龄4岁……体重32磅……身高2英尺10英寸……心肺情况优秀……所有方面看起来都很正常，发育良好……观察。

"相当伤感，"哲瑞·雷恩先生把所有卡片重新收好，还给梅里亚姆医生，"我看你这儿没有玛莎·哈特的记录。"

"是的，"梅里亚姆闷闷不乐地回答，"她两次分娩都是别的医生接生的，不知为何，她从没找过我，但她会定期带两个孩子来我这儿检查。"

"那她知道咯？"

"是的。所以她憎恨鄙视自己的丈夫，有什么可奇怪的呢？"

他站起身来。显然他反感这次谈话,现在他那张老脸上流露出某种坚定的神情,使雷恩也情不自禁地站起来,取过自己的帽子。

"关于有人试图向路易莎·坎皮恩下毒以及哈特夫人被害的事情,你有什么想法吗,医生?"

"如果你发现这个杀人犯兼下毒犯是哈特家的任何一个人,我都不会感到惊讶。"梅里亚姆医生冷冰冰地说。他绕过办公桌,把自己的手放在门上。"你也许可以逮捕、审判那个有罪的人,给他定罪,雷恩先生。但容我告诉你,"他们彼此对望了心跳一拍的时间,"只要懂一点儿科学,或者有一点儿常识,你就绝不会认为,哈特家有任何一个人应该从道德层面上对这桩罪案负责。他们的脑子被一种可怕的遗传病搅乱了。他们中的每一个人都不会有好下场。"

"我真诚地相信,事情不会这样。"哲瑞·雷恩先生说完这句便告辞离开了。

第七场

哈特宅

六月九日,星期四,下午三点

雷恩独自度过了接下来的两个小时。他需要独处。他对自己感到恼怒。对这个反常的案子,他为什么做不到公事公办?他质问自己。归根结底,他的职责,如果有的话,是守护法律。但果真如此吗？也许正义对他的要求不止于此……

德洛米奥载着他驶向市郊的修士俱乐部时，他反复这样诘问自己。他的良知让他不得安生。哪怕安静地坐在俱乐部他最喜欢的那个角落里，一边独自用午餐，一边机械地回应朋友、熟人和剧院老同事的问候，他也没法让自己的精神放松下来。他拨弄着食物，脸越拉越长。今天就连英式羊肉都不那么美味了。吃完午餐后，像扑火的飞蛾一样，哲瑞·雷恩先生吩咐德洛米奥开车送他去市中心的哈特宅。

大宅里很安静，对此他暗自感激。他穿过门廊走进前厅，看门人乔治·阿巴克尔顶着他那张粗野的面孔，蛮横地对他怒目而视。

"萨姆探长在吗？"

"在楼上佩里先生的房间里。"

"请他到实验室来。"

雷恩满怀心事地爬上楼梯。通往实验室的门开着，莫舍探员疲惫无力地坐在窗边那张工作台前。

萨姆探长的扁鼻子冒了出来，他咕哝着打了声招呼。莫舍猛地站起身来，但萨姆挥手示意他坐下。探长站在那里，不安地望向正忙着翻文件柜的雷恩。过了好一会儿他才直起腰来，手里拿着记录实验室库存物品的目录文件夹。

"啊，"他说，"找到了。请稍等，探长。"

他坐在旧翻盖写字台旁那把烧焦了一半的转椅上，开始仔细查看文件夹里的目录卡片。每张卡片他都会匆匆瞥上一眼，然后几乎毫不停顿地翻到下一张。不过，翻到第三十张的时候，他停下来小心地细看了一番。萨姆凑到他身后，越过他的肩膀去看是什么让他如此感兴趣。卡片上写着"30号",编码下方的文字是"琼脂"。但雷恩感兴趣的似乎是,"琼脂"二字被铅笔整齐地画掉了,下面新添了"秘鲁香膏"几个字。"这是什么见鬼的玩意儿?"萨姆问道。

"耐心,探长。"他起身走向爆炸后玻璃碎片被扫成一堆的那个角落。他站在那堆碎片前,似乎在全神贯注地查看那些受损不太严重的瓶瓶罐罐。这样的搜寻并不成功,于是他走到被火烧过的架子前面,抬头望向顶层中间的格子。这一格里连一个瓶子或罐子都没剩下。他点点头,回到碎片堆旁,挑了几个完好无损的瓶子和罐子,小心地把它们摆到了顶层中间的格子里。"完美。"他搓着手说,"完美。现在,探长,我可以派莫舍去办一件小事吗?"

"当然。"

"莫舍,去请玛莎·哈特。"

莫舍快速蹦了起来,咧嘴一笑,拖着步子走出了实验室。很快他就回来了,玛莎走在他前面,他关上身后的门,整个人都靠在门上,像个被任命的军士。

玛莎·哈特犹疑地站在萨姆和雷恩面前,打量着他俩的表情。她看起来从来没有这么憔悴过,眼睛下方挂着浓重的深紫色阴影,她鼻子紧缩,抿着嘴唇,脸色苍白灰败。

"请坐,哈特太太,"雷恩和蔼地说,"我们想问你一点儿事情……据我所知,你公公的皮肤有一点儿小毛病?"

她正打算坐下,却被这句话吓了一跳。"怎么——"然后她坐进了那把转椅,"是的,没错。但你是怎么知道的?我以为没人——"

"你以为没人知道，除了你、约克·哈特和梅里亚姆医生以外。很简单的事情……你私下里帮哈特先生搽过药，还帮他包扎过手臂？"

"这到底是在闹哪一出啊？"萨姆嘟嘟囔囔。

"请原谅，探长……嗯，哈特太太？"

"是的，我帮过他。有时候他会请我帮忙。"

"那种药膏叫什么名字，哈特太太？"

"名字我真不记得了。"

"你知道哈特先生把它放在哪里吗？"

"噢，知道！药膏装在那边的一个普通罐子里……"她站起来快步走向那排架子。站在架子中间，她踮起脚来，正好够到顶层，她伸手取下了一个雷恩不久前刚放到架子上那个位置的罐子。雷恩的目光紧紧钉在她身上，他看到她取下的罐子正是中间那格正中的那个。

她把罐子递给他，但他摇了摇头："请拧开盖子，闻一闻罐子里的东西，哈特太太。"

她疑惑地遵从了。"噢，不是这个，"她一闻就大声说道，"这不是那种药膏。首先，它看起来像是比较稀的蜂蜜，而且闻起来就像——"她的话戛然而止，房间里立即一片死寂。她的牙齿深深咬住了自己的下唇。一种极度恐惧的表情在她疲惫的脸上蔓延开来，罐子从她手里掉下去，在地板上摔得粉碎。

萨姆紧盯着她。"嗯？"他的声音沙哑，"它闻起来像什么，哈特太太？"

"说呀，哈特太太？"雷恩柔声催促。

她把头摇得像机械娃娃一样:"我不……不记得了。"

"像香草味,对吧,哈特太太?"

她开始朝房间外退去,被魇住的视线一直黏在雷恩身上。他叹了口气,站起来像父亲一样慈爱地拍了拍她的手臂,示意莫舍退开,然后帮她推开了门。她像在梦游一样慢吞吞地走了出去。

"老天爷!"萨姆跳起来大喊,"皮肤病——香草味!这太惊人了,朋友,令人震惊!"

哲瑞·雷恩先生走到壁炉旁,躬身站定,背朝空着的炉膛。"是的,"他若有所思地说,"我相信,我们终于找到坎皮恩小姐所说的气味来自哪里了,探长。"

萨姆激动极了,他来回踱步,更像在自言自语,而不是对雷恩说话:"好极了!一个大突破……想想看吧,佩里的事情……老天爷啊!香草味——还有药膏……你有什么看法,雷恩先生?"

"我觉得你把佩里先生抓进监狱有欠考虑,探长。"雷恩笑道。

"哦,那个!没错,我也开始这样认为了。是的,先生,"萨姆继续说道,眼神灵动,"我开始看到曙光了。"

"是吗?"雷恩立即问道,"那是什么呢?"

"噢,不,别这样,"探长笑道,"你已经赢过一局了,雷恩先生,现在轮到我了。目前我还没查到什么像样的东西。但在这桩见鬼的案子里,我头一次觉得有正经事可干了。"

雷恩稳稳地打量着他:"你有一套想法了?"

"从某个角度来说,算是吧,"萨姆轻快地笑了起来,"刚刚才想到的。你也提到过这种可能性,雷恩先生。好极了!天哪,如

233

果真是这样……"他走向门口。"莫舍，"他厉声喊道，"你和平克把这间屋子看好了，明白吗？"他望了一眼窗户，所有窗户都被木板封了起来。"一秒都不许离开。记住！"

"遵命，探长。"

"要是你们溜号了，我就缴了你们的警徽。你明白我的想法吗，雷恩先生？"

"我完全不知道你的想法是什么，探长……顺便问一句，趁你还在这儿——你有卷尺吗？"

萨姆在门口突然停了一下，瞪大了眼睛："卷尺？你要这玩意儿干啥？"他从背心里掏出一把便携折叠尺，递给了雷恩。

雷恩笑着接过折尺，再次走向那排架子。他掰直尺子，测量了架子顶层搁板下缘和第二层搁板上缘之间的距离。"嗯，"他喃喃地说，"六英寸……很好，很好！加上层板本身厚一英寸……"他摸着自己的下巴点了点头，表情像是满意，但又有几分阴郁，他把尺子重新折好，还给了萨姆。

萨姆刚才的振奋似乎一下子一扫而空。"想想看吧，"他不满地说，"你昨天说，你有两条线索。其中一条是香草味……这是第二条吗？"

"啊？噢，你是说量架子？算不上。"雷恩心不在焉地摇了摇头，"另一条线索我还在调查。"

探长有些迟疑，似乎想问点什么，然后他像个决心暂时放手的人那样摇摇头，离开了实验室。莫舍漠不关心地作壁上观。

雷恩跟在萨姆后面拖着慢吞吞的步子走出了实验室。他朝隔壁史密斯小姐的房间里望了一眼，屋里没人。顺着走廊又走了几步以后，他在东南角的一扇门前停下来，敲了敲门，没人开门。他走下楼梯，一路上没碰见任何人，穿过后廊走进花园。尽管空气依然冷冽，史密斯小姐仍坐在那把大遮阳伞下面读一本书，在她身旁，路易莎·坎皮恩倚在一张躺椅上，显然已经睡着了。杰基和比利蹲在她们附近的草丛里，专注地盯着地面，他们难得这么安静：兄弟俩正在观察一处蚂蚁窝，两个人似乎都被这群脚步匆匆的忙碌昆虫迷住了。

"史密斯小姐，"雷恩说道，"你能告诉我，我该去哪儿找芭芭拉·哈特小姐吗？"

"噢！"史密斯小姐倒抽一口凉气，放下手里的书，"抱歉，你吓了我一跳。我想哈特小姐得到探长的许可，出门去了，但我不知道她去了哪里，也不知道她什么时候回来。"

"我明白了。"他低下头抻了抻自己的裤子。比利扬着一张红扑扑的小脸，抬起身子大声叫嚷："给我糖果，给我糖果！"

"你好，比利。"雷恩严肃地说。

"小芭去监狱了，小芭去监狱看佩里先生了！"十三岁的杰基一边喊叫，一边试探着拽了拽雷恩的藤杖。

"有这个可能。"史密斯小姐抽了抽鼻子。

雷恩礼貌地摆脱了两个男孩的纠缠——他似乎无心玩耍——穿过大宅外围的小巷，走向瓦弗利广场。德洛米奥把车停在街角等他，他回头看了一眼，眼里满是懊恼。然后他心事重重地钻进了车里。

第八场

芭芭拉的工作室
六月十日，星期五，上午十一点

第二天，哲瑞·雷恩先生再次来到这幢大宅的时候，那种暗藏危险的平静氛围仍笼罩着疯帽子的小屋。探长不在，根据阿巴克尔的说法，他似乎前一天下午离开后就没回来过。是的，芭芭拉小姐在家。

"她在卧室里用的早餐，"阿巴克尔太太酸溜溜地说，"直到现在也没下楼，都十一点了。"

"麻烦问一问，我能不能见见她。"

阿巴克尔太太表情丰富地抬起一边眉毛，但还是顺从地拖着沉重的脚步爬上了楼梯。回来的时候，她说："她说可以。直接上去就行。"

雷恩在他前一天下午敲过门的那间屋子里找到了这位女诗人。她正在用一支玉石长烟嘴抽烟，坐在一扇俯瞰公园的飘窗窗台上，双腿垂在窗台边。"请进，请原谅我衣衫不整。"

"十分迷人。"

芭芭拉穿着一件丝绸旗袍式的便袍，淡金色的头发瀑布般垂在肩头。"请别介意我屋里这么乱，雷恩先生，"她笑着说，"我邋遢得出名，这里还没整理好。也许我们还是去工作室那边为好。"

她带头穿过一道半掩的帷幕，走进卧室的另一边。这里布置得十分简洁——一张平顶的大写字台，墙边凌乱的书架，一台打字机，一把椅子。"我一上午都在涂涂写写，"她解释道，"请务必坐在这把椅子上，雷恩先生。我可以坐写字台。"

"谢谢你。房间很舒服，哈特小姐，而且十分符合我的想象。"

"真的？"她大笑起来，"人们对这幢房子——以及我本人——的描述总是极尽夸张。我曾听人说过，我卧室里的墙壁、地板和天花板都镶满了镜子——多么纵情声色的精致趣味，你瞧！还有，我每周都会换一个情人；我其实是个性冷淡；我一天要喝三夸脱[1]黑咖啡，外加一加仑[2]金酒……其实啊，正如你那双锐眼一定能看出来的，雷恩先生，我是个再平庸不过的人。一个没有恶习的女诗人，跟那些流言说的完全不一样。"

雷恩叹了口气："哈特小姐，我来到这里是专门有个问题想问你。"

"是吗？"愉快和安宁被打破了。"是什么问题呢，雷恩先生？"她拾起一支削得非常尖的大头巨型铅笔，开始在写字台上漫无目的地写写画画。

"我第一次见你的时候，也就是你和萨姆探长、地方检察官布鲁诺以及我本人谈话那次，你提到的一件事几乎没道理地一直在我脑子里盘桓。这么久以来我一直想再问问你这件事，哈特小姐。"

"嗯？"她低声说道。

雷恩深深地望着她的眼睛："你的父亲写过侦探故事吗？"

---

[1] 1夸脱（美制）约合0.946升。——编者注
[2] 1加仑（美制）合3.785升。——编者注

她一脸震惊地瞪着他，香烟从她嘴边滑落。他一眼就能看出，这份震惊如此真实，仿佛她本来几乎带着恐惧地以为他会问另一个完全无关的问题。"怎么……"她大笑起来，"太了不起了，雷恩先生！你就像那位可爱的老福尔摩斯，我小时候一度沉迷于他的冒险故事……是的，父亲的确写过。但看在上帝的分儿上，你怎么会知道？"

哲瑞·雷恩先生又盯着她看了一会儿，然后他从牙缝里吁了口气，放松下来。"那么，"他慢慢说道，"我猜对了。"无穷的悲伤填满了他的眼睛，他迅速垂下眼睑，掩饰自己的眼神。她似笑不笑地看着他。"当时你说，你的父亲写过小说。至于我这个专门的问题——某些事实表明，这种可能性几乎是板上钉钉的程度。"

她碾灭烟头。"恐怕我没太听懂，"她说，"但我——我相信你，雷恩先生……有一段时间——去年秋初——父亲很不好意思地找到我，问我能不能给他推荐一位优秀的文学经纪人。我推荐了我的经纪人给他。当时我十分震惊——他是在写什么东西吗？"

她停顿了一下。雷恩咕哝着说："请继续说。"

"起初父亲很害羞。但我总是催他，最后，在我保证保密的前提下，他承认自己正在尝试设计一个侦探故事。"

"设计？"雷恩立即问道。

"根据我的记忆，他就是这样说的。他已经把自己的想法写成了大纲。他觉得自己编造的剧情十分精巧，他想咨询一下出版业的专业人士，看看这篇小说写完后有多大的前途。"

"是的，是的，我能理解。一切都很清晰。他还说过什么吗，哈特小姐？"

"没有。其实吧,我不太——不太感兴趣,雷恩先生。"她嗫嚅着说,"现在我为此感到羞愧。"她盯着自己的铅笔:"但在当时,我觉得很好笑。向来醉心于科学的父亲突然有了创作的冲动。那是我最后一次听他说这件事。"

"你有没有跟谁提起过这件事?"

她摇摇头:"我已经完全把这件事给忘了,直到刚才你问起。"

"你的父亲很喜欢保密,"雷恩表示,"他会不会跟你母亲或者其他人提起过?"

"我确定他没提过。如果有的话,我应该会听说。"她叹了口气,"吉尔没什么脑子,又管不住嘴,我清楚得很,要是她知道了,肯定会到处乱说这件滑稽事。康拉德会当成笑话告诉我们,而且我确定,父亲绝不会告诉母亲。"

"你为什么这么确定?"

她握紧拳头,然后盯着它。"因为父亲和母亲这么多年来关系一直不好,雷恩先生。"她低沉地说。

"我明白了。抱歉……你有没有亲眼见到过这份手稿?"

"没有。我觉得应该没有手稿——只有一份列出了核心想法的大纲,就像我刚才说的那样。"

"你觉得他可能会把这份大纲放在哪里?"

她无可奈何地耸耸肩:"我一点儿也想不出来,除非在他那间炼金实验室里的某个地方。"

"那么他的想法本身——你说他觉得自己的想法十分精巧。这个想法到底是什么,哈特小姐?"

"我不知道。他没跟我说过故事内容。"
"关于这个侦探故事,哈特先生咨询过你的经纪人吗?"
"我确信他没有。"
"你怎么知道?"
"我问过我的经纪人,父亲有没有找过他,他说没有。"
哲瑞·雷恩先生站起身来:"你帮了个大忙,哈特小姐。谢谢你。"

第九场

实验室
六月十日,星期五,下午三点三十分

几个小时后,等到房子里安静下来以后,雷恩先生悄悄登上阁楼,爬上了通往屋顶的小楼梯,他推开翻板门,来到滑溜溜的屋顶上。一位身穿雨衣、打着雨伞的探员可怜兮兮地靠在烟囱上。雷恩愉快地跟他打了个招呼,没有理会打湿衣服的雨滴,探头望向黑乎乎的烟囱里面。他什么都没看见,但他知道,要是有一把手电筒,他应该能看到案发房间和实验室之间那堵隔墙的墙顶。他若有所思地在屋顶上站了一会儿,然后挥别值班的探员,穿过翻板门,原路下去了。

他在二楼停下来查看了一番。所有卧室的门都关着,走廊里空无一人。他迅速拧开实验室的门把手,走了进去。莫舍探员从正在读的报纸里抬起头来。"哎哟,"莫舍热情地说,"这不是雷恩先生吗。很高兴看到你。这真是我干过的最糟糕的工作。"

"毫无疑问。"雷恩喃喃表示赞同,他的眼睛转个不停。

"我想说的是,能看到一张像样的人脸可真是太好了。"莫舍继续亲切地说,"这里安静得像一座坟墓——嗜,嗜!"

"的确……莫舍,或许你可以帮我个忙。或者帮你屋顶上那位同事。"

"谁——克劳斯?"莫舍疑惑地问。

"我相信他就叫这个名字。请到屋顶上去,和他待在一起。他似乎很需要陪伴。"

"噢,"莫舍挪着双脚,"嗯,这么说的话,我不知道,雷恩先生。长官的命令很严格——我不能离开这个房间。"

"责任全部由我来担,莫舍,"雷恩有点儿不耐烦地说,"请现在就上去!或许你在上面可以多加留意。接下来的几分钟里,我不希望受到任何打扰。如果有人想上屋顶,就把他吓跑。但别动手,记住了。"

"嗯,"莫舍迟疑着说,"好吧,雷恩先生。"他慢吞吞地离开了实验室。

雷恩灰绿色的眼睛闪闪发亮。他跟着莫舍走进过道,一直等到探员消失在楼梯里,他才打开隔壁案发房间的门,走了进去。屋子里空无一人。他快步走到俯瞰花园的窗边,确定所有窗户都关好并上了闩,这才回到门口,把门锁拧到反锁的位置,然后跑到外面的走廊里,用力关上房门,拧了拧把手,门反锁上了。他迅速回到实验室,从里面反锁好门,脱掉外套,卷起袖子,开始干活儿。

起初他似乎对壁炉很感兴趣。他摸了摸壁炉架,把头伸进弧形的石头炉门,然后又退了出来……他迟疑了片刻,四下环顾。翻盖写字台在火灾中受损严重。铁文件柜他之前检查过。那个被烧掉了一半的梳妆台?不太可能。

他低头俯身,毫不犹豫地钻进壁炉,在壁炉外墙和尽头那堵防火砖墙之间直起腰来。隔墙的砖块很有些年头了,它们已经被熏得漆黑,摸起来很光滑,墙顶几乎和雷恩的头齐平。他的身高有六英尺出头一点儿。他从背心口袋里掏出一支铅笔小手电,用它细小的光柱照亮了隔墙的砖块。不管他指望通过这么粗略的检查发现什么,目前都还没有收获,墙上的砖块看起来都很牢固。无论如何,他还是敲遍了每一块砖,这里捅捅,那里捅捅,寻找有没有哪块松动。最后,确定了隔墙至少在实验室这面没什么猫腻以后,他这才直起腰来,打量着这堵墙。

应该翻得过去,他想道,哪怕是上了年纪的先生也没问题。他把铅笔手电搁在墙顶,抓住墙边,纵身把自己拉了上去。他翻过隔墙,从卧室那边跳了下去,敏捷得惊人。虽然年届六十,但他的肌肉依然和年轻人一样富有弹性……就在他翻过墙顶的时候,他感觉到从烟囱里落下来的雨点轻柔地滴在自己无遮无拦的头和脸上。

在卧室这面,他又找了一圈松动的砖块,同样没有任何发现。这次他的眉头皱了起来。他再次爬上墙顶,但这一次,他叉开腿跨坐在墙顶,就像骑马一样,然后打开手电筒四处查看。

他几乎立刻僵住了,眉头舒展开来。在这里,距离墙顶大约一英尺的高处,烟囱内壁上有一块砖明显是松的:它周围的灰浆已经没了，而且它比周围的砖块微微凸出一点儿。雷恩的手指像铁爪般抓住微凸的位置，开始向外拔。他险些失去平衡，栽到地上。因为伴随着轻微的摩擦声，这块砖一下子就被拔了出来。他小心地把砖块放在自己两腿之间的墙顶上，用手电筒照亮了砖块后面露出来的黑漆漆的长方形空间。在这个被费力挖掘出来、外窄内阔的墙洞里，有个白色的东西正在反光！

雷恩伸出手指探了进去。他把手收回来的时候，指间拈着一团被煤烟染得污迹斑斑、叠得很小的黄白色的纸。雷恩快速瞥了纸团一眼，就把它揣进屁兜，弓起身子继续检查那个墙洞。有什么东西在手电筒的光柱中闪了一下。他摸了摸，墙洞最深处的砖上还有一个凹坑，他从里面掏出了一个塞得紧紧的小试管。

他的眼神暗了一下，随后他更仔细地把它检查了一番。试管没有标签，里面装满了一种泛白的液体。他又小心地摸了摸，洞里还有一支带橡皮帽的滴管。但他没去碰它，也没把抽出来的砖块塞回去，而是从防火砖墙头跳到了实验室那边的地面上，然后伸手取下墙头那支装着白色液体的试管，钻回了实验室里。

现在他的眼睛是冰冷的绿色，灰色淡得几乎看不见了，仿佛正在经受极大的痛苦。他阴郁地把试管放进刚才脱掉的外套衣兜里，走到一张被烧黑的工作台旁边，从屁兜里掏出那团被熏黑的纸，慢慢展平……原来是几张薄薄的廉价打印纸，上面的笔迹一丝不苟。他开始读了起来。

正如雷恩将在很久以后揭露的，在哈特案的调查中，这是一个重要的时刻。但在他阅读这份文件的时候，从他的表情来看，你会说，这个发现让他感到沮丧，而不是振奋。当然，在阅读过程中，他的脸色越来越黑。他时不时郁郁地点头，仿佛心里已有的某些结论得到了确认。读到一个地方的时候，一种完全是惊叹的表情占据了他的整张脸。但这短暂的感情流露很快被他收敛起来，等他终于读完以后，他似乎很不想动，好像一动不动地坐在那里就能让时间停止流动，让事件不再发生，让高悬在他前方的不可避免的悲剧消失不见。但接下来，他眨眨眼，从身旁的杂物堆里找出了铅笔和纸，开始快速书写。他写了很长时间，费劲地将他找到的这份文件抄写了一遍。完成这个任务以后，他站起身，把抄本和原始文件都塞进裤兜，穿上外套，掸掉裤子上的灰尘，然后打开了实验室的门。他探头查看，安静的走廊里依然空无一人。

他站在那里等了很久，安静得像死了一样。终于，他听到楼下传来了动静。他动身走向楼梯栏杆。透过栏杆和地板之间的缝隙，他看到阿巴克尔太太摇摇摆摆地走向厨房。"阿巴克尔太太。"他柔声喊道。

她惊了一下，猛地抬起头来："谁——噢，是你！我都不知道你还在这儿。有什么吩咐吗，先生？"

"你能行行好，从你的厨房里给我拿一个小圆面包和——是的，一杯牛奶吗？"雷恩亲切地说。

她愣愣地站在那里，抬头看着他。然后，她闷闷不乐地点了点头，摇摇摆摆地走出了他的视线。等候的时候，他和刚才一样不自然地僵在那里。没过多久，她捧着一个托盘回来了，托盘里放着一个果酱面包和一杯牛奶。她吃力地爬上楼梯，越过栏杆把托盘递给他。

"牛奶没多少了，"她快速说道，"只有这么一点儿。"

"有这么多就够了，谢谢你。"他拿起杯子，开始喝牛奶。她嘟嘟囔囔地下了楼，看起来还是很不友好。但她刚走到一楼，消失在通往后廊的走廊里面，雷恩立即停止了喝牛奶的动作，冲回实验室，再次牢牢地闩上了身后的门。

现在他很清楚自己想要什么。他把托盘放在工作台上，然后开始在架子下方的地柜里翻找。柜子里的东西受损的程度没那么严重，因为有柜门的保护，而且比较靠近地板。很快他就找到了想要的东西。他直起身来，手里拿着一支小试管和一个木塞，和刚才在洞里找到的那个一模一样。在工作台的水龙头下面把它洗干净以后，他分毫不差地比照着从洞里找到的那支试管内白色液面的高度，极其小心地把杯子里的牛奶倒进空试管。

当他确信两支试管看起来十分相似时，他停止倾倒，把杯子里剩下的牛奶倒进工作台水槽，重新爬到壁炉里那堵防火砖墙顶上，跨坐在上面，把装牛奶的试管塞进了最开始找到另一支试管的地方。他没碰洞里那支滴管。然后，那几张泛黄的纸也被他重新团起来，放回了原来的位置。他把松动的砖块按照原样塞回去，这才跳下墙头，不太愉快地搓了搓手。他脸上皱纹深陷。

突然，好像想起了什么暂时被忘掉的事情一样，他打开实验室的门闩，转身再次翻过壁炉里的隔墙，跳到了卧室那边。他打开卧室房门，走进过道，然后穿过那扇如今没锁的门回到实验室里。"莫舍！"他冲着烟囱上面谨慎地喊道，"莫舍！"冰凉的雨点滴落在他滚烫的脸上。

"怎么啦，雷恩先生？"烟囱里传来莫舍闷闷的声音。雷恩抬起头,隐约看见一个脑袋从烟囱口框成的灰格子里冒了出来。

"马上下来。克劳斯留在屋顶上。"

"遵命!"莫舍痛快地应了一声,他的脸消失了。片刻之后,他冲进了实验室里。"我来啦。"他露出灿烂的笑容。他的制服上缀着一串串细小的雨珠,但他似乎毫不在意。"找到你想找的东西了吗?"

"啊——这你就别管了,莫舍。"雷恩回答。他在房间中央站了一会儿,脚牢牢钉在地上。"有没有谁想上屋顶,靠近烟囱?"

"连个鬼都没有。没什么动静,雷恩先生。"莫舍的眼睛瞪大了。因为雷恩从背后抽出右手,把一样东西送到自己嘴边……莫舍惊讶地发现,那是一个小圆面包。雷恩若有所思地慢慢啃着面包,仿佛这幢房子里压根儿就没有下毒这回事。

但他的左手藏在外套衣兜里,紧紧握着那管白色液体。

第三幕

"厄运啊,让我拥抱你,

因为智者们说这是最聪明的办法。"[1]

第一场

警察总部

六月十日,星期五,下午五点

在那个冷雨连绵的六月下午,哲瑞·雷恩先生走出哈特宅,看起来比进去时老了十岁。要是萨姆探长在场,他肯定会好奇,明明胜利在望,为什么雷恩看起来就好像处处受阻一样。这不像他。他

---

[1] 引自莎士比亚剧本《亨利六世》下篇,第三幕第一场。

之所以看起来只有四十岁，是因为他早早学会了净化焦虑的倾向，直至它消失。可是现在，仿佛他一生秉持的信念，也就是保持平静，被无可挽回地粉碎了。他像个老人一样爬回车上，疲惫地对德洛米奥说："去警察总部。"然后陷进了坐垫里。驱车前往中央大街那幢灰色大楼的路上，他脸上的表情一直混杂着悲哀和责任感，似乎满怀悲伤地发现了一件特别重要的事情。

但是，雷恩毕竟是雷恩，当他踏上警察总部的台阶时，原来的哲瑞·雷恩又回来了：愉快，优雅，镇定，充满自信，脚步轻快。前台值班的副官认出了他，于是派了一位警佐护送他去萨姆探长的办公室。

这似乎注定是悲伤的一天，因为他发现探长顶着他那张丑陋的面孔待在那里，郁郁不乐地坐在转椅上，愣愣地盯着自己粗壮的手指间夹着的一支熄灭的雪茄。当他看到雷恩时，某种像是愉快的表情点亮了探长的脸颊。他迫不及待地紧紧握住了雷恩的手："看到你我真是太高兴了。有什么事吗，雷恩先生？"雷恩挥挥手，叹了口气，然后坐了下来。"有什么新消息吗？这地方比太平间还要死气沉沉。"

雷恩点点头："你和布鲁诺先生应该对这个新消息非常感兴趣。"

"别闹！"萨姆喊道。"别跟我说你找到了——"他停下来，狐疑地瞥了雷恩一眼，"你说的该不会是佩里那条线吧？"

"佩里那条线？"雷恩皱眉，"恐怕我没太听懂。"

"那就好。"探长把熄灭的雪茄塞到自己嘴里，心事重重地嚼着，"这次我们发现了一些真东西。你知道吧，昨天我把佩里放走了。芭芭拉·哈特大闹了一场——她请了一位大律师——总而言之……这也没什么坏处，因为我们把他监视起来了。"

"为什么呢？你还是觉得埃德加·佩里跟这些案子有关，对吗，探长？"

"要是换了你，你会怎么觉得？别人又会怎么觉得？别忘了这个前提——佩里的真实姓氏是坎皮恩，他是路易莎同父异母的哥哥，他的父亲是埃米莉·哈特的前夫。行吧。当我和盘托出我所知道的他的底细时，他承认了，但他的嘴紧得像个蚌壳。于是我就被卡在这儿了。但我没有放弃。我又往深里挖了一点儿。你猜我发现了什么，雷恩先生？"

"我一点儿头绪都摸不着。"雷恩笑道。

"那个汤姆·坎皮恩，佩里的父亲，女魔头的前夫，死于——"

他突然停了下来。哲瑞·雷恩先生脸上的笑容已经消失，一点儿光芒出现在他那双灰绿色的眼睛里。

"看来你已经知道了。"萨姆咕哝着说。

"不是通过调查，探长。但我确实可以肯定。"雷恩把头靠在椅背上，"我知道你想说什么了。现在，埃德加·佩里·坎皮恩就是个很有问题的人，对吧？"

"嗯，为什么不呢？"萨姆愤愤不平地说，"事情就是这样，不是吗？佩里父亲的死应该归咎于埃米莉——当然，是间接的责任，而且很可能并非故意。但的确是她杀死了他，就像拿刀子捅的一样确凿。到处都有肮脏的事情。不过现在，我们找到了动机。雷恩先生——这是此前缺失的一环。"

"这个动机是……？"

"听着。你很懂人情世故。当一个人的父亲死于继母造成的感染时……嗯,我完全理解这个人想对她复仇,哪怕付出终身的时间也在所不惜。"

"基本的心理学,探长,尤其是在这么残酷的情况下。当然。"雷恩坐在那里沉思了片刻,"我完全理解你的担忧。这个人有动机,有机会,也有足以实施一个巧妙计划的头脑。但没有证据。"

"这正是我们现在要找的东西。"

"与此同时,"雷恩表示,"我很难想象,埃德加·佩里竟会是一个如此有行动力的人。当然,他擅长策划。但在我看来,如果要使用暴力,他会在最后一刻变得软弱,继而退缩。"

"这对我来说太深奥了,"探长嘲弄道,"听着,雷恩先生。我们只是警察,我们从不操心一个人会做什么。我们更关心的是,事实表明他做了什么。"

"我必须坚持,探长,"雷恩冷静地强调,"人类的行为不过是心理的外化。你有没有抓到过埃德加·佩里·坎皮恩先生企图自杀?"

"你说自杀?天,没有!他为什么会干这种蠢事?是的,如果他干的好事全都暴露了……"

雷恩摇头:"不,探长。如果埃德加·佩里要自杀,以他的作风,他会立即结束自己的生命。你记得哈姆雷特吧?一个优柔寡断、情绪大起大落的人,但有足够的头脑酝酿一个计划。哈姆雷特犹豫不决,被自我折磨和自我指控撕扯,与此同时,暴力和阴谋在他周围肆虐。可是别忘了:哪怕他如此摇摆不定,但当他真的行动起来时，他立即失去理智，果断地杀死了自己。"雷恩悲伤地笑了："我又来我那老一套了。不过说真的，探长，深入了解一下你的这位嫌疑人。他有点儿像第四幕结尾的哈姆雷特。到了第五幕——行为变了，这个类比也不适用了。"

萨姆不安地动了动："呃，好吧。先这样吧。重点在于——你对这整件事是怎么想的？"

"我想，"雷恩突然轻笑起来，"你玩得太深沉了啊，探长。你是怎么把佩里这条线又捡回来的？我以为你已经放弃了这位家庭教师，转而抓住了另一个灵感，至于那个灵感是什么，你很小心地没有泄露给我。"

萨姆看起来有点儿不好意思。"你就当我从来没说过什么灵感吧。我确实做了一些调查，但没什么收获。"他狡黠地瞥了雷恩一眼，"你还没有回答我的问题，雷恩先生。"

现在轮到雷恩缩进自己的壳里了。一抹熟悉的疲倦爬上了他的脸庞，他的笑容几乎消失了。"说实话……我不知道该怎么想，探长。"

"你是说，你没主意了？"

"我是说，现在还不是采取任何极端手段的时候。"

"喔……嗯，我们对你非常有信心，雷恩先生。你在去年的朗斯特里特案中扎扎实实地证明了自己破案的能力。"探长挠挠下巴。"从某种意义上说，"他有些羞愧地表示，"布鲁诺和我都指望着你呢。"

雷恩从椅子里一跃而起，开始在地板上踱步："请你们别这样，不要对我抱有任何指望。"他的沮丧如此明显，探长惊得下巴都掉了。"请照常办案,就像我完全没有介入一样,探长。请提出你自己的理论……"

萨姆的脸色变黑了:"如果你是这么觉得的,去他妈的……"

"昨天——你的那个灵感——看来是没戏了,嗯?"

萨姆还是那副狐疑的表情:"查过了。我去见了梅里亚姆。"

"啊!"雷恩立即回答,"那很好。非常好。然后他告诉你……?"

"都是些你已经跟我说过的事情。"萨姆十分生硬地回答,"比如说,约克·哈特拿来涂胳膊的香草药膏。所以你也见过那位医生了,嗯?"

"呃——是的。是的,当然。"雷恩一下子坐进椅子里,用手捂住了自己的眼睛。

萨姆迷惑地看了他很久,略带怒意。然后他耸耸肩。"算了,"他努力让自己的语气变得亲切一点儿,"你说你有新消息要告诉布鲁诺和我。是什么事?"

雷恩抬起头:"我要告诉你们一个非常重要的信息,探长。你必须答应我一件事——不能问我是从哪儿知道的。"

"嗯,是什么呢?"萨姆咕哝着问。

"听着。"他字斟句酌地说,仿佛每一个字都很珍贵,"在约克·哈特失踪之前,他正在构思一部小说的情节。"

"一部小说?"萨姆瞪大了眼睛,"那是什么?"

"但它不仅仅是一部小说,探长,"雷恩的声音低得几乎听不见了,"而是一个他希望有朝一日能把它写出来并出版的故事。一个侦探故事。"

有那么一小会儿,萨姆坐在那里,像被催眠了一样看着雷恩,那支雪茄搁在他的下嘴唇上,他右侧太阳穴的血管像活物般突突直跳。然后,他像弹弓一样从椅子上弹了起来,大声喊道:"一个侦探故事!"雪茄掉到了地板上。"老天爷啊,这可真是个大新闻!"

"是的,"雷恩沉重地回答,"一个关于谋杀和破案的故事大纲……我还有一件事要告诉你。"

萨姆几乎没听到雷恩的话,他的眼睛瞪得很大,现在他努力把视线投向雷恩,试图集中精神。

"那便是……"

"哈!"像往常一样甩了甩头以后,萨姆重新变得热切又警惕起来,"什么?"

"约克·哈特构思的情节,里面的背景和角色都是真的。"

"真的?"探长咕哝着反问,"你是什么意思?"

"这个故事的背景和角色直接取材于他自己的家庭。"

探长庞大的身躯又抽搐了一下,仿佛有一股电流从中穿过。"不,"他哑着嗓子说,"不,这不可能。这个消息好得过分了……我要——"

"是的,探长,"雷恩疲惫地说,"这勾起了你的兴趣吗?应该是。一个值得注意的条件。一个人创造了一个关于下毒和谋杀的虚构故事。然后,在现实中,他自己家里开始出事……这些事几乎方方面面都符合小说里纯属虚构的场景。"

萨姆咝地吸了口气,胸膛有力地起伏。"你是不是想告诉我,"他用低沉的嗓音说,"哈特家发生的每一件事——两次向路易莎下毒的尝试，哈特夫人的被害，还有火灾和爆炸——全都写在纸上，是哈特为一个故事设想的情节？天哪，太不可思议了！我从没听说过这种事！"

"还有……"雷恩叹了口气，"无论如何，现在你知道了，探长。这就是我所有的消息。"他站起身来，近乎绝望地紧紧握住自己的手杖头，仿佛那是什么救命的稻草。他的眼睛里有一种无助的挫败。萨姆像困兽一样在地板上来回踱步，欣喜若狂，喃喃自语，他的脑子转得飞快，猜测、摒弃、决策……雷恩走到门口，停了下来。他的动作甚至失去了平日的协调和活力。他拖着沉重的脚步，原本那么笔直、那么强壮的脊背也佝偻了下来。

探长猛地停了下来："等一下！你说你不想让我提问。呃，如果你有所保留，那么我想你肯定有很好的理由，我不会多话。但我想问的是，每个侦探故事里都有一个罪犯。既然约克·哈特构思的角色都是自己的家人，那么他设想的——故事里的——罪犯是谁？因为按照常理，故事里的罪犯和现实中的不可能是同一个人——那于凶手而言就太危险了。嗯？"

雷恩默想了一下，伸手按住门。"是的，"最后，他有气无力地说，"你当然有资格知道这个……约克·哈特构思的谋杀故事里的罪犯是——约克·哈特。"

第二场

哈姆雷特山庄
六月十日，星期五，晚上九点

  这天晚上，就连哈姆雷特山庄这座平日里最安宁、最让人平心静气的隐居之所也显得荒凉凄寂。雨还在下，伴着刺骨的寒冷，激得人起了一身的鸡皮疙瘩。哈姆雷特山庄高踞在哈得孙河上方，扎根在坚固的悬崖顶端，像爱伦·坡笔下的废墟般遗世独立，整座堡垒隐没在层层灰雾中，下方空无一物，天空幽灵般在它上方打着旋儿。

  这样的夜晚适合烤火，老奎西在雷恩私人房间的那座巨大的壁炉里生了一大堆火。这里很暖和，烤得脚趾暖洋洋的，简单用过晚餐以后，雷恩给自己搭上一条生毛皮的炉前盖毯，闭上了眼睛。跳动的火光映在他的眼睑上。老驼子紧张兮兮地在房间里走进走出，却什么也不敢说。他几乎吓得失掉了多年历练给他带来的敏锐才智。他不停眯眼去瞟自己的主人，火光的每一次跳动都惊得他眨巴一下眼睛。有一次，他悄悄把手伸到毯子下面，碰了碰主人的手臂。那双灰绿色的眼睛，毫无睡意，满怀思虑，立刻睁开，望向了他。"出什么事了吗，雷恩先生？你不舒服吗？"

  "我好得很。"

  于是，奎西回到角落的椅子上，一动不动地缩了起来，但他的视线一刻也没有离开火炉前那个伸长双腿的凝固身影。九点，绝对静止了一个小时以后，那个身影动了动，站了起来："奎西。"

"我在,雷恩先生!"老头儿一下子跳了起来,迫不及待地答道,舌头耷拉着,像一条讨好主人的猎犬。

"我要去书房了。不要打扰我。你听懂了吗?"

"是的,雷恩先生。"

"如果弗里茨·霍夫或者克罗波特金找我,就说我休息了。他们正在操心一部戏。没什么大事。我一早再去见他们。"

"遵命,雷恩先生。"

雷恩轻轻拍了拍老驼子的秃头,又在他的驼背上拍了一巴掌,把他朝门口推去。老奎西不情愿地退了出去。雷恩锁好身后的门,稳步走进隔壁的书房。他走向那张雕花的胡桃木旧写字台,揿亮一盏台灯,打开了一个抽屉。他掏出一团纸,上面抄着他从哈特家烟囱壁洞里找到的那张泛黄手稿的内容。他坐在写字台前的皮椅上,把那团纸抹平。他的眼神呆滞,脸色漆黑。然后,慢慢地,全神贯注地,他开始一个字一个字细细咀嚼当天下午他如此仓促地抄下来的那份大纲的副本。在这安静和幽暗中,那些字句仿佛获得了全新的意义。他揣摩着它们,让自己沉浸其中……

侦探故事大纲

标题(暂定):"香草谋杀谜案"

作者:需要取一个笔名。特里小姐?H. 约克?刘易斯·帕斯特?

场景:纽约城格拉梅西公园?类似我家的一幢房子。

时间:现在。

呈现方式:以第一人称写作。罪犯是我自己。

角色

约克（我自己）：Y，罪犯。被害人的丈夫。

埃米莉：被害人。老年女性。暴君。（正如现实。）

路易莎：聋哑盲的女儿。（不是Y的继女——该设定有助于动机的合理化。）

康拉德：已婚的儿子。玛莎，他的妻子。（没有孩子，不需要。）

芭芭拉：女儿。Y和埃米莉最大的孩子。保留她的作家身份。被怀疑的对象？

吉尔：Y和埃米莉最小的孩子。女儿。

特里维特：独腿邻居。爱护路易莎。（过于牵强？）

戈姆利：儿子的生意伙伴。

备用角色

路易莎的护士，女管家，司机，女仆，家庭医生，家庭律师，吉尔的追求者？

注意！！！给以上所有人起化名！！！

第一桩案子

试图毒杀路易莎。事实：家里有固定的习惯，每天下午两点三十分，女管家会给路易莎做一杯蛋酒，放在餐桌上。

细节：某天，Y等到女管家把蛋酒放在餐桌上以后，趁着没人注意，溜进餐厅，把有毒的番木鳖碱投进杯子里，然后迅速回到餐厅隔壁的藏书室里。

Y使用的毒药番木鳖碱来自楼上他的实验室里化学实验品架上的9号瓶子，他从这个瓶子里取了三片药。谁也不知道。

把毒药放进蛋酒以后，Y留在藏书室里，等着路易莎过来喝。

就在路易莎快要走到餐厅的时候，Y从藏书室里出来了。在路易莎喝蛋酒之前，Y走进餐厅，拿起蛋酒杯，一边尝着，一边说感觉这酒不太对劲。

立即发病。（Y设法把嫌疑引到身边最近的那些人身上。）

注意：这让所有人觉得，有另一个人试图毒杀路易莎，而这人肯定不是Y，因为下毒者怎么会喝自己准备的毒药？这也预防了路易莎真正被毒死——这对情节非常重要。

第二桩案子

第二次"试图毒杀"路易莎，与此同时，老太太埃米莉，即Y的妻子被谋害了。发生在第一次下毒未遂的七周以后。

细节：那天晚上，大约凌晨四点，大家都在睡觉，路易莎和埃米莉也在她们的房间里睡觉（母女俩睡一间房，两张床），Y实施了第二桩罪案。

这次的方法是给一个梨下毒，并把它放在路易莎和老太太的床之间的床头柜上的水果碗里。之所以用梨，是因为人人都知道，老埃米莉从不吃梨。给梨下毒会让事情看起来像是有人再次试图给路易莎下毒，但路易莎也不会吃这个梨，因为Y知道，她从不吃熟过头或者有斑点的水果。他故意挑出（可能是从厨房偷的）一个坏梨，并把它带进卧室，用一支注射器将有毒的二氯化汞注入其中。这种毒药也是从实验室的瓶子里拿的——168号瓶。

Y的注射器来自他实验室里的铁文件柜，那里有满满一盒注射器。

进入路易莎的卧室之前，Y还偷了一双康拉德夏天的旧白鞋。他在实验室里用注射器抽取二氯化汞的时候（就在他半夜里潜入路易莎的卧室之前），故意把一部分毒药（168号瓶）洒在了康拉德的一只白鞋上。

行动：Y溜进路易莎和埃米莉的卧室，走到床头柜旁，把坏梨放进水果碗，用钝器击打埃米莉的头部，杀死了她。（这是Y策划的真实目标，但要让埃米莉看起来像是被误杀的，仿佛她在半夜里醒了，为了让她保持安静，罪犯不得不杀死了她。）

注意：杀害埃米莉是整个计划的主要目标。两次毒杀路易莎的尝试只是为了让警察以为，路易莎才是目标受害者。那么警察就只会怀疑那些有动机想杀害路易莎而不是埃米莉的人。在这个故事里，Y对路易莎十分友善，所以他不会被怀疑。

对假线索的解释：Y故意把二氯化汞洒在康拉德的鞋上。从卧室里出来以后，他把鞋放回了康拉德的衣柜。警察发现了带有毒药的鞋，这会让他们怀疑康拉德是下毒者，因为人人都知道他讨厌路易莎。

让警察找到正确答案的线索：路易莎聋哑盲。这里的想法是，就在Y杀害埃米莉的时候，路易莎惊醒了，闻到了Y的手臂上秘鲁香膏的香草味——嗅觉是她拥有的最敏锐的感觉，所以她才能向警察提供线索。后来她在证词中提到了香草味，侦探主角抓住这条线索追了下去，如此等等，最终发现真相，Y是唯一和香草味有关的角色。

火灾

谋杀案发生后的第二天半夜,Y在实验室(也是他睡觉的地方)里放了一把火。他先把一瓶二硫化碳(来自256号瓶)放在自己的一张大工作台上,这种化学品受热后会爆炸。然后,他划燃火柴,点燃了自己的床。

放火的目的:火灾和随之而来的爆炸看起来像是有人还想夺走Y的生命。这又将增加一条假线索,至少让Y看起来没有嫌疑。

第三桩案子

谋杀案发生两周后,Y再次"试图毒杀"路易莎。这次他用的毒药名叫毒扁豆碱,是一种来自实验室架子220号瓶的白色液体。路易莎每天晚上吃完晚饭一小时后都会喝一杯酪乳。Y用滴管往路易莎的酪乳杯里加了15滴毒药。这次Y依然会设法让人注意到这杯酪乳有问题,或者另想办法阻止路易莎喝下有毒的酪乳。

目的:罪犯的谋划自始至终不是为了杀死路易莎。老太太死后的这第三次尝试仅仅是为了让警察继续相信,这位杀人犯依然想杀掉路易莎,所以警察会寻找那些有动机谋杀路易莎而不是埃米莉的人。

通用备忘

(1)记住,Y一直戴着手套,所以他从没在任何一桩案子的任何一件东西上留下指纹。

(2)构思支线情节。

(3)构思侦探主角最终如何找到真相。

（4）Y的动机：痛恨埃米莉——她毁了他的职业生涯——他的健康——对他颐指气使，以势压人……完全足以让人实施真正的犯罪！

虽然和小说无关，大纲的最后这句话仍然用铅笔重重地涂黑了（因为雷恩完全忠实地照抄了原稿），但笔迹仍旧十分清晰。这份大纲还有两条备忘。

（5）确保在书中对角色改头换面，使之看起来像是虚构作品。如果使用笔名，再给角色起几个好的名字，公众没有理由认出这是谁家。也许把背景换成另一个城市，例如芝加哥或者旧金山。

（6）侦探主角是个什么样的角色？医生，因为香草和化学方面的事情；Y的朋友？不是普通的侦探，会推演作案手法——聪明的侦探：可能拥有夏洛克·福尔摩斯的外形，波洛的性格色彩，埃勒里·奎因的推理方式……将实验室作为调查重点……通过瓶子的数量找到线索。这应该不难（？）。

雷恩垂下紧绷的瘦脸，疲惫地放下约克·哈特草草写就的侦探故事情节大纲副本。他把头埋进自己手里，在绝对的寂静中陷入了沉思。就这样过了十五分钟，除了几不可闻的他自己的呼吸声，房间里一片死寂。最后，他坐直身体，望向写字台对面的日历。他的嘴唇翕动。两周……他拿起一支铅笔，近乎绝望地在"六月十八日"上面重重地画了个圈。

第三场

太平间
六月十一日，星期六，上午十一点

某种东西驱使他继续前进。他习惯于认真的内省和对周围世界的敏锐分析，如今面对笼罩自己的负面情绪，他却感到无助。他既无法对它作出彻底的分析，也无法解释它。理性在它面前也只能退避三舍。它像铅块一样沉重地压在他的脖子后面。

但他不能停。这件事必须查个水落石出——只有他知道结局将有多么苦涩，到时候会怎样……他在内心里蜷缩成一团，感觉自己的胃因痛苦和恐惧痉挛得收缩了起来。

这一天是星期六，太阳灼热地照在河面上，他从林肯轿车上下来，穿过人行道，沿着太平间破旧的石梯拾级而上。为什么？为什么不肯承认，对一个天性敏感的人来说，他现在从事的这份事业实在过于冷血？以他在舞台上达到的职业高度，他得到的责难和赞扬一样多。他曾被誉为"世界上最重要的演员"，也曾被斥作"一个在奇迹时代抱着已被虫蛀的莎士比亚喃喃自语的老古董"。无论毁誉他都同样接受，面对不屑与赞扬，他怀抱同样的尊严，就像一位知道职业的正道和高峰在哪里的体面演员。不管那些新进的年轻艺术批评家有多毒舌，他们说什么都动摇不了他不可撼动的目标和无声坚持的信念：他正在完成的是有价值的使命。他为什么没有止步于职业生涯的巅峰？为什么还要多管闲事？查案惩恶是萨姆和布鲁诺那些人的职责。恶？不存在纯粹状态下的恶，就连撒旦都曾是位天使。没有恶,只有或无知或扭曲的人,或者不幸命运的受害者。

但那双修长的腿带着他踏上太平间的石阶,他背负着探索真相和证实假设的新使命,顽固地拒绝理会他脑子里的那团乱麻。

他在三楼的一间实验室里找到了英戈尔斯医生,本市的毒理学家。医生正在给一班年轻医学生上课。等待的时候,他茫然地望着实验室里一套套整齐的玻璃和金属器具,却像没看见一样,实际上他在用唇语阅读英戈尔斯一针见血的话语,看着医生熟练地做实验时稳若磐石的双手。

学生解散后,英戈尔斯脱掉橡胶手套,诚恳地跟他握了握手:"很高兴见到你,雷恩先生。又有嗅觉证据方面的小问题吗?"

哲瑞·雷恩先生在内心里缩成了一团,他望着空无一人的实验室,这个科学的世界,曲颈瓶和电极,还有装满化学品的玻璃罐!说到底,他跑到这儿来干什么,一个门外汉,一个侵入者,一个笨手笨脚的家伙?他总不能指望靠自己清理地球……他叹了口气,开口说道:"你能向我介绍一下一种名叫毒扁豆碱的毒药吗,医生?"

"毒扁豆碱?当然可以!"毒理学家笑容满面地回答,"我们这儿就有。它是一种白色无味的有毒生物碱——足以致命,是生物碱这个大家族的元老之一。它的化学式是$C_{15}H_{21}N_3O_2$——是从毒扁豆里提取出来的。"

"毒扁豆?"雷恩木然重复道。

"拉丁学名Physostigma venenosum。毒扁豆是一种非洲爬藤类豆科植物的种子,毒性很强。"英戈尔斯医生解释道,"在医学上，它用于治疗特定的神经紊乱、破伤风、癫痫，诸如此类。毒扁豆碱是从这种豆子里提取出来的，它能杀死小鼠，以及其他几乎所有生物。你想看看样本吗？"

"应该不必，医生。"雷恩从衣兜里取出一件用软布仔细包裹起来的东西。他撕开包装的软布，露出他在烟囱壁洞里找到的那支装着白色液体的塞紧的试管："这是毒扁豆碱吗？"

"嗯，"英戈尔斯举起试管迎着光看了看，"看起来像，好吧。稍等一下，雷恩先生。我做几个测试。"

他忙碌地工作着，没有说话。雷恩看着他，也没有打扰。"肯定是。"毒理学家最后说道，"毫无疑问，的确是毒扁豆碱，雷恩先生，效力完整。你从哪儿拿到的？"

"哈特家。"雷恩含糊答道。他掏出钱包摸索了一会儿，找到了一小片叠起来的纸。"这个，"他说，"是一张处方的副本，英戈尔斯医生。能请你帮忙看看吗？"

毒理学家接过处方："嗯……秘鲁香膏……我明白了！关于这张处方，你想问什么，雷恩先生？"

"它合理吗？"

"噢！当然。用于治疗一种皮肤小毛病的复方药膏——"

"谢谢你。"雷恩有气无力地说。他没有费事收回处方。"现在——你能帮我个忙吗，医生？"

"你说就是了。"

"请以我的名义把这支试管送去警察总部，跟哈特案的其他证物一起存档。"

"没问题。"

"它应该，"雷恩沉重地解释道，"作为官方记录保存下来。它对这桩案子至关重要……感谢你的周到，医生。"

他握了握英戈尔斯的手，转身走向门口。毒理学家迷惘地看着他慢慢离开。

第四场

萨姆探长的办公室
六月十六日，星期四，上午十点

事情似乎终于平息了下来。这个案子从暴力的企图开始，随着案情的进展横扫疯帽子一家，犯罪活动一次次接踵而来，没有理由，却有目的，但现在，它突然停了下来，仿佛在漫长的拉伸中积蓄的动能意外撞上了一道不可撼动的藩篱，于是它颓然坠落，在地上摔得粉碎，再也无法动弹。

这段时间大家都提心吊胆。雷恩离开英戈尔斯医生的实验室后，六天的时间里什么事都没发生。萨姆探长一头撞进了死胡同，他忙得团团转，结果全在原地兜圈子，毫无收获。从表面上看，哈特家回到了以前的老样子，也就是说，住在这里的人恢复了他们奇怪的生活方式，几乎不再受到无可奈何的警察的限制。报纸上一整周都充斥着负面的报道。按照某家报纸的描述，疯帽子家似乎毫发无伤地走出了"这场最新的丑闻"。"只为美国的犯罪增长趋势，"一篇评论阴郁地宣告，"又增添了一个令人不适的案例。无论是对普通公民还是对敲诈者来说，实行谋杀后脱身似乎成了一种流行——而且这种做法很安全。"

就这样，案子似乎走上了一条死路。直到星期四上午，哈特夫人被害近两周后，哲瑞·雷恩先生决定去一趟警察总部。

一看见萨姆探长就知道，这一周他过得有多紧张。迎接雷恩的时候，他简直像狗一样讨好。"欢迎你，好兄弟！"他喊道，"看在上帝的分儿上，你这几天跑哪儿去啦？我这辈子看到谁都没这么高兴过！有什么好消息吗？"

雷恩耸耸肩。他的嘴角拉出坚定的线条，但他依然闷闷不乐："我这阵子缺的正是好消息，探长。"

"哈！还是那一套。"萨姆满腹心事地盯着自己手背上的一个旧伤疤，"谁都没有新消息。"

"你这边大概没什么进展，我想。"

"你说呢？"萨姆反唇相讥，"我从侦探故事这个角度查了个底儿朝天。这似乎是整个案子里最重要的一条线索。结果呢？"这是个不需要回答的反问句，但探长还是自己答道："什么都没查出来，就是这样！"

"你觉得能查出来什么，探长？"雷恩平静地问。

"我当然有权认为，它能帮我查出凶手！"萨姆喊道，怒火在他眼里燃烧，"可是活见鬼，我什么都没查出来。我受够了这堆烂事儿。哼！"他冷静下来："为这事儿这么激动也没用……听着，让我告诉你，我是怎么查的……"

"请讲。"

"约克·哈特写了一个侦探故事，或者按照你的说法，一个侦探故事的大纲。角色原型是他自己的家庭成员,同样的房子,诸如此类。原创性不多,哈?但我得承认,他拥有的素材好得要命,这天然就能成为侦探故事的素材。"

"恐怕我得指控哈特先生低估了他的素材,"雷恩喃喃地说,"他完全没想到还有这种可能,探长。要是他早知道……"

"是啊,但他不知道,"萨姆恶狠狠地说,"所以他坐在那里,琢磨着自己构思的情节,然后觉得:'好极了!我真聪明。我要亲自把这个故事写出来——以作者的身份讲故事,诸如此类的胡言乱语——我要把自己塑造成罪犯。'别忘了,在这个故事里……"

"很聪明,探长。"

"呃,不然换你试试,"探长不满地说,"现在,听着。等到他自己一命呜呼以后——他在计划写一个悬疑故事的时候肯定没想过这事儿,我敢打赌!——有人找到了他的大纲,然后以这份故事大纲为蓝本,实施了真正的谋杀……"

"正是。"

"正是什么啊!"萨姆喊道,"去他妈的,虽然说起来挺像回事,但其实什么都没说!你唯一能从中得到的启示是,有人把约克·哈特的想法当成了指引他的船舵。他可能是任何人!"

"我相信你低估了它的潜力。"雷恩说道。

"你是什么意思?"

"算了。"

"行吧,也许你比我聪明,"探长咕哝着说,"我宣布,这正是这桩案子荒唐的地方。照着侦探故事的大纲犯罪!"他猛地抽出一条大手帕，恶狠狠地擤了三次鼻子："我跟你说，这个侦探故事真是太蹩脚了。但它的确有所帮助。不然的话，在现实中的这桩案子里，有太多东西找不到解释。所以我想，我们解释不了的东西都可以归结于哈特设计的蹩脚情节。"

雷恩没有说话。

萨姆暴躁地补充着。"还有，"他仔细检查自己的指甲，"你知道吗，上周你跟我说了这个大纲的事儿以后，我基本尊重了你不让提问的要求。我不怕告诉你，布鲁诺和我绞尽脑汁琢磨过你的能力。雷恩先生，我就直说了吧——你拥有一些东西，我不知道那到底是什么玩意儿，但布鲁诺和我都没有，而且我们知道这一点。不然我们绝不会让一个外人这么我行我素。"

"我满怀感激，探长。"雷恩喃喃地说。

"是啊。但我也不蠢。"探长慢慢继续说道，"你也不能指望我永远都这么耐心。你是怎么发现这份大纲的？只有三种可能。第一，你从某个地方把它挖了出来。这不太可能，因为在你之前，我们就把那幢房子翻了个底儿朝天。第二——你的信息来自凶手本人。当然，出于显而易见的原因，这也不可能。第三——你只是在猜，跟随直觉。但如果真是这样，你怎么能这么肯定地说，约克·哈特设计的情节里，凶手就是他自己？所以这也不可能。我承认，我被卡住了，老天爷，我不喜欢这种感觉！"

哲瑞·雷恩先生动了动，叹了口气，他眼里的痛苦超越了他口气里的不耐烦："逻辑太糟糕了，探长，很抱歉我得这么说你。但我真的不能跟你讨论这件事。"他沉默了片刻，然后说道："与此同时，我的确欠你一个解释。"

萨姆眯起了眼睛。哲瑞·雷恩先生站起身来,开始焦躁地在地板上踱步:"探长,这是你们行业的历史中最独特的一件案子。去年早些时候,我刚对犯罪学产生兴趣的时候,我读过大量旧案记录,同时关注近期的新案子,让自己沉浸在这个主题中。相信我,当我告诉你,整个罪案调查史上从没记录过比这更——我该怎么说呢?——更困难、更复杂、更不同凡响的案子。"

"也许吧,"萨姆不满地说,"我只知道——它很难搞。"

"你还没有理解它复杂在哪里,"雷恩咕哝道,"它不光关乎犯罪与惩罚,探长。这桩案子的涡流中涉及的元素包括病理学和异常心理学,还有社会学和道德方面的问题……"他停下来,咬住自己的嘴唇:"但我们先别说这些没边际的话了。哈特家那边有什么进展吗?"

"还是老样子。看起来它就像自己熄火了。"

"别上当,"雷恩严厉地说,"它没有熄火。这只是个间隙,恶行只是暂时停了下来……还有人企图下毒吗?"

"没有。迪宾医生,就是在宅子里值班的那位专家,监督着每一滴饮料和每一块食物。再也没有那样的机会了。"

"路易莎·坎皮恩……芭芭拉·哈特决定了吗?"

"还没。康拉德的成色倒是展露无遗。他一直在怂恿那个可怜的姑娘放弃机会——他的心思简直是透明的。当然,芭芭拉看穿了他。你知道那个该挨枪子儿的小子有多大的胆子吗?"

"嗯?"

"他给芭芭拉提了个建议!他说,要是她拒绝照顾路易莎,他也会拒绝,等到老船长特里维特接下这活儿,他们就一起抗辩遗嘱！好个慷慨的兄弟。要是芭芭拉真拒绝了，他肯定会背弃她，自己接下路易莎。归根结底，掌握三十万美元的机会可不能随便放弃。"

"其他人呢？"

"吉尔·哈特继续参加她的派对，继续痛骂他们家老太太。她又把戈姆利勾了回来，甩掉了比奇洛。这个嘛，"萨姆阴郁地说，"对比奇洛来说真是件大好事。但他不这么觉得——他痛苦得像条小狗——一整个星期都没再靠近那幢房子。就这些了。这些进展真有希望啊，不是吗？"

雷恩的眼睛闪了闪："路易莎·坎皮恩还住在史密斯小姐的房间里吗？"

"没有，她还挺看得开的。她回了自己的房间。那地方已经清理过了。史密斯小姐陪她住在那里，就睡老太太那张床。没想到她有这个胆量。"

雷恩停止踱步，迎面直视探长："我一直在积蓄足够的勇气，探长，好向你提出另一个请求，希望你还有足够的耐心和好心肠。"

萨姆站起来，和他正面相对——一个丑陋的大块头，一个瘦高的肌肉男。"我没懂。"萨姆说道。

"我必须请求你再为我做一件事，但别问为什么。"
"你先说。"萨姆回答。
"很好。你的人还在哈特家站岗吧？"
"是的。怎么？"

雷恩没有马上回答。他审视着探长的眼睛，而他自己的眼神里有一点儿孩子气，也有恳求。"我希望你，"他慢慢说道，"撤掉布置在哈特家的每一位警察和探员。"

尽管萨姆探长早已习惯哲瑞·雷恩先生的奇思妙想，但对于这么个石破天惊的请求，他还是毫无心理准备。"什么！"他吼道，"完全撤掉那里的防备？"

"是的，"雷恩低声回答，"完全不设防，如你所说。这很紧急，而且必要。"

"迪宾医生也撤掉？为什么？朋友，你根本不知道自己在说什么。这会让下毒者畅通无阻！"

"这正是我的目标。"

"可是，我的天哪，"萨姆喊道，"我们不能这样做！这实际上是在邀请罪犯再次动手！"

雷恩默默点头："你捕捉到了这个想法的本质，探长。"

"可是，"萨姆气急败坏地说，"总得有人去保护那一家子，抓住那个浑蛋！"

"会有人的。"

萨姆一脸震惊，仿佛突然开始怀疑这位老演员的神智是否清醒："但我以为你刚才说，你不想让我们待在那里。"

"正是。"

"呃？"

"我会亲自守在那里。"

"噢！"萨姆的语气变了。他立刻变得若有所思，并慎重地看了雷恩很久："我懂了。老把戏，哈？但他们知道你是我们的人，除非——"

"我正打算这么做，"雷恩的语调里连一丝活气都没有，"我不会以自己的真面目出现，而是换个身份。"

"某个他们认识，呃，并且不会感到意外的人，"萨姆喃喃地说，"不坏啊，这主意不错，雷恩先生。如果你真能骗过他们。归根结底，这不是舞台，也不是什么侦探故事。你觉得你能乔装——我是说，装得那么好……？"

"我必须抓住这个机会，"雷恩苦涩地说，"奎西是个天才。他的手艺堪称精湛，正是因为他有所克制。至于我自己……这不是我第一次演戏。"然后他克制了自己的苦涩："来吧，探长。我们正在浪费宝贵的时间。你答不答应我的请求？"

"呃，好吧。"萨姆狐疑地说，"反正没坏处，我猜，只要你够小心。反正我们很快就得把小子们撤回来……行吧。你准备扮演谁？"

雷恩干脆地说："埃德加·佩里在哪里？"

"回哈特家了。我把他放了，嘱咐他待在那里，直到我们把案子查清。"

"马上给佩里先生打电话，就说还有话要问他，让他尽快到这里来。"

半小时后，埃德加·佩里已经坐在了萨姆最好的一把椅子上，他的视线在雷恩和探长之间紧张地逡巡。演员已经卸掉了那副苦恼的模样：他很安静，但充满警觉。他用照相机般的眼神打量着这位家庭教师，观察他，吸收他姿态和外表的每一个细节。萨姆闷闷不乐地坐在那里，一点儿也不安生。"佩里先生，"最后，雷恩说道,"你可以帮警察一个大忙。"

"啊——好的。"佩里含混地说道,那双学生气的做梦般的眼睛里充满了恐惧。

"我们有必要把警察从哈特家撤走。"

佩里看起来既震惊又渴望。"真的?"他喊道。

"是的。与此同时,我们必须安排一个人,以应对可能出现的问题。"家庭教师眼里的渴望消失了,恐惧卷土重来。"这个人,当然,必须能在大宅里自由行动,观察里面的住客,同时不受怀疑地生活在他们之中。你能理解吗?"

"基本——可以。"

"不用说,警察,"雷恩轻快地继续说道,"肯定不行。我请求你允许,佩里先生,让我取代你在哈特家的位置。"

佩里眨眨眼:"取代我的位置?我没太听懂……"

"我雇了一位全世界最棒的化装艺术家。我之所以选择你,是因为从身体条件上说,你是那幢房子里唯一一位我能够扮演,并且穿帮风险最小的人。我们的体格和身高差不多,外貌上区别也不大。至少你身上没什么东西是奎西无法在我身上复现出来的。"

"喔,对啊,你是个演员。"佩里咕哝着说。

"你同意吗?"

佩里没有马上回答:"呃……"

"你最好答应,"萨姆探长阴郁地插了一句,"在这件事上,你的屁股也不怎么干净,坎皮恩。"

怒火开始在那双柔和的眼睛里燃烧,然后熄灭。家庭教师的肩膀垮了下去。"行吧,"他咕哝道,"我同意。"

第五场

哈姆雷特山庄
六月十七日，星期五，下午

上午，萨姆探长开着一辆黑色小轿车和佩里一起来到了哈姆雷特山庄，他解释说，哈特家的人以为佩里一整天都要接受讯问。然后萨姆立即驾车离开了。

现在，雷恩回到了他旧日的领地里，他熟悉这里的每一步路，所以没什么可急的。他领着家庭教师在庄园里漫步，愉快地聊起了他的剧场，他的书，他的花园——什么都聊，除了哈特家的事以外。佩里被这里绝美的风景迷住了，变得自信起来，他深深呼吸着醉人的空气，走进再造的美人鱼酒馆时，他的眼睛闪闪发亮；他在恢宏安静的藏书室里虔诚地瞻仰了存放在玻璃柜里的莎士比亚《第一对开本》，认识了雷恩的教区牧师，参观了他的剧院，又和雷恩的俄罗斯导演克罗波特金讨论了现代戏剧——完全沉浸在其中。他仿佛变了个人似的。

雷恩默默地带着他四下走动，整个上午，他的眼睛每一分钟都在观察这个人的脸庞、身姿和双手。他仔细揣摩佩里的口型和他的嘴唇动起来的样子，他的动作，他走路的姿势，每一个手势的细微差别。中午用餐的时候，他观察了佩里进食的习惯。奎西跟在他们后面，像一只畸形的小鹰般审视着家庭教师的脑袋，半下午的时候，他激动地喃喃自语着走开了。

下午，他们继续巡视这片广阔的土地。不过现在，雷恩娴熟地将话题引向了佩里自己。谈话很快变得十分私人化。雷恩了解了这个人的品位、偏好、想法，他与芭芭拉·哈特精神交流的精髓和核心，他和大宅里其他成员之间的关系，以及他教导两个孩子的学习内容。聊到这里，佩里再次变得活跃起来，他跟雷恩说了该去哪儿找那些书，他教导两个男孩的不同方式，以及他在哈特家日常生活的大体规律。

到了傍晚，吃完晚饭以后，他们俩一起去了奎西的小实验室。这里很奇怪，完全不同于佩里见过的任何地方。尽管房间里的配饰十分现代，却散发出一种古色古香的气息。它看起来像一间中世纪的刑房。一面墙上挂着的架子上立着一排排脑袋——不同种族、不同类型的模特——有蒙古人，有高加索人，也有黑人，它们的脸上穷尽了人类可能拥有的所有表情。还有满墙的假发——有灰有黑，也有棕色和黄色，有的蓬松，有的带卷边，有的直，有的暗淡无光，有油腻腻的，也有卷发。工作台上看似杂乱地摆着各式颜料、粉、霜、染料、膏糊和金属小工具。一台看起来像缝纫机的设备，一架多面的巨型镜子，一盏巨大的台灯，一道道黑影……一迈进这道门槛，佩里就失去了活力，他又变回了那副胆小如鼠、瞻前顾后的模样。这个房间似乎镇住了他，让他回到了现实中，因为他变得沉默下来，一举一动都很紧张。雷恩观察着他突如其来的焦虑。佩里不安地走来走去。白墙上的影子亦步亦趋地跟在他身后，被拉长到了荒诞的程度。

"佩里先生，请脱掉衣服。"奎西尖声说道。他正站在那里，忙着摆弄一个木制模特，最后修饰一下它头上那顶用人类头发做成的逼真的假发。

佩里默默地照办了，动作很慢。雷恩快速脱掉他自己的衣服，重新穿上佩里的。衣服很合身，他们俩的体形几乎完全相同。

佩里披上一件晨衣，打了个哆嗦。

奎西忙忙碌碌。幸运的是，脸上需要修饰的地方不多。雷恩坐在镜子前面一张奇形怪状的椅子上面。老驼子开始工作。他那双骨节凸出的手仿佛充满了神秘的智慧：微调一下鼻子和眉毛，用一些填料改变脸颊和下颌线的形状，眼睛得到了轻盈巧妙的润色，眉毛也染了色。佩里默默看着。一丝决断的光芒悄悄出现在他眼里。奎西匆匆示意佩里到工作台这边，打量了一番他的发际线和头型，然后开始调整雷恩头顶的假发，他拿起剪刀……

两小时后，易容完成了。哲瑞·雷恩先生站起身来。佩里恐惧地瞪大了眼睛！眼前的人正是他自己，这种奇异的感觉太不可思议了。雷恩一张嘴，佩里听到了自己的声音——嘴唇移动的方式和他自己一模一样……

"噢，天哪！"佩里突然喊道，变形的脸涨得通红，"不！不，我说！我不能让你这样做！"

面具卸掉了，他又重新变回了雷恩，眼神十分警惕。"你是什么意思？"他平静地问。

"你太完美了！这个骗局过于……听着，我不能答应你！"佩里跌坐在工作台上，双肩微微颤抖，"我——芭芭拉……这样骗她……"

"你本来觉得我可能会穿帮？"雷恩说话的时候，眼里流露出同情的目光。

"是的，是的。那样的话，她会知道我是迫不得已……但这样，不行！"家庭教师跳了起来，下巴一沉，"要是你仍然试图扮演我，雷恩先生，我只能被迫诉诸暴力。我不会允许你欺骗那个女人。"他停顿了一下，绷紧下颌："那个我爱的女人。请把衣服还给我。"

他脱掉晨衣，向雷恩迈出一步，反抗和决心的火焰在他眼里燃烧。原本一直张大嘴巴看着这一幕的奎西厉声发出警告，他从工作台上抓起一把沉重的剪刀，像猴子一样跳上前来。

雷恩拦住他，温和地拍了拍他的肩膀："不用，奎西……你是对的，佩里先生，非常对。今晚你愿意做我的客人吗？"

佩里张口结舌："对不起——我不是故意要威胁你。"

"是我任由自己的价值观败坏了，"雷恩语气平稳，"除非我们让哈特小姐也参与进来……算了，这样更好。奎西，别瞪他了。"他有些费劲地取下假发，把它放在老驼子因为震惊而变得僵硬的手上，说道："留着吧，以纪念我的愚蠢和一位绅士的勇敢……"然后，就在佩里眼皮子底下，雷恩出现了惊人的变化。这位演员一下子僵住了，他眨了两下眼睛，然后微笑起来："你愿意到我的剧场里来吗，佩里先生？克罗波特金正在为我们最新的一出戏主持带妆彩排。"

佩里重新穿好衣服，并在福斯塔夫的陪同下去了雷恩的剧场以后，老演员立即摘下了他那副漫不经心的面具。"快，奎西！给萨姆探长打电话！"奎西警觉地快步走到墙边，那里藏着一部电话，他瘦得像爪子一样的手抓起了话筒。雷恩在他身后焦急地踱步："快点，老头儿。快。没有时间可以浪费了。"

他们没有找到探长。他不在警察总部。

"试试他家。"

探长的太太接了电话。奎西急促地嘶声说着。那位好女士有点儿怀疑……探长在一把安乐椅上睡着了,似乎是这样,她不太愿意叫醒他。"但这边是雷恩先生!"奎西绝望地喊道,"很重要!"

"噢!"刚才一直像摇鼓一样有规律地敲击着奎西耳朵的奇怪声音突然消失了,片刻之后,萨姆熟悉的低沉嗓音出现在线路那头。

"问一问他的手下是不是已经从哈特家撤走了!"

奎西结巴着重复了问题,然后尽职地听着。"他说还没有。你今晚过去后他们会马上撤走。"

"运气不错!告诉探长,我改了主意。不扮佩里了。他的人继续在大宅里守着,等明天我过去以后再马上撤走,大概在中午之前。"

萨姆的质问声震得听筒发出咝咝声。"他说,他想知道为什么。他说,他太他妈想知道为什么了。"老驼子转述道。

"现在没法解释。向探长致以我永恒的情谊,然后挂掉。"

哲瑞·雷恩先生在房间里走来走去,丝毫没有意识到自己只穿着运动内裤,他猛地朝老驼子一挥手,喊道:"现在给梅里亚姆医生家里打电话!纽约市电话登记簿里应该有他家的电话。"

奎西润了润刮刀般的拇指,开始一页一页翻找:"梅……梅……Y.梅里亚姆,医学博士。是这个吗?"

"是的。快!"

奎西拨号。片刻之后,一个女人的声音接了电话。"麻烦找梅里亚姆医生，"他用他那嘶哑的尖利嗓音说道，"找他的是哲瑞·雷恩先生。"

听着对面的尖声回答，他那张皱巴巴的棕脸看起来很失望："她说，他不在家。今天下午就出城去过周末了，她说。"

"啊，"哲瑞·雷恩先生冷静地回答，"周末，哈？也许这样也好……挂了吧，卡利班[1]，挂掉。越来越复杂了。感谢这位女士，然后挂掉。"

"现在怎么办？"奎西望着主人，不满地问道。

"我确信，"哲瑞·雷恩先生露出一个若有所思的笑容，"我有了一个更好的主意。"

第六场

案发房间
六月十八日，星期六，晚上八点二十分

星期六上午，离正午还差几分钟的时候，哲瑞·雷恩先生的豪华轿车停在了哈特家门口的路边，埃德加·佩里和这辆车的主人出现在人行道上。佩里脸色苍白，但表情坚决，从雷恩崖到这里的路上，他一直没说话。雷恩也没打扰他。

应门的是一位探员："早上好，雷恩先生。你回来啦，佩

---

1 莎士比亚戏剧《暴风雨》中的半人半兽形怪物，此处指奎西。——编者注

里？"他朝雷恩挤了挤眼睛。家庭教师没有回答，只是快步穿过走廊，消失在楼梯上方。

雷恩慢吞吞地穿过门廊走向屋子深处。他停顿了一下，然后走进厨房。片刻之后，他从厨房里出来，走向藏书室。康拉德·哈特正坐在一张书桌旁写着什么。"嗯，哈特先生，"雷恩热忱地说，"我听说你的麻烦结束了。"

"啊？你说什么？"哈特立刻抬头惊叫道。他眼睛下面的眼圈很重。

"我听说，"雷恩坐了下来，继续说道，"今天上午他们要撤下禁令了。警察终于要走了。"

哈特抱怨道："噢！也是时候了。反正他们也没查出什么值得一提的东西。到底是谁杀死了我的母亲，现在他们和两周前一样一筹莫展。"

雷恩露出一副苦相："我们也不是无所不能的，你知道……是的，他们来了。早上好，莫舍。"

"早上好，雷恩先生。"莫舍一边闷声回答，一边大跨步走进藏书室，"好了，先生，我们要走了，哈特先生！"

"雷恩先生刚才也是这么说的。"

"探长的命令。我和兄弟们要撤了——一到正午就走。抱歉，哈特先生。"

"抱歉？"哈特反问道。他站起来，肆无忌惮地伸了个懒腰："走得好，你们都见鬼去吧！现在我们这儿总算能安静下来了。"

"也恢复了隐私。"一个声音怒气冲冲地补充道。吉尔·哈特走进房间："其他的好处就不消说了，康尼。实际上，他们终于不会再来烦我们了。"

原本在这幢房子里值班的四个人——莫舍，平库索恩，克劳斯，还有一个年轻黑人，迪宾医生，奉命检查食物的毒药专家——齐聚在门厅里。"好了，兄弟们，"平库索恩说，"咱们走吧。我还得去约会呢。哈，哈！"他笑了很久，隆隆的笑声让这个屋子都震动起来。就在这阵笑声的混响中，他突兀地呛了一下，于是笑声像被施了魔法一样戛然而止。他目瞪口呆地望着雷恩坐的那把椅子。所有人的目光都投向那边。哲瑞·雷恩先生软绵绵地仰面靠在椅背上，双眼紧闭，面无血色——失去了意识。

呆了一瞬以后，迪宾医生一个箭步冲了上去。平库索恩喊道："刚才他就那样僵了一下！脸一下子红了，喉咙里嘀嘀响了两声，然后就晕了过去！"

毒药专家跌跌撞撞地跪到椅子旁边，撕开雷恩的领口，俯身把耳朵贴在雷恩胸前，聆听他的心跳。他的脸色十分严肃。"水。"他低声吩咐，"还有威士忌。马上。"

吉尔目瞪口呆地靠在墙上。康拉德·哈特嘀咕了一句，然后从镶花酒橱里拿出了一瓶威士忌。一位探员跑向厨房，很快拿来了一杯水。迪宾医生捏开雷恩的嘴，往他喉咙里灌了不少酒。拿水的探员热心得有点儿过头，他把一整杯水全都洒在了雷恩脸上。效果犹如电击。雷恩噗地喷了一口，白眼一翻，眼珠乱转，威士忌如火焰般流进他的血管，他咳嗽起来。"你这个蠢货！"迪宾医生恼怒地说，"你想干什么——弄死他？过来——搭把手……哈特先生，我们能把他安置在哪儿？我必须立即送他上床。心脏病发作……"

"你确定他不是中了毒？"吉尔急急问道。芭芭拉，玛莎，两个孩子和阿巴克尔太太跑了进来,他们都听到了刚才那番动静。

"老天爷,"芭芭拉震惊地说,"雷恩先生这是怎么了?"

"这里有人能行行好,搭把手吗?"迪宾医生一边努力把雷恩瘫软的身体从椅子上扶起来,一边喘着粗气问道。

走廊里传来一声吼叫,站在门口的几个人纷纷让开,红头发的德洛米奥闯了进来……

十五分钟后,大宅里重新安静下来。雷恩僵硬的身体已经被迪宾医生和德洛米奥送到了二楼的客房里。三位探员站在原地,不安地睁大眼睛,不知道接下来该怎么办。最后,因为原来的命令没有撤销,他们一起走出大宅,让雷恩和哈特家的人自己操心下面的事吧。归根结底,心脏病发作不是谋杀。其他人聚集在客房紧闭的门外。门后鸦雀无声。突然,门开了,德洛米奥探出头来,满脸涨红。"医生说,你们都别待在这儿,也别发出噪声!"门咔嗒一声关了。

于是人群慢慢散开。半小时后,迪宾医生从客房里出来,下了楼。"他需要绝对的静养。"他告诉大家,"不算严重。但这一两天里他肯定不能动。请不要打扰他。他的司机跟他待在一起,他会照顾他,直到他可以离开。我明天再回来——到时候他会感觉好一些的。"

当天傍晚七点三十分,哲瑞·雷恩先生抓住他的"心脏病发作"营造出来的机会,开始完成后续的计划。由于可敬的迪宾医生下了严令,所以一直没人靠近这间"病房"。的确,芭芭拉·哈特悄悄给梅里亚姆医生的办公室打了个电话,向他求助——可能是因为她隐约有些不安——但当她听说医生不在城里时，她也没做进一步的努力。德洛米奥坐在紧闭的门后，抽着雪茄，翻着他预先揣进兜里的杂志，对他来说，这个下午不算难熬，至少不比他的雇主更难熬，因为雷恩的表情十分紧张。

六点，芭芭拉吩咐阿巴克尔太太把一盘清淡的食物送去客房。德洛米奥像盖尔人[1]那样殷勤地接过托盘，他说雷恩先生正在休息，情况很不错，然后当着阿巴克尔太太的面关上了门，没有理会她阴沉的脸色。没过多久，在职业精神的驱使下，史密斯小姐敲了敲门，询问她是不是能帮上点忙。德洛米奥跟她讨论了五分钟，最后，她发现自己对着紧闭的门板，心里暗自有些高兴，但她的确遭到了拒绝。她摇摇头，走开了。

七点三十分，哲瑞·雷恩先生下了床，低声跟德洛米奥说了几句话，然后站到了门背后。德洛米奥打开门，观察了一下走廊里面，空无一人。他关上身后的门，沿着走廊踱步。史密斯小姐的房门开着，但屋里没人。实验室和儿童房的门都关着。路易莎·坎皮恩那间房开着门，德洛米奥确认了里面没人，然后快步回到客房里。过了一小会儿，哲瑞·雷恩先生蹑手蹑脚地穿过走廊，快步走进案发房间。他毫不犹豫地推开衣柜门，溜了进去。他拉拢身前的柜门，确保门缝宽得足以让他看清房间里的情况。走廊，这间屋子和整个二楼都安静无声。房间里很快黑了下来，衣柜里的空气越来越凝滞。但雷恩依然往他身后那堆女装深处缩了缩，尽可能地深呼吸，让自己平静下来，准备迎接即将到来的漫长的守夜。

---

1 生活在苏格兰高地及爱尔兰的一个民族。——编者注

时间一分一秒过去。德洛米奥蹲在客房门后，不时听见走廊里传来人声，楼下偶尔也有隐约的声响。雷恩甚至连外面的这些声音都听不见。他置身于绝对的黑暗中。没人走进他藏身的这个房间。

七点五十分，雷恩看到自己手表上的夜光指针走到这个位置的时候，今晚的平静中终于有了第一丝扰动的苗头。他僵在那里，某种本能的直觉让他提高了警惕。房间里突然毫无征兆地溢满了亮光，他意识到电灯开关在衣柜左侧的房门旁边，从柜子里面看不见，所以他刚才没看到这位访客。但他的疑惑没有持续多久。史密斯小姐肥胖的身影穿过了他的视野。她拖着沉重的步子穿过地毯，走到两张床中间。现在，在明亮的光线下，雷恩看见，整间屋子被彻底打扫过了，收拾得整整齐齐，空气也很新鲜，之前那桩罪案的所有痕迹已被抹除。

史密斯小姐走到床头柜旁，拿起路易莎·坎皮恩的盲文板和金属字块。当她转过身来时，雷恩看见了她的脸。她看起来很疲惫，就连丰满的胸脯似乎也在叹气。她没再碰别的东西就离开了雷恩的视野，走向门口。片刻之后，光消失了，雷恩再次被黑暗笼罩。他放松下来，擦了擦汗津津的额头。

八点零五分，案发房间迎来了第二位访客。灯再次被打开，雷恩看见，阿巴克尔太太高大臃肿的身影蹒跚穿过地毯。她的呼吸十分急促，雷恩判断，爬楼梯让她费了点力气。她捧着一个托盘，上面放着一大杯酪乳和一碟小蛋糕。她把托盘放在床头柜上，皱着眉头搓了搓自己脖子后面，然后转身离开了房间。但这次——雷恩默默地快速祝祷了一番，感谢所有年代的神祇，因为祂们让阿巴克尔太太如此疏忽——灯没关。

事情几乎立即发生了。正好在四分钟后，也就是八点零九分，雷恩意识到，衣柜对面此前一直没动过的一扇百叶窗颤抖了一下，他立即紧张起来。他蹲得更低，稳稳地安顿好自己，伸手把柜门缝推大了一点儿，双眼紧盯那扇窗户。低垂的百叶窗一下子被掀开了，他看到自己一直在等的那个身影蹲在外面的腰线上，正是这道腰线横贯了花园上方的整面外墙。这个身影在那里待了几秒钟，然后轻轻跳到房间里面的地板上。雷恩看见，现在窗户开着，之前那扇窗一直紧闭。

那个身影立即大步走向门口，离开了雷恩的视野。但他确定，这位访客是去关门，因为那个身影很快就回来了，灯依然亮着。访客径直走向壁炉，那个位置雷恩几乎看不见。那人微微俯身，钻进壁炉，双腿向上一跃，消失在视野中。雷恩等待着，心脏怦怦直跳。几秒钟后，那个身影重新出现了，手里拿着那管白色的液体和滴管，正是雷恩留在砖块背面墙洞里的东西。访客奔向房间对面的床头柜，眼睛闪闪发光，手伸向那杯酪乳……雷恩藏在衣柜里，浑身颤抖。片刻的犹豫……然后，仿佛下定了决心，那个身影拔出试管塞，把整管液体倒进了阿巴克尔太太留下的酪乳杯里。

这个身影的动作真的很快……一跃便跳回了窗外，迅速瞥了外面的花园一眼，然后匆匆爬过窗台来到腰线上——现在窗户和百叶窗都重新关上了。雷恩注意到，那扇百叶窗下沿距离地面比刚才高了一点儿……他叹了口气，在衣柜里伸长了双腿。他的脸色像灰浆一样凝重。整个过程耗时不到三分钟。雷恩看了看手表，现在正是八点十二分。

休息时间……什么事也没发生。百叶窗连动都没动一下。雷恩又擦了擦额头，汗水在他的衣服下面顺着身体流淌。

八点十五分，雷恩再次警惕起来。两个身影穿过他的视线，暂时遮挡了光线——是路易莎·坎皮恩，她的步伐缓慢但自信，和她在这幢房子里以及附属于房子的土地上其他任何地方走动时一样，史密斯小姐跟在她身后。路易莎毫不犹豫地走向自己的床，盘腿坐下，然后自然而然地伸手抓住了床头柜上那杯酪乳，仿佛这是夜间的固定流程。史密斯小姐有气无力地笑了笑，拍拍她的脸颊，走向右边——雷恩知道，那是浴室的方向，他记得这间房的方位。雷恩紧张地注视着，但他看的不是路易莎，而是刚才的闯入者离开的那扇窗户。就在路易莎把杯子举到唇边的时候，雷恩看到了一个鬼鬼祟祟的影子，一张模糊的脸紧贴在玻璃窗上，没有关紧的百叶窗正好在那里留出了一条缝。那张脸神色紧张，脸色苍白，认真得几乎完全没了血色。

而路易莎脸上仍是那副永恒不变的愉悦却空洞的表情，她镇定地喝光了杯子里的酪乳，然后放下杯子，站起身来，开始脱裙子。

就在这一刻，雷恩紧紧地盯着眼前的画面，眼睛瞪得生疼。他愿意发誓，窗外的那张脸上露出了极度震惊的神情，随之而来的是深深的失望。然后这张脸像玩具一样，倏地从视野里消失了。

史密斯小姐还在浴室里哗啦啦地盥洗，雷恩小心翼翼地走出衣柜，踮着脚尖离开了房间。路易莎·坎皮恩甚至没往他的方向转一下头。

第七场

实验室
六月十九日，星期日，下午

　　星期日上午，哲瑞·雷恩先生感觉好多了——非常好。无论如何，德洛米奥告诉芭芭拉·哈特——全家似乎只有她一个人关心这事儿——雷恩先生上午大部分时间和下午一部分时间都将留在客房里休息，哈特小姐能不能发发善心，确保没人来打扰他？

　　哈特小姐答应了，哲瑞·雷恩先生没被打扰。

　　十一点，迪宾先生来了，他关着房门跟"病人"待了十分钟，出来告诉大家，"病人"的心脏已经基本恢复，然后便离开了。

　　午后不久，雷恩又像昨晚一样秘密调查了一番。就算他真的生了病，看起来也不会比现在更糟。他一脸憔悴，昨晚他整晚没睡。德洛米奥发出信号，他弓着身子匆匆溜进走廊。但星期日的这次侦察之旅目标不是案发房间。取而代之的是，他快步走进了实验室，像是胸有成竹。他一进门就径直钻进左边的衣柜，留了一条门缝，以保证完美的视野。然后，他再次变得严肃起来，控制住自己，冷静地等待。

　　从表面上看，这样做实在无聊又徒劳。蹲在又闷又黑的柜子里，几乎喘不过气来，聋掉的耳朵无助地试图捕捉最响亮的声音，疲惫的眼睛毫不放松地盯紧门缝——等待，无尽地等待，好几个小时。好几个小时里，什么都没发生，实验室里没人进来，他的眼睛没有捕捉到哪怕最轻微的动静。

这一天长得没有尽头。无论他脑子里是怎么想的——肯定满腔怒火，怨气沸腾，充满绝望——他依然没让自己的警觉松懈哪怕一秒。终于，下午四点，他的守望结束了。

他察觉的第一个信号是，一个身影从他眼前一闪而过，对方是从门那边进来的，他这个位置看不见。当然，雷恩也不能听到开关门的声音。几个小时积累的疲惫立刻一扫而空，他把眼睛贴在门缝上。正是昨晚那位闯入者。

那个身影没有迟疑，立即走向房间左边，在架子附近停了下来。这个位置离雷恩非常近，他甚至能看到对方粗重的喘息。一只手突然抬起来，伸向低层的架子——从仅存的几个瓶子里取下了一个。瓶子从雷恩眼前一晃而过，他看到了红色标签上醒目的白色字母：有毒。现在闯入者暂时停了下来，无声地打量着这份战利品。然后，在屋子里慢慢转了一圈以后，那个身影走向房间左边靠近窗户的角落，那里堆放着火灾后被扫到一起的碎片。闯入者从里面挑出了一个完好的空的小瓶子。毫不迟疑地在水龙头下面把这个瓶子洗干净以后，闯入者灌了满满一瓶毒药，然后把它塞好，将毒药瓶子送回架子上，小心翼翼地踮着脚尖朝雷恩这边走来……在那个瞬间，雷恩直视着那双灼烧的眼睛……然后，它们从他身前经过，那人走向了门口。

虽然蹲坐的姿势很累，但雷恩还是在衣柜里待了很久，然后，他起身快步走进实验室。门关着，闯入者已经离开。他甚至没去架子那边查看对方偷走的到底是哪种毒药。他一动不动地站在那里，目光呆滞地盯着那扇门，像一位被沉重的责任压弯了腰的老人。等到这阵痛苦过去，他又变回了原来那个雷恩，脸色有些苍白，身姿有些佝偻,看起来正像一位心脏病发作还没完全恢复的绅士。追随着刚才那位访客的脚步,他离开了房间,步伐虽然有些虚弱,但依然自信。

警察总部。傍晚。

总部十分安静。工作日已经结束,除了值夜班的警察以外,走廊里空无一人。地方检察官布鲁诺大步穿过走廊,冲进了门上贴着萨姆探长名牌的办公室。萨姆正坐在写字台前审视着台灯照亮的一组罪犯的照片。"喂,萨姆?"布鲁诺喊道。

萨姆连眼睛都没抬:"啊——怎么?"

"雷恩!他那边有消息吗?"

"一点儿也没有。"

"我很担心。"布鲁诺吼道,"你竟然会同意这种事,太疯狂了,萨姆。这可能带来悲剧性的后果。撤掉对那家人的保护……"

"啊,去推销你的人身保护令吧,"萨姆不满地抱怨,"活见鬼,我们有什么可损失的?雷恩看起来知道自己在干什么,而我们一点儿头绪也没有。"他推开面前的照片,打了个呵欠:"你又不是不认识他——除非有绝对的把握,否则他不会开口。让他去吧。"

布鲁诺摇头:"我还是觉得这太不明智了。要是出了什么问题……"

"嘿,看这儿!"萨姆喊道。他的小眼睛灼灼发光:"除了听一大堆老娘儿们的车轱辘话以外,难道我要操心的事情还不够多吗——?"他震惊地咬住了嘴唇。就在这一刻,他写字台上的几部电话里有一部执着地响了起来。布鲁诺僵住了。萨姆一下子抓起话筒。"喂。"他哑着嗓子说道。

对面一片嘈杂……萨姆听着,暗红的血液渐渐涨满了他脸上的小血管。然后,他一言不发地砸掉电话,冲向门口。布鲁诺十分无奈地跟了上去。

第八场

餐厅

六月十九日,星期日,晚上七点。

这天下午,哲瑞·雷恩先生拖着蹒跚的脚步在大宅里转悠,虚弱地微笑着跟家里的各色人等交谈。戈姆利来得很早,雷恩跟他聊了一阵子无关紧要的琐事。特里维特船长整个下午都在花园里跟路易莎·坎皮恩和史密斯小姐待在一起。其他人无精打采地四处游荡,似乎无法集中精力做任何正常的事情,他们对彼此仍有些戒备。

值得一提的是,雷恩没有坐下过一次。他一直在走动,目光从未停歇地四处游走,极端专注地追踪、观察……

傍晚七点差一刻的时候,他设法给他的司机德洛米奥发了个隐蔽的信号。德洛米奥悄无声息地走到他身旁,他们低声交谈了几句。然后,德洛米奥离开了大宅。五分钟后,他面带笑容回来了。

七点整，雷恩坐在餐厅的一个角落里，笑得很慈祥。晚餐桌已经布置好了，人们陆陆续续走进餐厅，一个个看起来都没精打采，有气无力。就在这时候，萨姆探长带着地方检察官布鲁诺和一队探员冲进了大宅。

雷恩收起脸上的笑容，起身迎接萨姆和布鲁诺。在那一瞬间，谁都没动：路易莎和史密斯小姐坐在餐桌旁；玛莎·哈特和两个孩子正要坐下；萨姆进来的时候，芭芭拉正从另一扇门走进餐厅；萨姆看见，康拉德在隔壁的藏书室里，和平时一样往自己喉咙里灌酒；吉尔不在，但特里维特船长和约翰·戈姆利在场，当时他们正站在路易莎的椅子后面。

谁都没说话，直到雷恩咕哝了一句："啊，探长。"人们脸上惊讶的表情这才开始消失，大家若无其事地照常入座。

萨姆草草跟大家打了个招呼，然后立即领着布鲁诺走向雷恩，朝他严肃地点了点头。他们三个人退到了一个角落里。谁也没有注意他们：餐桌旁的人们抖开餐巾；阿巴克尔太太出现了；女仆弗吉尼娅顶着一个沉重的托盘步履蹒跚地走了进来……

那副憔悴的神情回到了雷恩脸上。"嗯，探长。"他只说了这么一句话，大家都沉默下来。

然后，探长低声开口了："你的手下——他刚给我打了个电话——他告诉我，你说你也没辙，一切都完了。"

布鲁诺嘶声问道："你失败了？"

"是的。"雷恩低声回答，"我失败了。我宣布放弃，先生们。这次实验……并不成功。"

萨姆和布鲁诺都没说话，只是睁大眼睛瞪着他。"我无计可施了，"雷恩继续说道，他的目光越过萨姆的肩膀落在他身后的某个地方，眼神几乎有些痛苦，"我得告诉你，因为我要回哈姆雷特山庄去了。与此同时，我不介意马上就走，你可以重新派人在大宅里值守——保护哈特家的人……"

"那么，"萨姆再次开口了，他的语气十分严厉，"所以你也被难倒了？"

"恐怕是。今天下午我还寄予厚望。现在嘛……"雷恩耸耸肩。"我开始相信，探长，"他露出一个讽刺的笑容，"我高估了自己的才能。去年的朗斯特里特案恐怕只是走运而已。"

布鲁诺叹了口气："覆水难收，哭也没用，雷恩先生。说到底，我们也没好到哪儿去。你没有理由感觉如此糟糕。"

萨姆沉重地摇摇头："布鲁诺说得对。别这么往心里去。不光是你一个人无计可施，想想这个，你会对自己满意一点儿……"

他突然停了下来，像只长得太胖的猫一样猛地转过身去。雷恩瞪大眼睛望向萨姆背后的某个地方，眼神极度惊恐。一切发生得这么快，这么不可预防，人们还没来得及吐出卡在喉咙里的那口气，事情已经结束。它像闪电般令人浑身麻痹，像蛇的突袭。

哈特家的人僵硬地坐在餐桌旁，还有他们的客人。男孩杰基刚才一直在捶桌子，要求再来点面包，然后他举起面前的一杯牛奶——桌上有好几杯牛奶：杰基面前一杯，比利面前一杯，路易莎面前也有一杯——他迫不及待地一口就喝下了半杯。突然，杯子从他突然无力的指间滑落。杰基颤抖了一下，喉咙里汩汩响了一声，痉挛般僵住了……然后他重重地滑坐在椅子上，下一个瞬间，他的身体轰然倒地。

紧接着,人们从麻痹中清醒过来,冲上前去——萨姆和雷恩一起,布鲁诺跟在他们后面。其他人都被吓呆了,他们仍然张大嘴巴坐在那里,叉子凝固在桌布和嘴唇之间,手保持着伸向盐瓶的姿势……哈特太太尖叫着双膝跪倒在那个僵硬的小身影旁。"他中了毒!他中了毒!噢,老天爷啊——杰基,跟我说句话——跟妈妈说句话!"

萨姆粗暴地推开她,握住男孩的下巴使劲捏开,然后把手指伸进了男孩的喉咙。一阵虚弱的咯咯声……"谁都别动!"萨姆喊道,"给医生打电话,莫舍!他——"后半句命令卡在了他嘴边。他怀中的那个小身影向上弹了一下,然后彻底松弛下来,像一堆湿透的衣服。就连他母亲那双肿胀的眼睛也一眼就能看出,男孩已经没命了。

地点、日期同上。晚上八点。

楼上的儿童房里,梅里亚姆医生在地板上踱步——幸运的是,就在悲剧发生前一小时,梅里亚姆医生已经度完周末回来了。哈特太太哭得歇斯底里,她牢牢抓住小儿子比利颤抖的身体,几乎疯了。比利正哭着要哥哥——他吓坏了,紧紧攀着自己的母亲。哈特家的人围着床上那具僵硬的小身体,气氛凝重,没有人说话,也没人看彼此一眼。探员们站在门口……

楼下的餐厅里还有两个人——萨姆探长和哲瑞·雷恩。雷恩眼里满是痛苦,他看起来病得厉害——哪怕以他的演技也无法掩饰。两个人都没说话。雷恩无力地坐在桌边,呆滞地望着地上打翻的牛奶，正是男孩临死前喝的那杯。萨姆踏着沉重的脚步来回逡巡，一脸怒意地喃喃自语。

门开了，地方检察官蹒跚走了进来。"真是一团糟。"他说，"乱透了。一团乱。"萨姆怒气冲冲地望向雷恩，后者连眼皮都没抬，只是坐在那里揉捏手里的餐巾。"我们永远无法挽回这件事的影响了，萨姆。"布鲁诺哀叹。

"去他妈的！"探长咆哮道，"我火大的是，这会儿他倒是想放弃了。在这么个节骨眼上。为什么，哥们儿，现在你不能放弃！"

"我别无选择，"雷恩简单地说，"我只能这样，探长。"他站起来，僵硬地站在桌旁。"现在我无权介入了。那个男孩的死……"他舔了舔自己干涸的嘴唇，"不。我从最开始就不该参与进来。请让我走吧。"

"可是雷恩先生……"布鲁诺声音沉闷地开口，马上就被打断了。

"我现在没什么可为自己辩白的。是我把事情搞得一团糟。那个男孩的死是我的错，只有我应该对此负责。不……"

"行吧，"萨姆咕哝着说，他的怒火已经熄灭，"你有退出的自由，雷恩先生。如果说这事儿非要怪谁，那都是我的错。既然你想就这样离开，不做任何解释，也不向我们透露分毫你之前的行动……"

"但我已经告诉你了，"雷恩有气无力地说，"我告诉过你。我错了，仅此而已。错了。"

"不。"布鲁诺说，"你不能就这么轻易地放弃，雷恩先生。

现在案情还在往深处发展。当你请求萨姆撤走他的人，给你清场的时候，你脑子里肯定有什么具体的想法……"

"的确。"布鲁诺突然震惊地发现，雷恩的眼睛周围黑了一圈。"我以为我能预防下一次的犯罪。结果发现我没能做到。"

"说什么花招骗术，"萨姆吼道，"你他妈那么肯定，说下毒就是个幌子。不是真正的目的。不是！"他呻吟一声，捂住了自己的脸："我跟你说，这件事证明了整桩案子就是一场大屠杀。他们所有人，都会被干掉……"

雷恩沮丧地低下头，欲言又止，然后走向门口。他甚至没拿自己的帽子。他在门外逗留了片刻，仿佛犹豫着想要回望，然后，他绷紧双肩，走出了哈特家。德洛米奥在街角等他。在那半明半昧的薄暮中，一群记者朝他冲了过来。他甩掉他们，回到自己车上，把脸埋进自己的双手之中，汽车飞驰而去。

尾 声

"去了一恶,而万恶依然如故。"[1]

两个月过去了。哲瑞·雷恩先生离开哈特家以后,他和这桩案子再无关系。哈姆雷特山庄一直很安静。萨姆探长和地方检察官布鲁诺都没再找过雷恩。

报纸一直在严厉谴责警方。原本偶尔还有报道提及雷恩和本案的关系,但随着他的退出,这方面的言论也随之消失了。直到两个月后,调查仍毫无进展。尽管萨姆探长预测这是一场大屠杀,但此后再也没有发生新的罪案。官僚机构的闭门调查一直在进行。尽管探长在这场混战中被搞得十分狼狈,但降职和耻辱并未真正到来。

就这样,警方最后不得不永久性地撤出了哈特宅——媒体刻薄

---

1 原文为德语,出自歌德的《浮士德》。

地评论说,聪明的谋杀犯智胜了他们……杰基·哈特下葬后不久,原本被老太太的铁腕捏在一起的哈特家分崩离析……吉尔·哈特失踪了,这让戈姆利、比奇洛、她最新的那位未婚夫以及一大帮男性崇拜者都感到茫然若失,弄不清她离开的原因……玛莎令人同情地下定了决心,她鼓起残存的最后一丝自尊离开了康拉德,带着四岁的比利住进了一间廉价公寓,准备结束这段婚姻……经过几周的观察,埃德加·佩里重获自由。他也失踪了一段时间,但不久后便以芭芭拉·哈特丈夫的身份重新出现,这场联姻让媒体和文学界都热闹了好一阵子,但随着这对夫妇离开美国前往英格兰,这阵喧嚣很快烟消云散……谁也没有留下。哈特宅被木板封了起来,挂牌出售。特里维特船长在自己的花园里闲逛,看起来老得整个人都佝偻了。梅里亚姆医生继续闭紧嘴巴低调执业。

这桩案子被无限期搁置了起来。警方的记录里又多了一件悬案——纽约城年年都有几十桩这样的案子。

值得一提的是,有一件事为报纸提供了最后一条典型的哈特式的花边新闻。芭芭拉·哈特和埃德加·佩里结婚前三天,路易莎·坎皮恩在午睡中过世了。法医和梅里亚姆医生一致认为,她死于心脏衰竭。

幕　后

"看完整场戏，带着挑剔的眼光，

然后再来否认他的优点，如果你还能做到的话。"[1]

哲瑞·雷恩先生伸展四肢倚在池塘石岸边的草地上，用面包屑喂他的黑天鹅。就在这时候，老奎西带着萨姆探长和地方检察官布鲁诺出现在他背后的小道上。这两个人看起来都有些胆怯，不敢上前。奎西碰了碰雷恩的肩膀。雷恩回头。他一下子站起身来，脸上满是震惊。"探长！布鲁诺先生！"他喊道。

"见到你真高兴，"萨姆一边咕哝，一边像个小学生一样不情愿地往前挪，"来看看你，布鲁诺和我。"

"呃——哈呀！——是的。"布鲁诺说。

---

[1] 出自英国诗人查尔斯·丘吉尔（Charles Churchill，1732—1764）讽刺时下演员的诗作 *The Rosciad*。——编者注

他们站在那里，似乎不知道接下来该做什么。雷恩仔细审视着他们。"也许你们可以和我一起坐在草地上。"最后他说。他穿着短裤和高领毛衣，肌肉发达的棕色腿上沾着绿色的草汁。他将双腿屈在身下，像印第安人那样蹲坐在草地上。

布鲁诺脱掉外套，解开领口，感激地吐出一口长气，坐了下去。探长犹豫了一下，然后像打雷一样轰地坐下。他们继续沉默了很长时间。雷恩专心致志地喂着鸟。一只黑天鹅倏地伸长脸子，快得惊人地啄向漂在水面上的面包屑。

"好吧，"萨姆终于开口说道，"也许……嘿！"他探身向前，拍了拍雷恩的胳膊，雷恩看着他。"我在说话呢，雷恩先生！"

"是啊，"雷恩咕哝着说，"请务必继续说下去。"

"我也许应该告诉你，"萨姆眨眨眼睛，"那个，我们——布鲁诺和我，那个——我们有事想问你。"

"路易莎·坎皮恩是不是自然死亡的？"

两人一惊，交换了一个眼神，然后布鲁诺探过身来。"是的。"他急切地说，"我想你已经在报纸上看到了。我们正在考虑重启这个案子……你觉得呢？"

萨姆没有说话，浓眉下的那双眼睛紧盯着雷恩。"我觉得，"雷恩喃喃地说，"席林医生同意梅里亚姆医生心脏衰竭的诊断。"

"是的。"探长慢慢地说，"他的确同意。话说回来，梅里亚姆一直都说那个聋哑人心脏不好。他那里也有这方面的记录。但我们心里不踏实……"

"我们觉得，"地方检察官接道，"有的毒药可能不会留下痕迹，或者注射某种药物可能致死，但不会引起怀疑。"

"但我两个月前就跟你们两位先生说过了，"雷恩一边温和地回答，一边将另一把面包屑撒向水里，"我退出这个案子了。"

"我们知道，"趁着萨姆还没来得及回嘴，布鲁诺匆匆说道，"但我们总觉得，其实你一直知道真相……"

他没再说下去。雷恩已经把头转开了。他嘴边仍挂着礼貌的微笑，但那双灰绿色的眼睛始终若有所思地望着天鹅，而实际上并没有在看它们。过了很久，他叹了口气，重新转头望向两位客人。"你说得对。"他说。

萨姆猛地扯下一把草，朝他那双大脚扔去。"我就知道！"他喊道，"布鲁诺，我是怎么跟你说的！他肯定知道一些事情，我们用得着——"

"案子已经破了，探长。"雷恩平静地说。

两个人都是一惊。萨姆猛地抓住雷恩的胳膊，紧得让他往后缩了一下。"案子破了？"他嘶声喊道，"凶手是谁？怎么破的？什么时候？什么时候破的，看在上帝的分儿上——就这周？"

"案子两个多月前就破了。"

有那么一会儿，他们都屏住了呼吸，根本无法开口说话。然后布鲁诺响亮地倒抽了一口长气，脸一下子白了。萨姆的上嘴唇像孩子一样微微颤抖。"你的意思是说，"最后，萨姆终于低声说道，"这两个月来，你一直守口如瓶，让凶手逍遥法外？"

"凶手没有逍遥法外。"

他们俩一下子跳了起来，像被同一个滑轮控制的两个玩偶。"你是说——？"

"我是说，"雷恩用你能想象的最悲伤的声音说，"凶手已经……死了。"

一只天鹅拍打着黑色的翅膀，溅起的水花泼到了他们身上。

"请坐下吧，二位。"雷恩说。他们机械地听从了。"从某种角度来说，我很高兴今天你们来了，但从另一个角度来说却恰恰相反。现在我不知道应不应该告诉你们……"

萨姆呻吟了一声。

"不，探长，我不是为了逗你，故意让你痛苦，"雷恩阴郁地继续说道，"这是个很现实的问题。"

"可是，你为什么不告诉我们，朋友，看在上帝的分儿上？"布鲁诺质问。

"因为，"雷恩说，"你们不会相信我。"一滴汗珠从探长鼻尖滚落，顺着他宽大的下颌滴了下去。"这太不可思议了，"雷恩平静地说了下去，"下面我要说的话，如果你们听了以后一脚把我踹到池塘里去，骂我是个故弄玄虚的骗子，编故事的小说家，或者疯子，和疯帽子家一样疯，我都不怪你们。"他的声音颤抖。

"是路易莎·坎皮恩。"地方检察官一字一顿地说。

雷恩和他对视。"不是。"他说。

萨姆探长冲着湛蓝的天空挥了挥手。"是约克·哈特，"他粗声说道，"我早就知道。"

"不。"哲瑞·雷恩先生叹了口气，重新转向天鹅。他又往池塘里扔了一把面包屑，这才开口重复了一遍——他的声音低沉，清晰，充满悲伤："不。是——杰基。"

整个世界仿佛凝固了。微风骤然消失，天鹅纷纷游走，那是他们视野内唯一会动的东西。然后，老奎西在他们身后远远地喊了一句什么，应该是在追爱丽儿喷泉里的一条金鱼，于是魔咒被打破了。

雷恩转过身来。"你们不相信我。"他说。

萨姆清了清嗓子，想要开口，却一句话都没说出来，他又清了清嗓子。"不，"最后他说，"我不相信你。我没法……"

"这不可能，雷恩先生！"布鲁诺喊道，"这太疯狂了！"

雷恩叹了口气。"如果你们的反应不是这样，那疯的就是你们。"他喃喃地说，"不过，听我说完以后，你们应该会信服，正是十三岁的杰基·哈特——一个刚刚进入青春期的孩子，以谋杀这种事情而言几乎算是个婴儿——是他三次试图对路易莎·坎皮恩下毒，是他砸了哈特夫人的头，导致她丧命，是他——"

"杰基·哈特，"萨姆喃喃说道，"杰基·哈特。"仿佛重复这个名字能让他摸清整件事的脉络。"可是，看在上帝的分儿上，这么个瘦小的十三岁小笨蛋怎么可能设计出一套这样的计划并加以实施？我说，这——这完全是疯了！谁都不会相信！"

地方检察官布鲁诺若有所思地摇摇头："别这么上头，萨姆。你太激动了，否则你至少应该知道你自己这个问题的答案。一个十三岁的男孩照着一份已经准备好的罪案大纲加以实施，这样的事情并非不可想象。"

雷恩轻轻地点了点头，然后望着草坪陷入了沉思。

探长像条垂死的鱼一般奋力挣扎。"约克·哈特的大纲！"他喊道，"现在我全都明白了。天哪，没错！那个坏透了的小崽子……我还以为是约克·哈特——我以为他没死——我试图抓住死人这条线……"他难为情地苦笑着摇了摇头。

"绝对不可能是约克·哈特,"雷恩说,"不管他死没死。因为,当然,他还活着,这样的可能性的确存在,那具尸体的身份并未得到绝对的确认……不,先生们,凶手是杰基·哈特,而且从一开始就只可能是杰基·哈特。需要我告诉你们我是怎么知道的——以及为什么吗?"

他们默默地点了点头。哲瑞·雷恩先生躺在草地上,双手交叠垫在脑后,对着晴朗无云的天空讲述他不可思议的故事。

"我应该,"他说,"从第二桩案子的调查开始讲——埃米莉·哈特之死。请记住,起初我所知道的并不比你们二位更多。进入这片处女地时,我没有任何预设的偏见。我所见、所信的一切,都完全基于观察和分析。就从我对事实的推理开始介绍吧——正是这套推理让我坚信,那个男孩是所有事件背后的主谋,顺着这条思路,我才找到了约克·哈特那份引发悲剧的大纲……"

"这桩案子从一开始看起来就困难重重。我们面对的这位凶手实际上有一位目击证人,但乍看之下,这位证人似乎无法提供任何帮助。一位既聋又哑还盲的女士……她听不到,看不见,更复杂的是,她也没法说话。但这个问题并非完全无解,因为她的确拥有其他可用的感官。味觉算是一种,还有一种是触觉,嗅觉是第三种。

"味觉在这里完全没用,我们指望不上它。但触觉和嗅觉有用,我之所以能找到真相,主要正是基于路易莎提供的线索:她摸到过凶手,也闻到过他身上的气味。

"我已经向你们证明了,给路易莎·坎皮恩水果碗里的梨下毒的，和杀死隔壁床上哈特夫人的，是同一个人。在以前的分析中，我也向你们证明了，对路易莎下毒从来就不是真的想要她的命，凶手的谋划只有一个目的，那就是杀死哈特夫人。很好。由于下毒者和凶手是同一个人，那么当天晚上路易莎在黑暗的卧室中摸到的那个人——摸了这下以后她就晕了过去——就是我们的目标。你们应该记得，路易莎摸到凶手的鼻子和脸颊时，身体是站直的，她伸出的手臂完全平行于地面，与肩同高。探长，你当时其实摸到了门道。"

探长眨眨眼，脸红了。

"我不明白……"布鲁诺慢慢开口说道。

雷恩躺在草地上，望着天空，没有看到布鲁诺嘴唇的移动。他继续平静地说："你曾经说过，探长，既然目击者摸到了凶手的鼻子和脸颊，而这位目击者的身高是已知的，那么我们可以由此推测凶手的身高。非常精彩！当时我就想，你已经抓住了这个显而易见的事实，真相很快就会水落石出，至少是表面上看起来的真相。但布鲁诺先生表示反对，他说：'你怎么知道凶手当时不是蹲着的呢？'——想得很周到，的确，如果凶手真是蹲着的，那么要推算他的身高，就必须考虑下蹲的幅度，这自然无法确定。所以，你和布鲁诺先生都没有继续深挖，就放弃了这条线索。如果顺藤摸瓜——事实上，哪怕多看一眼地板——你们就会立即找到真相，就像我一样。"

布鲁诺皱起眉头。雷恩悲伤地一笑，坐起来转身面对他们："探长，站起来。"

"啊？"萨姆困惑地说。

"请站起来。"

萨姆疑惑地遵从了。

"现在，踮起脚尖。"

萨姆的脚后跟滑稽地离开了草坪，他摇摇晃晃地踮起脚尖。

"现在，继续踮着脚，蹲下——然后试着走两步。"

探长笨拙地弯曲膝盖，后跟离地，试图执行雷恩的指令。他刚摇摇晃晃地走出去两步就失去了平衡。布鲁诺忍不住笑出了声——他看起来像一只发育过度的鸭子。

雷恩再次露出微笑："那么，你的尝试证明了什么，探长？"

萨姆掸掉一片草叶，朝着布鲁诺吼了起来。"别笑了，你这条土狼！"他喊道，"证明了蹲着的时候要踮脚可太他妈难了。"

"很好！"雷恩干脆地说道，"当然，这从物理上的确有可能实现，但我们的确可以排除这样的可能性：凶手在离开犯罪现场时是蹲下去踮着脚走的。没错，他是踮着脚，但在踮脚的同时不会蹲着。这个姿势很尴尬，对人类来说太不自然，而且也没什么用。事实上，这会妨碍你的速度……换句话说，在凶手被路易莎·坎皮恩摸到的那一刻，如果他正踮着脚往房间外面走，那么我们可以立即排除他还蹲着的可能性。

"地板说明了一切。你们应该记得，留在弄洒的痱子粉上的脚印，从床到路易莎摸到凶手的位置之间，只有脚尖的印记——顺便说一句，正是在被路易莎摸到以后，凶手改变了方向，跑出了房间，此后的脚印就不光有脚尖，也有脚跟，而且步幅也变得大多了……"

"脚尖的印记，"布鲁诺喃喃地说，"是这样吗？但那时候我完全不了解这方面的事。我没法像照相机那样记下所有事情。那些脚印是只有脚尖吗……？"

"就是只有脚尖，"萨姆抱怨道，"闭嘴吧，布鲁诺。"

"听着，"雷恩平静地继续说道，"在只有脚尖的地方，还有一件事，相邻两个脚尖印之间的距离只有四英寸左右。这只有一种可能的解释——凶手砸了哈特夫人的头以后，转身从床边离开的时候是踮着脚走的，所以没有留下脚跟的印记。接下来他依然踮着脚，因为后面这串脚尖印的步幅只有四英寸，这正是一个人在狭窄的地方踮着脚行走时的正常步幅……那么，在路易莎·坎皮恩摸到凶手的那一刻，他是站直的——没有下蹲，记住了——而且踮着脚！"

"那么现在，"雷恩语速很快，"我们可以基于以上事实计算凶手的身高了。我先打个岔。当然，我们可以看到，路易莎·坎皮恩的身高是确定的。宣读遗嘱的时候，全家人都在场，一看就知道，路易莎和玛莎·哈特一样高，而且，她们俩是这一家子里最矮的两个成年人。后来我去拜访了梅里亚姆医生，在他保存的病历卡上找到了路易莎的确切身高：她的身高是五英尺四英寸。但其实我不需要知道这么具体的数据，她讲故事的时候我就能直接估算出她的身高。当时我估算了她有多高——以我自己为参照——然后快速计算了一下。现在，请听仔细了。"

他们热切地望着他。

"一个人的头顶和肩膀之间的距离是多少？呃，布鲁诺先生？"

"呃——我不清楚，"布鲁诺说，"这怎么说得准。"

"其实说得准。"雷恩笑道,"每个人头顶和肩膀之间的距离都不太一样,当然,男性和女性也不一样。我正好间接知道,这方面的信息我是从奎西那儿听说的,他对人类头部物理结构的了解比我认识的其他任何人都多……女性头顶和肩膀之间的距离是九到十一英寸——我们不妨说,所有平均身高的女性,头顶和肩膀之间的距离是十英寸,因为你可以随便找个普通女性来观察一下,目测估算。那么很好!路易莎的手指摸到了凶手的脸颊,高度正好和对方的鼻子齐平,于是我们立刻发现——这位凶手比路易莎矮。因为他要是和她一样高,那她只能摸到他的肩膀。可是,由于她摸到的是他的鼻子和脸颊,那他必然比她矮。"

"我可以把凶手的身高确定得再具体一点儿吗?可以。路易莎身高五英尺四英寸,就是六十四英寸。她伸出的手臂与地板之间的距离比她的身高矮十英寸,那么凶手的脸颊,也就是路易莎摸到的地方,也比她的身高矮十英寸,距离地面五十四英寸。既然凶手鼻子旁边的脸颊距离地板的高度是五十四英寸,我们只需要根据比例大致估算一下凶手的鼻子到头顶的距离,就能得到他的完整身高。对一个比路易莎矮的人来说,这个距离差不多是六英寸。那么凶手的完整身高大约是六十英寸,或者说五英尺整。但是,因为凶手是踮着脚的,所以要得到他的真实身高,你必须减掉一个人踮脚的高度。我想你会发现,这个高度大约是三英寸。换句话说,我们这位凶手的身高大约是四英尺九英寸!"

布鲁诺和萨姆呆若木鸡。"我的天哪,"萨姆咕哝着说,"我们还得当数学家吗?"

雷恩平稳地继续说道:"要计算凶手的身高,还有个法子:如果凶手和路易莎一样高,就像我刚才说过的那样,她就会摸到他肩膀的高度,因为她伸出的手臂完全与肩同高。但她摸到的是他的鼻子和脸颊,这意味着他的身高等于她的身高减去他的肩膀和鼻子之间的高度。正常情况下这大约是四英寸。再加上踮脚的三英寸——总共七英寸。那么凶手比路易莎矮七英寸,我说过,她的身高是五英尺四英寸。于是凶手大约高四英尺九英寸——完全符合我最初的计算。"

"哇哦!"布鲁诺说,"真有一套。靠一系列目测下的估算就能得到这么准确的数据!"

雷恩耸耸肩:"你这么一说,听起来好像很难,毫无疑问,我的算术听起来是有点儿难。但其实简单得要命……我们不妨留点余地。假设路易莎伸出的手臂并不是完全平行于地面——而是略低于她的肩膀,或者略高。其实这不太可能,因为别忘了,她是个盲人,她最习惯的姿势就是在行走时僵硬地伸出手臂,但我们现在允许高低两英寸的误差,对事实做出一点儿宽松的让步。那么我们的凶手身高介于四英尺七英寸到四英尺十一英寸之间。依然是个小个子……你也许还会反对——我看到了探长眼里的纠结——说我估算的鼻子到头顶的距离,或者到肩膀的距离,太确切了。其实你可以自己试试。但无论如何,路易莎摸到了凶手的鼻子,此时凶手踮着脚,这个事实表明,他比她矮了不少——对我来说,这件事本身足以证明:她摸到的必然是杰基·哈特。"

他停下来调整呼吸。萨姆叹了口气。经过雷恩的解释,一切看起来都这么简单。

"为什么是杰基·哈特?"片刻之后,雷恩继续说道,"基本地解释一下就够了。由于路易莎和玛莎是他们家最矮的成年人——她和玛莎的身高也基本相同——他们聚在一起听遗嘱时,这一点显而易见。那么路易莎摸到的,必然不是家里的成年人。家里其他所有成年人都被排除在外:埃德加·佩里很高,阿巴克尔夫妇很高,弗吉尼娅也很高。那么外人呢?如果凶手不是家里人呢?呃,特里维特船长,约翰·戈姆利,梅里亚姆医生——都很高。切斯特·比奇洛身高中等,但男性的中等身高绝不会是差几英寸才到五英尺!凶手不可能是毫无关系的外人,因为从这桩案子的其他线索来看,凶手必然熟悉这个家庭,熟悉每个人不同的进食习惯,家里的地形,诸如此类的事情。"

"我懂了,我懂了。"探长郁郁地说,"真相一直就在我们的鼻子底下。"

"这次我必须同意你的话,"雷恩轻笑道,"所以凶手只能是杰基·哈特,我的眼睛告诉我,他的身高正好符合我的数据——我在梅里亚姆医生的病历卡上得到了更确切的数字,他的身高是四英尺八英寸——我误差了一英寸,仅此而已……当然,作案的不可能是小比利,他的弟弟,先不说这个想法一看就很荒谬,光从数据上说,比利还是个小孩,身高不到三英尺。还有一点:路易莎说,她摸到的是一张光滑柔软的脸。听起来像个女人——你就是这么想的。但十三岁的男孩脸颊也是光滑柔软的。"

"真不敢相信。"探长说。

"所以,站在那间卧室里,听着路易莎的证词,看着她表演前一晚的经历——快速计算——我得出了结论。看起来,前一晚的潜入者是杰基·哈特,是他给那个梨下了毒,假装要谋害他的姑姑;

也是他砸了祖母的头,致使她丧命。"

雷恩停下来,叹了口气,望着天鹅沉默了片刻。"我得说,这个结论看起来过于荒谬,所以当时我立即把它排除了。这么复杂的谋划需要成年人的智慧,一个孩子怎么可能想得出来——而且他还杀了人?简直乱弹琴!当时我的反应和你刚才一模一样,探长,我嘲笑了我自己。这不可能。我肯定有什么地方弄错了,要么就有一个成年人躲在幕后,唆使这个孩子。我甚至想过,没准儿有个我没见过的成年人躲在暗处,他的身高只有四英尺八英寸或者九英寸——几乎是个侏儒。但这太傻了。我不知道该怎么想。

"当然,我保留了自己的意见。要是我当时就把这串计算的结果告诉你们,那看起来一定很傻。连我自己都不相信,怎么能指望你们相信呢?"

"我开始明白了——很多事情。"布鲁诺喃喃地说。

"是吗?"雷恩咕哝道,"我觉得你明白的还不到一半——四分之一——布鲁诺先生,虽然我尊重你的智慧……怎么回事呢?路易莎·坎皮恩声称,她在凶手身上闻到了香草味。香草味!我对自己说,这在孩子身上并不出奇。我尝试了我能想到的所有香草味的东西——糖果、蛋糕、花等,如你所知。没有进展。我自己把那幢房子搜了一遍,只为了寻找一种可能的联系、一条线索。还是一无所获。所以最后,我放弃了寻找和孩子有关的香草味,转而把它当成一种化学品。"

"我从英戈尔斯医生那里得知,有一种可治疗各种皮肤病的基质药膏——秘鲁香膏,有明显的香草气味。我又从梅里亚姆医生那里发现，约克·哈特的手臂得过皮肤病，而且他的确用过秘鲁香膏。在他的实验室里，我找到了一罐这种药膏的记录档案……约克·哈特！一个死人。他会不会没死？"

"我就是这样想的。"萨姆闷闷不乐地说。

雷恩没有在意："是的，的确有这种可能。死者身份并未完全确认。我们只是认为，从海里打捞上来的是他的尸体……但是——身高该怎么解释呢？探长，你最开始向我提到那具尸体时并未说明他的身高。就算那不是约克·哈特的尸体，而他的确正在策划一场骗局，那么他肯定会挑一具和自己身高差不多的尸体，所以，要是知道那具尸体的身高，我就能省点事儿。不过，我的确从梅里亚姆的病历卡上了解到了约克·哈特的身高：五英尺五英寸。所以路易莎摸到的不可能是约克·哈特——凶手比路易莎矮不少，离五英尺都还差很远……

"那为什么会有香草味呢？从逻辑上说，案发当晚的香草气味必然来自秘鲁香膏。它是一种化学品，就存放在凶手挑选毒药的那间实验室里，放在架子上，唾手可得，而且关于香草味的来源，我没有找到其他任何线索……因此，尽管事实上，我认为案发当晚秘鲁香膏的气味与约克·哈特无关，但我依然抓紧了这条线索，希望能顺藤摸瓜，弄清另一个人为什么会使用这种药膏。我能想到的原因只有一个，那就是在案发当晚，凶手故意留下了这条线索，希望警方会发现，约克·哈特以前用过秘鲁香膏。但这看起来太蠢了——因为约克·哈特已经死了。但他真的死了吗？当时这件事看起来很不确定。"

雷恩叹了口气："下一站是实验室。你还记得那排架子上的瓶瓶罐罐是怎么摆放的吧？架子有五层，每层分为三格，每一格里有二十个容器，每个容器都按照数字编号依次摆放。1号从最上面那层架子的第一格开始。你应该记得，探长，我找到了那个装番木鳖碱的瓶子，它的编号是9，放在最上层架子第一格差不多正中的位置。我们还发现，氢氰酸装在57号瓶子里，也在最上层，不过是在第三格，或者说最右边那格。如果我当时不在场，而是听你描述，那么我应该知道，容器摆放的顺序是从左至右，摆满了整排架子，从第一格到第二格，再到第三格。不然的话，9号瓶和57号瓶就不会这样摆放……到这里为止，一切都很顺利。

"根据目录，秘鲁香膏装在30号罐里——火灾和爆炸之后，这个罐子不见了。但根据我对容器排列顺序的了解，我可以说出它原来摆放的确切位置。由于每个格子里有二十个容器，中间没有空隙，所以30号容器必然放在最顶层中间那个格子的正中央……我发现，除了约克本人以外，全家只有玛莎·哈特知道他的皮肤有点儿小问题。我问了她，她确认了这件事：是的，她知道他在用一种药膏——她不记得名字——但她知道，它闻起来有香草味。我问她那个罐子平时放在哪里——我在最上层架子的中间那格摆满了充数的瓶瓶罐罐——她走到中间那格，取下了一个罐子，那正是编号30的秘鲁香膏原本应该摆放的位置……但就在这时候，我发现了一件重要的事——一件跟那股香草味完全无关的事情！"

"什么事？"萨姆探长追问，"我也在场，但我没看到什么重要的事情。"

"没有？"雷恩笑道，"那你就落在我后面了，探长。想一想，玛莎·哈特是怎么把那个罐子拿下来的？她踮起了脚，差不多正好够到那个罐子。这意味着什么？很简单，作为家里最矮的两个成年人之一，玛莎·哈特必须踮起脚来，伸长手臂，才能拿到最上面那层架子上的东西。但重点在于——她站在地上就能够到最上面那层！"

"可这又有什么要紧的，雷恩先生？"布鲁诺皱着眉头问道。

"你会看到的。"雷恩的牙齿闪闪发亮，"你还记得吗，第一次调查实验室的时候——火灾发生之前——我们在架子的层板边缘发现了两处污迹？都是椭圆形的——显然是指尖留下的印记。第一处污迹在第二层架子上，69号瓶的正下方，另一处也在第二层架子上，90号瓶的正下方。两处污迹在层板边缘上都不是完整的，只在边缘靠外的位置留下了半个指印。90号瓶和69号瓶都跟案情无关——前者装的是硫酸，后者是硝酸。但这两处污迹的位置有另一重含义——第一处污迹正上方的69号瓶，正好位于9号瓶下方，换句话说，比它矮一层；而第二处污迹正上方的90号瓶，正好位于30号罐下方——也是矮一层。而9号和30号容器都和案情有关——9号瓶装的是番木鳖碱，也就是第一桩下毒案中，加在路易莎的蛋酒里的那种毒药；30号罐装着秘鲁香膏，哈特夫人被害那晚，凶手身上散发出的正是它的气味。显然，这不可能是单纯的巧合……所以我的思绪立刻跳向了另一条线索。事实上，我们在那排架子前面靠中间的位置发现了一个三脚凳，它平时应该放在两张工作台之间，因为那里有三个凳脚留下的印子。凳面上有使用过的痕迹——灰尘被弄乱了，留下了刮痕和不均匀的污迹。如果只是坐在上面，当然不可能让灰尘变得这么不均匀，因为坐的动作要么留下一圈平滑的印记，要么会把灰尘几乎完全擦掉，而不是留下刮痕……这个凳子，它离开了原来的位置，记住，现在它放在架子中间的30号罐和90号瓶的正下方。这一切意味着什么？这个凳子是用来干什么的？如果不是用来坐，那会是什么？显然是用来垫脚，这样一来，凳面上的刮痕和不均匀的灰尘都得到了解释。可是为什么要垫脚呢？说到这里，故事就真相大白了。"

"第二层架子边缘的指印表明，有人试图去够上面那层的9号瓶和30号罐，却没有成功，指尖的印记只够到第二层架子边缘。要拿到那两个容器，这个人必须找个东西垫脚，所以他用了凳子。当然，这次他大概成功了，因为我们知道，这两个容器里的东西都出现在了案子里。顺着这条线索，我发现了什么？听着：既然有人在69号和90号瓶子的正下方留下了指印，那么从架子上指印的位置到地板的距离必然表明了这个人的身高——当然，不是他的真实高度，而是他伸出手臂能够到的高度。因为要是你想拿某样正好够不着的东西，你会自然而然地踮起脚来，努力伸长手臂，尽可能往高处够。"

"我明白了。"地方检察官慢慢说道。

"是的。因为玛莎·哈特站在地上，而不是凳子上，就能拿到最上面那层的罐子！这意味着涉案的每一个成年人都能拿到最上面那层的秘鲁香膏，站在地上就行，不需要垫凳子，因为玛莎和路易莎是这个案子里最矮的成年人。所以，在第二层架子边缘留下指印，然后搬了个凳子来拿那两个容器的人，他肯定比玛莎矮得多，因此他不是一个成年人……矮多少呢？很好算。我借了你的尺子，探长，测量了架子的层高，然后发现，最上层架子的底板和下面那层架子上的污迹，二者之间的距离正好是六英寸。我也测量了层板本身的厚度，是一英寸。那么大致来说，留下污迹的人应该比玛莎矮六英寸加一英寸再加一英寸（因为玛莎需要再往上够一英寸才能拿到罐子），也就是八英寸。但既然玛莎和路易莎一样高，而路易莎身高五英尺四英寸，那么留下污迹的人身高大约就是四英尺八英寸！有力地印证了我最初的推测——凶手的身高是五十六英寸。还是杰基！"

片刻沉默。"我没法相信。"探长喃喃地说，"我就是没办法。"

"我很难责怪你，"雷恩沉重地回答，"我越来越沮丧——我自己都无法说服自己相信的设想却得到了一重又一重的验证。但这些证据太有力了。我不能再闭上眼睛，对真相视而不见。杰基·哈特不仅在梨里下了毒，砸了哈特夫人的头，还在蛋酒里放了番木鳖碱，拿了秘鲁香膏……所有的案子都是他做的。"

雷恩停下来，深深吸了口气："我盘点了一下。到这时候，尽管这个设想看起来很疯狂，但我已经毫不怀疑，十三岁的杰基就是我们要找的现行犯。不可思议，但确凿无疑！虽然他的谋划十分复杂——从某种角度来说相当聪明，而且无疑十分成熟，经过深思熟虑。显然，这不可能是一个十三岁的孩子自己想出来的，无论他有多么早熟。所以，我可以毫不犹豫地说：可能的解释只有两种。第一，他只是执行计划的工具，有一个成年人策划了所有事情，并设法操纵这个孩子去实施……但这显然不对。有哪个成年人会把孩子当成工具呢？——要知道，小孩是最靠不住的！理论上可行，但不太可能——这个成年人要冒的风险太大了，因为孩子很容易泄密，他们要么没轻没重，要么干脆就是淘气或者傻大胆；更可能的是，这个孩子在第一次接受正式讯问时就会承受不了压力，把整个故事和盘托出。当然，你可以靠暴力威胁让这个孩子闭嘴。但这看起来也不太可能，孩子的心思是透明的，杰基的行为自始至终都不像是出于恐惧。"

"我对这一点毫无异议。"探长咕哝着说。

"当然。"雷恩笑道，"现在，就算真的有个成年人利用了这个孩子，但在案件的执行过程中，有一些引人注意的不协调之处，是成年人绝不会犯的错误——他甚至连想都想不到——下面我将指出，会这样想的只有孩子，绝不会是成年人。正是这些不协调之处让我排除了成年人指使杰基作案的设想。但我依然坚信，这些策划最开始只可能是一个成年人想出来的。所以，我面临这么一个问题：一个孩子执行了一个成年人想出来的计划——但他们却不是共犯，这是怎么做到的？可能的答案只有一个——我的另外一个理论——这个孩子执行的是一个成年人已经写好的计划，而这个成年人对孩子执行计划的事情一无所知（不然他早就把这个计划报告给警察了）。"

"所以你就这样找到了那份大纲。"地方检察官若有所思地说。

"是的。到这时候，我觉得自己走上了正路。案情里有什么线索指向这位成年策划者的身份吗？有的。首先，娴熟又自由地使用毒药，这无疑指向所有出场人员中的那位化学家，约克·哈特。其次，芭芭拉·哈特在最初的证词中就提到过，她的父亲曾经想写小说。我一下子想起了这件事。小说！然后是秘鲁香膏，用过它的人只有约克·哈特一个……所有线索都指向他，无论他是死是活。"

雷恩叹了口气，伸了个懒腰："你还记得吧，有一次我说过，我有两条线索需要追踪，探长——当时你十分惊讶。第一条线索是香草的气味，这个我已经讲过了；第二条线索是，我拜访了芭芭拉·哈特，试图找出这位成年策划者。我很高兴她验证了我的设想：约克的确在写一个侦探故事。因为侦探小说就是描写罪案的虚构故事，我知道我要找的犯罪计划肯定是这个故事。她只知道哈特说过他正在写这个故事的大纲，其余的就不知道了。那么这份大纲很可能存在！我相信，约克·哈特给自己虚构的凶杀案故事起码写了个大纲，而这个大纲在他死后却无意中为小杰基现实中的犯罪提供了蓝图。

"杰基按照那份大纲行事。他把它毁掉了吗？很可能没有。孩子的心理决定了他会更愿意把它藏起来，而不是摧毁。至少值得找一找。如果他把它藏起来了，会是哪里呢？这幢房子里的某个地方，当然。但整幢房子已经彻底搜查过了，没有发现这一类的东西。此外，我坚信，一个十三岁的男孩——正是沉迷海盗、牛仔与印第安人、刺激感官的暴力故事以及这些故事里虚构的侦探人物的年纪——会给这份大纲选择一个十分浪漫的隐藏地点。我已经找到了这个男孩进入实验室的方式——烟囱和壁炉。这种十分浪漫的潜入方式可能也为这份大纲提供了一个同样浪漫的隐藏地点，由于这个可能性看起来十分真实，所以我搜查了烟囱和壁炉内部，结果在隔墙上方发现了一块松脱的砖头，大纲就藏在它后面。从另一个方面来说，这也很合理。杰基十分确定，谁也不知道两个房间之间竟然还有这么一种不可思议又引人入胜的连通方式，把大纲藏在这里可以确保它不被任何人发现。

"说到烟囱，毫无疑问，这个孩子——淘气、任性、叛逆——曾在这幢房子里四处转悠，想方设法试图潜入那间实验室，仅仅因为他那位蛇发女妖般的祖母不准他进去。孩子们总有突发奇想的时候，某一次他肯定偷偷钻进了卧室那边的壁炉到处捣鼓，看见那堵隔墙并没有封死，他爬上去，于是发现了自己可以翻到实验室那边去，不必经过房门。接下来，他肯定把那间屋子翻了个遍。然后，他在那个文件柜里，我猜测，在后来我们看到是空的某个格子里，找到了约克自杀前放进去的那份手稿。过了一段时间以后，可能就在他决心要实施大纲中虚构的罪案时，他敲松了烟囱里的一块砖头——也许那块砖头本来就已经松了，他只是利用了这一点，把它当成了一个藏东西的地方……还有一件事：别忘了，从他发现手稿到第一次下毒，这中间隔了很长一段时间，他可以反复咀嚼大纲中引人入胜的谋杀情节，拼出复杂的单词，理解大纲的要点，虽然他看懂的肯定不到一半，但也足够让他明白该怎么做。接下来，记住了，他发现这份大纲是在第一次下毒之前，但在约克·哈特身亡以后。"

"就凭一个孩子，"探长自言自语，"这一切……"他摇摇头："我——活见鬼，我简直不知道该怎么说。"

"说回大纲本身，"雷恩收起笑容，继续说道，"发现它以后，我不能直接把它拿走，杰基会发现它不见了，而我的目标是，让他以为自己是个了不起的阴谋家。所以，我当场抄写了一份，然后把它放了回去。我还找到了满满一管白色的液体，肯定是毒药，为了安全起见，我把它换成了牛奶——我这样做还有另一个原因，你读了那份手稿就会明白。"旁边的草地上扔着一件旧夹克，雷恩伸手把它拽了过来。"这几周我一直随身带着它，"他平静地说，"一份了不起的文件。在我说下去之前，请你们二位先读一读吧。"

他从夹克的一个口袋里掏出了那份用铅笔抄写的约克·哈特的大纲，并把它递给了布鲁诺。两位客人迫不及待地一块儿读了起来。雷恩静静地等着他们读完。把那几张纸递回去的时候，他们俩都没说话，脸上一副恍然大悟的表情。

"刚才我说，"雷恩小心地收起抄本，继续说道，"这桩案子的谋划整体上十分成熟，但在执行中有一些孩子气的不协调之处，十分扎眼。我会按照调查的顺序对它们进行讨论。"

"首先，那个有毒的梨。暂时别管给梨下毒不是为了杀死路易莎。至少这位下毒者的确要给这个梨下毒，不管出于什么动机。现在，我们是在案发房间里发现了那支给梨下毒的注射器。我们知道，这个梨最开始并不在这个房间里：它是被下毒者拿进去的。换句话说，这位下毒者带来了一个没有毒的梨，然后现场给它注入毒药。多么荒谬！或者说，多么孩子气啊！哪个成年人干得出这种事？如此仓促的犯罪很可能会被发现或者打断。如果一个成年人想给梨下毒，他会提前在外面注射好毒药，然后把它带到房间里，不必站在犯罪现场再来扎针，要知道，在那个节骨眼上，一分一秒的时间都很珍贵，他随时可能被人发现。

"的确，如果凶手是故意把注射器留在房间里，那我就不能得出给梨下毒是发生在案发房间里的结论，因为这样一来，我就不会知道凶手到底是在房间里面还是外面给梨下的毒。不过，现在暂且假设，我们讨论的是'注射器故意被留在房间里'的可能性。为什么要这样做？只有一种可能：让警察注意到，这个梨被下了毒。但没有这个必要：哈特夫人被害（我们已经证明了这是蓄意谋杀，而不是出于意外）就足以让人发现梨被下了毒，尤其是考虑到，下毒的事情之前就发生过一次，所以警察肯定会寻找下毒的痕迹——事实上，当时萨姆探长已经开始朝这个方向走了。那么剩下的可能就是，注射器是无意中被落下的，这意味着这支注射器之所以会被带进房间，唯一可能的原因是，凶手要在案发现场用它给梨下毒……这一点在故事大纲中得到了确认。"

他又把那份大纲从夹克口袋里取了出来，展开抹平。"大纲里具体是怎么说的？这里写着：'这次的方法是给一个梨下毒，并把它放在……水果碗里。'诸如此类。然后它说'Y……故意挑出……一个坏梨，并把它带进卧室，用一支注射器将有毒的二氯化汞注入其中'等等。对一个孩子来说，"雷恩把大纲扔在草地上，继续说道，"大纲里的指示模棱两可，它并没有明确指出，给梨下毒应该是在进入房间之前还是之后。它也没有专门提出要把注射器留在房间里。约克觉得这根本用不着说，因为任何成年人都能想到，应该先给梨下毒，然后再把它带到犯罪现场。因此，这位按照大纲行事的罪犯就按照字面上的意思，在案发房间里给梨下了毒……我立即发现了青少年不成熟的头脑留下的这条线索。换句话说，这个计划是一个成年人想出来的，但由一个孩子来执行——这种执行方式展现了青少年在没有得到明确指示时会如何行事。"

"千真万确。"探长喃喃地说。

"第二个不协调之处。你还记得吧，实验室地面的灰尘上有很多脚印，但没有一个是完整清晰的？要我说，这些灰尘不可能和约克原始的谋划有任何关系。这一点显而易见——因为按照大纲，他自己还住在这间实验室里，所以屋里不可能有那么厚的灰尘。所以，这些脚印，和我们由此推出的任何线索都只关乎现实事件，和故事大纲无关。我们看到，潜入实验室的这个人擦掉了所有清晰的脚印——从某种角度来说，一个孩子能有这样的心思，也算是缜密了。但是，实验室唯一的那扇门的门口却没有任何脚印，不管是清晰的还是被擦花的！那么，一个成年人不会忘记在门口留下脚印的痕迹，因为他实际上是通过烟囱进来的，他希望保守这个秘密。门口的脚印会让警察相信，这位闯入者是通过门走进来的，他很可能复制了一把钥匙。门口没有脚印就会引得警方去调查壁炉。正如我刚才说过的，这又是一个思想不成熟的标志，他忽视了自己的行动中最明显的一个漏洞——一个成年人绝不会留下这样的漏洞，既然他已经想到了要擦掉脚印。"

"说得太对了，"萨姆哑着嗓子喊道，"天哪，我真蠢！"

"第三个不协调之处，可能是最有趣的一个。"雷恩的眼睛闪亮了一下，"你们俩都很困惑——我也是——凶手谋害哈特夫人时为什么会选择这么一件不可思议的武器。明明有那么多东西，他却拿了一把曼陀林！为什么？说实话，读到那份大纲之前，我完全摸不着头脑，杰基为什么会选择曼陀林作为武器。于是我自然而然地假设，不管他执行的是谁拟订的计划，这把曼陀林指向的是某个特定的人。我甚至考虑过这种可能性，曼陀林专门指向它的主人，约克。但这也不合理。"

他重新捡起那份大纲："参考一下，这上面怎么写的？一个字都没提到曼陀林！它是这么说的：'用钝器击打埃米莉的头部。'"

萨姆的眼睛瞪大了。雷恩点了点头："看来你想明白了。完美地展现了孩子气的解读。随便抓一个十三岁的孩子问问，'钝器'是什么意思，能答对的恐怕只有千分之一。大纲里提到钝器的地方只有这一处，约克·哈特写下这个词的时候根本没有多想，成年人不可能看不懂——钝器就是一件不锋利的沉重的武器。杰基读到了这个词，但他看不懂。他必须找到一件名叫'钝器'的奇怪的东西，用它来砸他讨厌的祖母的头。孩子会怎么想呢？'器'——在孩子眼里，和这个字有关系的东西只有一样：乐器[1]。'钝'——算了吧，他决定不管这个字，也许他从没见过这个字，就算见过也不知道是什么意思。也许他查过字典，发现这个字指的是比较宽的东西，不是尖的；边角圆润，并不锋利。他肯定立刻想到了那把曼陀林——正如芭芭拉·哈特所说，家里只有这么一件'乐器'，而且它的主人是约克·哈特，大纲里的凶手！这有力地证明了执行计划的是一个孩子，再蠢的成年人也不会这样解读'钝器'。"

"了不起，太了不起了。"布鲁诺只说得出这一句话。

"大体说来，我已经知道，杰基在实验室里找到了这份手稿，然后按照它的指引一步一步在现实中实施犯罪。现在，想想这份大纲本身：它明确指出，约克·哈特本人——当然，这里指的是虚构故事中以他本人为原型的那个约克——就是凶手。假设一位成年人发现了这份大纲，并决定以它为蓝本在现实中实施犯罪。他读到，

---

[1] 钝器原文为blunt instrument，blunt的意思是"钝"，instrument的意思是"器具"，但其更常用的含义是"乐器"，正如杰基所理解的。——编者注

故事里的罪犯是约克。但约克死了。那么这位成年人肯定会跳过大纲中所有将线索引向约克的情节，对吧？这是自然而然的事情。但我们这位凶手是怎么做的呢？他采用了秘鲁香膏的情节，这在大纲中是指向约克·哈特的线索。这个情节设计得很巧妙：这条关于'气味'的线索暴露了故事里凶手的身份，最后他本人正是因此被抓到的。但在现实中，约克已经死了，利用香草味指向约克·哈特的情节变成了像婴儿般无知的举动……我们再次发现了什么？机械地照搬已有的大纲——智力的不成熟。

"第四个不协调之处，还是第五个了？在约克的故事里，把他自己设计成罪犯，埋下指向他的线索——香草味——这毫无问题。在他的故事里，这是一条真正的线索。但关于鞋子的线索——康拉德的鞋子——是假的，是故意制造的烟雾弹——仿佛凶手故意将嫌疑引向康拉德，让警察走上歧途。

"但是，当这个情节从虚构的故事进入现实时，情况就变了——有人把虚构的故事情节当成了完美犯罪的蓝图。在这种情况下，指向约克的香草味也变成了一条假线索！因为约克死了，现在他根本不可能出现在案子里。那为什么要用两条假线索分别指向两个不同的人，凶手为什么要这样做？如果站在杰基位置上的是一个成年人，那他肯定会选择康拉德的鞋这条假线索，放弃指向死人的香草味——或者他至少会二选一，而不是两个都执行。就算他选择了鞋子，他也不会觉得自己一定得穿上它，但杰基却穿了。其实只要在鞋尖上洒一点儿毒药，然后把它藏在康拉德的衣柜里就够了。但杰基无法成熟地解读明确或不明确的指示，所以他真的穿上了那双鞋子，哪怕大纲里完全没提到过这回事……打翻粉盒完全是个意外，大纲里没有这个情节，这证明了穿上康拉德的鞋子不是为了留下脚印——凶手穿上它们唯一合理的原因也被排除了……这些蛛丝马迹都说明了这位凶手缺乏对利弊的判断，虽然在这些情况下，以一个普通成年人的智力足以作出合理的决策。正如我所说，这再次证明了罪犯是个孩子。

"最后，那场火的事。读到大纲之前，那场火让我很迷惑。顺便说一句，读到大纲之前我有很多事情想不通，因为我试图为每一件事寻找原因，却找不到！有的事似乎完全没有目的……但大纲里写明了纵火的原因：为了制造约克·哈特遭到外来者袭击的假象，以洗清他的嫌疑。但既然约克死了，把火放在他原先住的那间屋子里就变得毫无意义，一个成年人要么会彻底放弃这个情节，要么对它加以改造，以适应自己的需求——比如说，在自己的房间里放一把火，或者围绕自己制造一场袭击。也许成年人会选择放弃，因为哪怕在约克的虚构故事里，这个情节也很苍白，不算是出彩的侦探故事元素。

"现在我们知道了什么？一份虚构的罪案故事大纲得到了盲目的执行，忠实到了愚蠢的地步——每一个需要原创性或者选择性思维的行动都表明，这位执行者并不成熟，他还是个孩子。我的推断由此得到了确认：凶手是杰基。这些事实会说服你们，正如它们说服了我一样：尽管杰基如此忠实地执行了约克的大纲，但他却不明白其中的微妙之处；他只看懂了大纲中明确提出的应该怎么做的那部分，但不明白为什么要这样做。以他的头脑能看出来的漏洞只有一个：大纲里说，罪犯是约克。他知道约克已经死了。他明白自己扮演的是约克的角色，也就是罪犯。所以凡是大纲里提到约克，或者说Y，应该怎样做，杰基就自己代入了Y的角色，去做这件事。甚至就连约克在大纲中故意为罪犯设计的自毁情节，他也照办不误！而凡是需要他自己做主的时候，或者需要解读一些不够明确的指示，他就会自由发挥，暴露出孩子气的一面。"

"真该死，第一次下毒的尝试，"萨姆清了清嗓子，说道，"我不明白……"

"耐心点，探长。我就要说到这儿了。当时我们无从得知，那次尝试是真想杀死谁还是个幌子。但在哈特夫人被害后，我们推测，第二次下毒的尝试不是为了真正杀死路易莎，那么合理的假设是，第一次下毒也不是为了要命。在我刚开始感觉到杰基是凶手的时候，我还不知道这个计划是约克想出来的，于是我对自己说：'蛋酒事件里，杰基看似意外地阻止了路易莎被毒杀。但有没有这种可能，他喝下有毒的蛋酒并非出于意外，而是故意的？如果真是这样，这又是为什么？'呃，如果第二次下毒只是个幌子，第一次也是，那么凶手打算如何阻止路易莎喝下哪怕一口蛋酒，同时揭露蛋酒被下了毒这件事？归根结底，比如说，如果只是在蛋酒里下毒，然后假装不小心把它弄洒，这没法让人知道蛋酒里有毒，那条小狗的表现可能说明不了什么，只是纯粹的意外。那么，既然不能让路易莎喝下蛋酒，却又必须让人知道蛋酒里有毒，凶手就必须做出某种英勇的举动。事实上，杰基自己喝了蛋酒，这初步证明了他执行的是别人制订的计划——自己给蛋酒下毒，然后自己喝下去，因此中毒——这根本不是孩子的思路。但他的确做到了，这印证了我的设想：他执行的这个计划不是他自己想出来的。

"等我读到那份大纲，一切都再清楚不过了。故事里的Y故意给蛋酒下了毒,然后自己喝了一小口,引发了轻微的症状——一箭三雕,既没有伤害路易莎,又揭露了有人想害她,同时还把他自己推到了最无辜的位置上——因为有哪个下毒者会故意掉进自己设下的陷阱呢?从约克的角度来说,这是个绝妙的计划——以小说的标准而言。但是显然,在现实生活中,如果要策划一桩罪案,他不太可能让自己去喝毒药,哪怕只是虚晃一枪。"

雷恩叹了口气:"杰基读了大纲,看到Y给蛋酒下了毒,然后自己喝了一小口。杰基知道,大纲里写了Y要做什么,他就得做什么,所以他鼓起全部勇气,尽可能地——在环境允许的情况下——全部照办了。第一桩下毒案中,杰基喝下了蛋酒,而在第二桩案子里,他既是下毒者也是凶手,这两件事加起来,有力地证明了他只是不加思考地忠实执行了一个虚构的、不太合理的计划,其实他根本不懂其中的意味。"

"那么动机呢?"萨姆虚弱地问道,"我还是想不通,一个孩子为什么会想杀掉自己的祖母。"

"棒球算是原因之一。"布鲁诺调侃道。

萨姆刚要发火,布鲁诺就说:"归根结底,在这样一个家庭里,应该很好理解吧,萨姆。呃,雷恩先生?"

"是的,"雷恩露出一个悲伤的微笑,"你已经知道答案了,探长。你心里知道,这个家族邪恶的血脉源自哪里。虽然只有十三岁,但杰基从父亲和祖母那里继承了骨子里的病根。也许他一出生就有成为杀人犯的潜质,也就是说,他继承了哈特家的软弱,又很容易表现出任性、淘气、残忍的一面,从某种角度来说,孩子们都有这种倾向,但他的程度格外严重……你还记得吗,他热衷于欺负那个小家伙，比利？他喜欢搞破坏——践踏花朵，试图淹死一只猫——他完全无视纪律？这些特质，再加上我不得不隐约猜测——但很可能是真的：哈特家没有一丝一毫的爱，家庭成员互相仇恨才符合他们的道德观。她经常打那个孩子，事实上，就在罪案发生前三周，她还抽了他一顿，因为他偷了路易莎的一个水果。那孩子偷听到他妈妈玛莎对老太太说：'我希望你去死！'或者诸如此类的话——仇恨在那个孩子心里日积月累，再加上他脑子里那股恶意的滋养，然后他读到了那份大纲，看到他在这个家里最切齿痛恨的敌人，也是他母亲的敌人，'埃米莉奶奶'，成了被谋杀的对象，于是灵光一闪，把仇恨转化为了动机……"

现在，那副近来时常出现在雷恩脸上的苍老憔悴的神情又回来了，他的脸色暗了下去："不难理解，在遗传和环境因素的双重作用下，这位少年会遵从一份旨在杀死他心目中敌人的计划。在他走出第一步——试图下毒——而且没有暴露以后，他没有任何理由收手。这成功滋养了他的犯罪冲动……这些案子本身已经足够扑朔迷离，而且和大多数罪案一样，一些既不在约克·哈特计划中，也超乎这位小罪犯预期的意外事件让案情变得更加复杂：床头柜上的粉盒被打翻了，杰基在踮着脚的时候被路易莎摸到了，实验室架子上的指印验证了下毒者的身高。"

雷恩停下来吸了口气。布鲁诺迫不及待地问："那么佩里呢，或者说坎皮恩，他和案子有什么关系？"

"探长提出过这方面的假设，"雷恩回答，"佩里，埃米莉的继子，有理由恨她，因为她应该对他父亲的惨死负责——毫无疑问，他脑子里有犯罪的念头，不然他就不会隐姓埋名，偷偷在这个家里找了份工作。或许这只是个朦胧的念头，或许不是，他希望通过某种方式让哈特夫人痛苦。但是，等到老太太被害以后，他就陷入了一个可疑的境地。但他不能离开。也许早在真正的凶杀案发生之前很久，他已经放弃了自己最初的意图——芭芭拉的亲近似乎让他深受影响。他真正的动机我们可能永远不会知道了。"

有那么一会儿，萨姆探长一直若有所思地盯着雷恩，表情十分奇怪。"为什么，"他问道，"你在整个调查中一直这么遮遮掩掩？你说在实验室事件之后，你就知道凶手是那个孩子。那你为什么对此守口如瓶？这对我们不太公平哪，雷恩先生。"

雷恩沉默了很久。当他终于开口的时候，他压抑的语调里充满了说不清道不明的情绪，这让萨姆和布鲁诺都吓了一跳。"让我简单描述一下整个调查过程中我自己的心情吧……当我知道罪犯就是那个孩子的时候，一次又一次的确认粉碎了我最后的怀疑，我发现自己面临着一个非常可怕的问题。

"从社会学的任何立场来说，在道德层面上，这个孩子犯下的罪行不应该归咎于他自己。他也是受害者，罪孽的根源是他的祖母。我该怎么办呢？揭露他的罪行？如果我揭露了凶手的身份，你们该采取什么态度——发誓要维护法律的你们？你们没有选择。这个孩子会被逮捕。也许被送进监狱，直到他达到法定年龄再被起诉，因为他犯了谋杀罪，哪怕以他当时的年龄在道德上应该无责。就算他没有因为谋杀而被判刑，那又怎样？他能指望的最好的结局是以精神不正常的理由被赦免，然后在精神病院里度过余生。"

他叹了口气："然后我来了，我不曾许下过维护法律正义的誓言,而且我觉得,既然罪孽的源头不是这个孩子,既然犯罪的计划和冲动都不是他自己的,既然从广义上说,他其实是这个环境最悲惨的受害者……那么他理应得到一个机会!"

谁都没有说话。雷恩望着池塘水面上平缓的涟漪和悠游的黑天鹅:"从一开始,甚至在我读到大纲之前,就在我假设这份计划是一个成年人想出来的时候——我就预见到了路易莎的生命可能再次遭受威胁。为什么?因为,既然前两次尝试都是烟雾弹,既然哈特夫人之死是首要的目标,那么合理的推测是,策划者应该再次'试图'谋害路易莎,以强化凶手的目标是她而非她母亲的错觉……我无法确认,也许这第三次尝试甚至有可能成功,如果这位新的策划者真的想杀路易莎。总而言之,我相信一定会有第三次尝试。

"事实上,我在烟囱的墙洞里找到的那管毒扁豆碱验证了这个设想,这种毒药在整个案子里还没被用过。我用牛奶换掉了毒扁豆碱,原因有二:为了预防万一,也为了给杰基一个机会。"

"恐怕我没太听明白——"布鲁诺开口说道。

"所以我不能告诉你,我是在哪儿找到的那份大纲。"雷恩打断了他的话,"在他真正实施这个计划之前,我不能让你看到大纲。不然的话,你会设下陷阱,当场抓他个现行,然后逮捕他……我用什么方式给了他一个机会呢?用这种方式。当我发现这份手稿的时候,大纲上说过不止一次,凶手的意图从来就不是毒杀路易莎。我重复一遍,正如你读到的,她不会被杀死。我把试管里的液体换成了无害的牛奶,以这种方式给了杰基一个机会,让他能够执行大纲里最后一个明确的指令,但不会造成任何危害——第三次试图对路易莎下毒的烟雾弹。我坚信,他会忠实地执行大纲的指令,直到最后一刻……我问自己:按照大纲的指令在酪乳里下毒以后,他会怎么办呢?大纲里的这段情节并没有写完——Y只是说,他会想办法让人注意到这杯酪乳有问题,或者以另一种方式阻止路易莎喝下它。所以我观察了。"

两人紧张地倾身向前。"他是怎么做的?"地方检察官低声问道。

"他通过窗台溜进卧室,拿到了那支试管,他以为里面装的是毒药。据我所知,大纲上写着,一杯酪乳应该加十五滴毒药。杰基犹豫了一会儿——然后把试管里的液体全部倒进了杯子。"雷恩停下来,望着天空苦笑了一下,"这看起来很糟,这是他第一次故意违反大纲的指令。"

"然后呢?"萨姆厉声问道。

雷恩疲惫地看着他:"尽管事实上,大纲要求他在路易莎有机会喝下那杯有毒的牛奶之前让人注意到它,他却没有这样做。他任由她喝下了酪乳,事实上,我看见他躲在窗户外面的腰线上观察。当她喝下酪乳,却没有出现中毒的迹象时,他一脸失望。"

"我的好天爷啊。"布鲁诺震惊地说。

"这位老天爷不算太好。"雷恩沉重地说,"对这个可怜的小家伙来说不太好……现在我的问题变成了:接下来杰基会做什么?是的,从几个方面来说,他都违反了大纲的指示。但是现在,大纲已经结束,他会就此收手吗?如果他止步于此,如果他不再进一步尝试毒杀路易莎或者其他人,我会坚定地对他的罪行守口如瓶,承认我自己的失败,然后从这场戏里退出。那个男孩将得到一个纠正自己内心邪念的机会……"

　　萨姆探长看起来很不自在，布鲁诺专注地看着一只蚂蚁急匆匆地拖着一小片干枯的叶子朝小丘而去。"我监视着那间实验室。"雷恩有气无力地继续说道，"只有这里能为杰基提供更多的毒药——如果他想要的话。"他短暂地停顿了一下。"他的确想要。我看着他溜进房间，小心翼翼地取下一个标着'有毒'的瓶子，用里面的东西灌满了一个小瓶子。然后他走了。"雷恩跳起来，用脚趾拨弄一个土堆，"杰基给他自己定了罪，先生们。对血和杀人的渴望已经侵蚀了他的心智……现在，他开始发挥自己的主动性，超越了已有的明确指令——事实上，违反了指令。在那一刻，我知道他没救了，如果任他逍遥法外，他这辈子都会成为社会的威胁。他不适合再活下去了。与此同时，如果我揭破他，社会会对这个十三岁的孩子掀起复仇的巨浪，但归根结底，他犯罪的源头却是社会本身……"雷恩没再说话。

　　当他再次开口的时候，他换了副语气："你或许会说，这整件事可以称为Y的悲剧——正如他自己起的名字一样——约克·哈特虚构的罪案在他孙子的脑子里创造出了一头弗兰肯斯坦式的怪兽，杰基采纳了他的计划，顺着它走向了一个残酷的结局——Y哪怕在想象中也不曾走得这么远过。等到那个孩子死去，我选择扮演一个角色，仿佛我震惊于这场悲剧——而不是揭露他的罪行。如果公开他的罪行，有谁会从中得到什么好处吗？对所有与这桩案子有关的人来说，永不公开这个孩子的罪行，这样更好。要是我当时揭露了他的罪行，在那个你的上级和媒体都强烈要求破案的节骨眼上，你会公开所有真相，那是最自然不过的……"

萨姆刚想开口，雷恩就接着说了下去："还有玛莎，杰基的母亲，要考虑她的处境，更重要的是那个小家伙，比利，归根结底，他也应该有自己的机会……与此同时，探长，我不愿看到你受折磨。比如说，如果你被降职了，因为没能成功破案，那么我应该会觉得自己有义务告诉你真相，这样你就能立功，保住自己的位置。这是我欠你的，探长……"

"多谢了。"萨姆干巴巴地说。

"可是等到两个月后，抗议的风暴已经平息，你的地位依然和以前一样稳固，我没有理由继续在你们面前隐瞒真相——容我提醒一句，以个人的身份，而非执法官员。我只希望，你们能站在人的立场上，理解我在这团旋涡中的动机——继续将杰基·哈特这个可怕的故事作为秘密保守下去。"

布鲁诺和萨姆沉重地点了点头。两个人都心事重重，闷闷不乐。萨姆对着自己点了好几次头……突然，他在草地上坐直了身体，伸出胳膊将他粗壮的双膝搂向宽阔的胸膛前。"你知道吗，"他随口说道，"这件事最后的结局里有一些东西我没太明白。"他扯下一片草叶，放进嘴里嚼了起来："最后一次下毒的时候，那孩子怎么会错误地喝下那杯本来给坎皮恩小姐准备的毒牛奶？呃，雷恩先生？"

雷恩没有回答。他微微侧过头避开萨姆的视线，猛地将手深深插进自己的衣兜，掏出满满一把面包屑，扔向池塘水面。天鹅优雅地朝他游了过来，开始啄食。

萨姆倾身向前，暴躁地拍了拍雷恩的膝盖："喂，雷恩先生？你没听见我说话吗？"

地方检察官布鲁诺非常突然地站起身来。他粗暴地捶了萨姆的肩膀一下。探长一脸震惊地抬头望向他。布鲁诺脸色苍白,下颌紧绷。

雷恩慢慢回过头来,望着他们俩,眼里满是痛苦。布鲁诺的声音像是完全变了个人,他说:"好了,探长。雷恩先生累了。我们还是回城去吧。"

落　幕

读客
悬疑文库

认准读客读悬疑，本本都是大师级。

专注出版中、英、美、日、意、法等世界各国各流派的顶尖悬疑作品。

为读者精挑细选，只出版两种作品：
经过时间洗礼，经典中的经典；口碑爆表、有望成为经典的当代名作。

跟着读客悬疑文库，在大师级的悬疑作品中，
经历惊险反转的脑力激荡，一窥人性的善恶吧。

扫一扫，立即查看悬疑文库全书目，
收集下一本精彩悬疑！